민주주의 대혼란의 시작

민주주의 대혼란의 시작

발행일	2023년 7월 12일

지은이	조종현		
펴낸이	손형국		
펴낸곳	(주)북랩		
편집인	선일영	편집	정두철, 윤용민, 배진용, 김부경, 김다빈
디자인	이현수, 김민하, 김영주, 안유경, 최성경	제작	박기성, 구성우, 변성주, 배상진
마케팅	김회란, 박진관		
출판등록	2004. 12. 1(제2012-000051호)		
주소	서울특별시 금천구 가산디지털 1로 168, 우림라이온스밸리 B동 B113~114호, C동 B101호		
홈페이지	www.book.co.kr		
전화번호	(02)2026-5777	팩스	(02)3159-9637

ISBN	979-11-6836-988-7 03810 (종이책)	979-11-6836-989-4 05810 (전자책)

(주)북랩 성공출판의 파트너

북랩 홈페이지와 패밀리 사이트에서 다양한 출판 솔루션을 만나 보세요!

홈페이지 book.co.kr • **블로그** blog.naver.com/essaybook • **출판문의** book@book.co.kr

작가 연락처 문의 ▶ ask.book.co.kr

작가 연락처는 개인정보이므로 북랩에서 알려드릴 수 없습니다.

조종현 장편소설

민주주의

DEMOCRACY

대혼란의 시작

북랩

작가의 말

소설의 제목은 독자들에게 전하는 질문이라고 생각합니다.

현시대에서 대부분의 국가는 '민주주의 정치체제'를 구현하고 있습니다. 한반도의 남쪽은 일제 해방 이후 여러 가지 문제 속에서 결국 미군정의 영향으로 '민주주의'가 정착되고 그 틀 속에 자본주의 경제체제가 이식되어 오늘의 대한민국에 이르렀습니다.

사실 '민주주의 정치체제'는 플라톤의 주장에 의하면 잘못된 정치체제 중 하나에 불과합니다. 실제로 그리스 아테네 국가는 징병을 위해 젊은 남자들에게 참정권을 부여했고 대부분의 정치 현안을 다수결의 원칙을 통해 결정하였습니다. 그러나 아테네 민주주의는 전문성이 결여된 결정과 군중 심리에 의해 내려진 잘못된 결정으로 국가의 위기를 맞게 되어 결국 국가의 폐망을 가져왔습니다. 그 후 아리스토텔레스는 왕정국가를 지원하여 그의 제자였던 알렉산더 대왕을 통해 그가 펼치고자 했던 국가의 역량을 과시할 수 있었습니다. 물론 현 상황에서 독재 국가의 폐단을 모르는 바가 아니지만 '민주주의 정치체제'가 정치에서 만능은 아니라는 것입니다.

 아테네 민주주의와 현시대의 민주주의가 물론 같을 수는 없습니다. 18세기 프랑스 혁명 이후 삼권 분립의 기초와 당시 계몽 철학자들의 주장에 내포된 인권, 평등에 관한 사항들이 정립되어 오늘의 민주주의가 재탄생한 것입니다. 하지만 오늘날의 복잡다단한 시대 속에서 민주주의가 긍정적인 역량을 드러내기 위해서는 국가를 구성한 국민의 의식 수준에 깊은 영향을 받고 있습니다. 그러나 민중의 의지가 법보다 우월한 민주정체에서 민중 선동가들은 늘 국가를 둘로 나누어 부자들에 맞서 전쟁을 전개했습니다. 그들이 취해야 할 올바른 태도는 그와는 정반대로 늘 부자들의 이익을 대변한다고 말해야 한다는 것입니다.

 민주정체란 민주주의가 극단적인 포퓰리즘으로 전개된 양상을 의미합니다. 광화문을 중심으로 타올랐던 촛불의 열기와 그에 반대되는 태극기의 휘날림이 점점 세대 간의 갈등으로 심화되고 국민들의 화합을 저해하고 커다란 사회 문제로 대두되는 것도 이런 논리에서 완전히 벗어날 수는 없다고 할 수 있습니다. 그 시대를 혼란으로 바라본 자가 더 큰 혼란을 일으키는 건 아닌가 하는 의구심을 감출 수가 없었습니다. 이 견해가 모든 상황에 부합된다고 할 수는 없지만, 당시 촛불 시위의 시작에는 분명 다시 한번 확인 및 검토할 부분이 있습니다.

아리스토텔레스의 정치학에 보면 '정치에 관여하지 않는 인간은 들짐승이나 신일 것이다'라는 명제가 있습니다.

특히 민주주의 정치이념을 가진 국가에서 국민은 직접적으로나 간접적으로 정치에 관여하게 되어 있습니다. 하지만 지금의 대한민국은 그 정도가 지나치다고 할 수 있습니다.

이 작품을 쓰면서 여러 서적을 참고했지만, 다분히 주관적이고 정치에 대한 견해가 뚜렷한 분들에게는 현실감 없는 논지로 보일 수 있음을 분명 인정합니다. 소설 『민주주의 대혼란의 시작』을 통해 독자들과 함께 현 정치의 문제점을 생각해보고 지금 당면한 과제를 해결하기 위해 의기(意氣)를 한데 모으려고 노력했습니다.

언제나 산책하던 개천은 눈으로는 볼 수 없지만 큰 강으로 만나고 결국 바다로 흐릅니다.

우리가 서로 생각이 비록 다르지만 결국 바라고 희망하는 것은 국가의 번영과 국민의 행복이라 할 수 있습니다.

이것을 얻고 누릴 방법은 각 개개인의 역량을 키울 수 있도록 자조(自助)에 힘쓰는 것이 나은 방법이라는 생각을 합니다.

국민 각자가 훌륭하지 않아도 국민 전체가 훌륭할 수 있겠지만, 국민 각자가 훌륭한 것이 더 바람직합니다. 국민 전체의 훌륭함은 국민 각자의 훌륭함에서부터 비롯되기 때문입니다.

한강으로 흐르는 너울과 그 반사되는 빛 물결과 동네를 아우르는 산자락과 새벽에 일터로 가는 찬 공기와 함께 이 작품을 썼습니다.

모든 것이 내가 지을 수 없는 글감이었습니다. 때로 신의 빛 비춤이 함께했음에 감사드립니다.

아내는 나의 젊음을 더욱 푸르게 가꾸고 나누었으며 꿈길이 때로는 삶의 길임을 느낄 수 있도록 도왔습니다. 아들은 밝은 웃음소리로 생활을 윤기 있게 닦아주었고, 아버지는 언제나 정답던 손과 하늘에 어리는 구름 같은 잔잔한 말씀과 미소로 세상을 숲의 나무처럼 내 마음에 심어주었습니다. 혼란스러운 청춘의 그림자를 가슴에 맺히지 않도록 보듬어주시던 형과 형수님, 그리고 어머니, 새벽마다 기도로 내 아침을 열어주시고 넉넉한 마음으로 넓은 대지의 맑은 기운을 숲으로 산으로 내가 걷는 길로 언제나 가슴에서 타올라 내게 간직할 수 있도록 보내셨습니다. 아직도 내 가슴에 사랑이 흐릅니다.

감사합니다. 헤매 도는 혼란의 길에 함께 발걸음을 맞추어주던 그 마음을, 보듬고 감추어주던 손길을 내게 건네던 분들과 이 책 출간의 기쁨을 함께하고 싶습니다.

사랑은 언제나 다시 일어서 걷는 의지에 그 시작이 있습니다.

2023년 7월
조정현

차례

제2장   정동의 베아트리체, 안나의 춤사위

제1장

프랑스 대혁명,
광화문 촛불 시위

프랑스 대혁명 1

"나는 죄가 없다."

"나는 나의 원수들을 용서한다. 바라건대, 나의 피가 프랑스인의 행복을 공고히 하고 신의 분노를 진정시키기를."

루이 16세가 단두대에서 마지막으로 한 말은 군중들의 아우성과 국민 방위대의 북소리와 트럼펫 소리에 묻혀 들리지 않았다.

그의 목을 단두대 창틀에 내밀자 사선으로 날카로운 칼이 내려오면서 검붉은 피가 사방에 튀었고 그 앞에 놓인 바구니에 머리가 담기면서 목에서는 검붉은 피가 솟구쳐 흘러내렸다. 군중들은 너나 할 것 없이 그 앞으로 몰려들었고 가지고 있던 수건이나 신문 등에 그 피를 묻히려 했다. 바스티유 감옥의 벽돌이 혁명의 기념품으로 판매되던 것을 생각하면 루이 16세의 처형으로 흘러내린 피는 더욱 값진 혁명의 기념이 될 법한 일이었다. 살집이 있고 얼굴에 얽은 자국이 있는 당통이 루이 16세의 검붉은 피를 손가락으로 찍어 입으로 가져간 후에 목울대가 쿨렁거리는 것이 보일 정도로 위스키를 벌컥 마셨다.

민주주의 대혼란의 시작

"이것이 혁명이야!"

"으음…. 안 돼!"

영화가 상영되는 내내 식은땀을 흘리던 정동은 그만 가위에 눌렸다. 정동은 가위에 눌린 자신의 몸을 일으키기 위해 자리를 박차고 일어났다. 정동은 비틀거리며 상영관을 나섰다. 화장실에서 세수하고 정신을 차리려고 했다.

그래도 머리가 무겁고 갈증이 심하게 느껴졌다. 자판기에서 생수를 사서 마셨다. 그동안 읽었던 프랑스 혁명에 관한 서적과 영화의 내용이 혼합되어서 계속 머리에 잔상으로 번져나갔다.

"혁명재판소는 모든 시민에게 반혁명 분자를 파악하도록 하고 있소. 체포되면 증거 없이 배심원의 심증만으로 사형이오."

"이제는 재판 과정도 없이 시민들에게 반혁명 분자로 낙인찍히면 즉결 처분이오."

로베스피에르는 함께 혁명을 위해 싸우던 동료들이 즉결 심판으로 죽어가자 머리를 절레절레 흔들었다.

"이건 아니야, 우리가 원하던 것은 이런 것이 아니란 말이야."

생쥐스트는 로베스피에르 앞에 당당히 서며 말했다.

"잊었단 말이오! 죽은 아이를 안고 절규하던 여인을 말이오! 넝마 같은 옷을 뒤집어쓴 채 구걸하던 노인을, 빵을 달라고 외치던 노동자, 농민들을 말이오!"

부르주아 혁명파들은 이성적인 판단으로 그들을 이해할 수 없었다.

"그러면서 그들은 로베스피에르를 재림한 예수처럼 받들고 있소."

"재림한 예수가 왜 그리 피도 눈물도 없이 잔인하단 말이오."

"노동자들과 농민들에게서 그를 갈라놓아야 합니다."

"지금 노동자들은 최저 임금을 동결시킨 데 대한 불만이 심하다고 들었습니다."

"그렇다면 우리가 최저 임금을 인상한다고 노동자들에게 강력하게 주장하시오."

"하지만 그렇게 되면 모든 물가가 순식간에 급등하게 됩니다."

"우리가 살아남아야 혁명도 있는 것이오."

민주주의 대혼란의 시작

"내 목이 단두대에서 잘려 바구니에 담기는 순간, 혁명도 그 무엇도 아니오."

결국, 농민들과 노동자의 편에서 혁명을 이끌었던 로베스피에르도 단두대 창틀에 목을 내밀어야 했다. 체포 과정에서 다친 턱에서 피가 흘러내리고 있었지만, 수건으로만 감싼 채 담대한 표정으로 죽음을 기다리고 있었다.

혼란스러운 정국에서 천민과 극빈 노동자 계층을 옹호하던 혁명가 로베스피에르는 단두대에 오르며 말했다.

"우리는 왕을 처단하고 자유와 평등을 외쳤고, 왕비의 목을 들고 '내 손에 빵을' 하며 외쳐나갔소! 그러나 저들은 자유는 외치지만 이미 손에 들고 있는 빵을 나눌 생각이 없었고, 아이들이 빵 한 조각이 없어 부모의 품에서 배고픔에 숨을 거두는데도 자신의 신분이 상승할 수 있는 평등만을 외쳤소! 저들에게는 혁명이 간절한 빵한 덩어리가 아니었던 것입니다."

"우리에겐 자유와 평등보다 빵 한 덩어리가 더 절실하고 간절합니다!"

단두대 위의 집행자는 로베스피에르를 거칠게 밀어붙이며 단두대 창틀로 그를 끌고 갔다.

로베스피에르는 단두대 창틀에 목을 내놓았다. 시퍼렇게 날이 선 칼이 내려오기 전 그는 죽음을 맞는 짧은 순간에 무슨 생각을 했을까?

Les gens ne veulent que du pain, pas de la politique.

'民主는 主義를 원할 뿐 政治를 원하지 않는다.'

에스컬레이터를 타고 내려오는데 영화가 끝났는지 연인으로 보이는 남녀가 대화하면서 내려오고 있었다.

"결국, 프랑스 혁명은 로베스피에르와 영국의 정치가 에드먼드 버크가 예견했듯이 군부의 독재로 이어지면서 나폴레옹 보나파르트의 시대가 열리게 되지."

"처음에 베토벤은 혁명의 주역으로 나폴레옹을 찬양했고 베토벤의 제3번 교향곡을 헌정(獻呈)했는데 그가 황제가 되자 나폴레옹을 극렬히 규탄했지. 하지만 그가 유럽 전역을 전쟁으로 몰아가면서 프랑스 혁명의 정신이 쉽게 퍼진 건 사실이니까. 괴테도 칸트도 그 사건을 역사를 변화시킨 거대한 흐름으로 받아들였어."

이 사건! 프랑스 대혁명은 너무나 거대하고 인류의 이익에 너무 깊이 관련되어 있으며, 세계 모든 곳에 너무나 큰 영향을 행사하고 있어, 다른 상황에서는 사람들이 혁명을 떠올리고 그 경험을 새로이 시작할 수 없을 정도다.

- 임마누엘 칸트

정동은 배낭에서 꺼내어 가지고 있던 책의 일부 내용을 한 번 읽어보았다.

프랑스 대혁명은 아메리카의 독립과 연계된 중요한 역사적 사건이다. 나폴레옹이 없었다면 미합중국이 그리 빨리 영국과 스페인의 영향력에서 쉽게 벗어나지는 못했을 것이다. 유럽의 대혼란 속에 아메리카의 민주주의는 그들만의 정치체계로 완성되어갔다.

러시아의 혁명과도 밀접하게 연결되었다고 할 수 있다. 결국 혁명의 파도와 산업혁명의 대변환 이후에 급변하는 정세 속에서 조선이 문화 후진국이었던 일본의 속국으로 전락하는 수모를 겪고, 해방이 되고도 분단국가의 멍에를 짊어지게 된 원인은 어쩌면 그 시작이 프랑스 대혁명은 아니었을까 하고 정동은 생각하게 되었다.

광화문 광장에서

거리에 나와서 광화문을 지나는데 촛불을 들었던 그 자리에 태극기가 휘날리며 목소리를 높이는 사람들을 보게 되었다. 태극기를 든 그들과 촛불을 들었던 이들이 과연 국가를 사랑하는 마음에서 무엇이 다른지 궁금했다. 촛불을 든 이후 정치는 큰 변화를 겪었지만, 정동은 어쩌면 경제적 파탄의 책임을 자신에게 물어야 하는 건 아닌가 하는 성찰을 하며 절망의 나날을 보내고 있었다.

"아파트 가격이 항상 오르기만 하겠냐. 경제 공황이 아니더라도 금리가 상승하면 아파트 가격 역시 폭락할 수도 있어!"

그러나 정동은 그 말을 부동산에 대해서 이해하지 못해 갖게 된 부정적 의견이라고 무시했다. 하지만 지인들이 시기심에 정동이 투자한 부동산에 대해 내놓은 그 말들은 그보다 더 악화된 상태로 정동에게 닥쳐왔다. 당장 가격이 내려가는 아파트를 팔기 위해서는 정부의 새로운 규제에 대처해야 했다. 먼저 장기 임대 기간 안에 매도하면 과태료를 내게 되어 있는 문제를 해결해야 했다.

"과태료가 삼천만 원이라니, 과속으로 팔만 원을 내도 아까운 법인데 너무 심한 처사 아닙니까."

"글쎄요, 저희도 난감합니다. 잠시만요."

시청 공무원은 전화를 받고 한 시간이 넘게 통화를 하였다. 정동 말고도 몇 사람이 와 대기하고 있었지만 기다리는 것 말고는 뾰족한 방법이 없었다. 통화 내용을 들어보니 담당 사무관과 통화하고 있었는데 현재 여러 가지 부동산 정책이 갑작스럽게 변경되어 실무진들이 대처하는 방법을 묻고 답을 듣는 중인 것 같았다.

상식에도 벗어나는 여러 가지 정책은 현실을 무시한 고위 관료들의 보여주기식 탁상공론일 뿐이었다.

전 정부에서 부동산 시장을 안정화하려는 노력으로 임대사업자 등록을 장려하여 임대사업자로 가입하였다. 임대인이 8년이라는 임대 기간 동안 매도를 하지 않는다면 그에 관계된 세금 감면의 혜택을 제공한다는 조건에 대부분 임대사업자로 등록을 한 것이다. 하지만 새 정부가 들어서면서 임대사업자들에 대해 강력한 규제를 하고 세입자를 위한 정책만을 펼치면서 임대사업자들은 시기적절한 타이밍에 매도할 수도 없고 전세 가격도 올리지 못하는 처지가 되었다.

서른 번 넘게 시청 부동산 담당 공무원을 찾아갔고 공무원도 정동의 사정을 딱하게 여겼다.

"임대사업자 중에 매도 후 과태료 삼천만 원을 낸 사람은 없습니다."

아파트 투자를 한 후 수익은 생각할 수 없었고 단지 공이 내게로 오면 일단 넘기고 보는 탁구처럼 그저 정책이 바뀌고 규제가 늘어나고 부동산 시장의 흐름이 변화하는 것에 그저 닥치는 대로 대처하는 데만 급급했다.

그런 상태에서 역전세가 났다.
그리고 담보 대출을 받을 목적으로 은행을 방문하였다.

"담보 대출이요? 지금 소유하신 아파트에 전세금을 돌려주면 이삼천 정도밖에 남지 않는데 은행에서 담보권을 설정하기는 어려울 것 같습니다."

당연한 이야기였다.

방송에서는 연일 갭투자의 문제점으로 거론되는 깡통전세와 경제적 여력이 없는 상태에서 다주택을 소유하고 있는 임대사업자들에 대해 쟁점화하면서 갭투자 투자 방식을 감정적으로 몰아세우고 있었다. 그런 상황 속에서 정동은 누구에게도 의논할 수 없는 처지가 되었다.

정동이 가지고 있던 안산의 아파트 같은 경우 전세가가 육천만 원이나 떨어졌고 매매가도 그 정도로 떨어졌다. 아파트를 팔기만 해도 어떻게든 조처를 할 수 있는데 아파트 가격이 속절없이 떨어지고 있으니 급매물로 내놓아도 사려는 사람이 없었다.

정신을 차려보니 정동은 사십 평이 넘는 아파트를 잃고 네 평도 안 되는 고시원에서 생활하고 있었다.

몇 달 동안 고시원에서 생활하여도 익숙해지질 않았다. 점점 더 무덤 속 관에 누워 잠드는 것 같아 가슴이 갑갑하기만 했다. 누군가 검은 비닐봉지를 자신의 머리에 들씌운 듯 답답하여 미친 듯 고시원을 뛰쳐나가 숨을 몰아쉬었다.

고시원 입구에서 정동은 쪼그리고 앉아 있었다. 동전 하나 없는 빈털터리가 되어 멍하니 고시원 건너편 '청춘의 덫'이라는 현란한 불빛 속에 어여쁜 아가씨들이 있는 노래방 간판만 쳐다보고 있었다. 높은 굽의 하이힐을 신은 앳된 얼굴에 진한 화장을 한 여인이 담배의 불을 비벼 끄고 담배와 라이터까지 하얀 종량제 쓰레기봉투에 구겨 넣고는 다시 지하 '청춘의 덫'으로 내려갔다. 그녀가 사라지고 종량제 쓰레기봉투를 열어 담배와 라이터를 꺼냈다. 입에 대지 않던 담배를 입에 물었다. 라이터 불을 켜자 들숨과 함께 담배 끝에 발갛게 불이 올랐다. 깊게 들이마신 담배는 날숨과 함께 연기가 하얀 쌀밥이 익어가는 김처럼 아늑하게 사방으로 흩어졌다. 담뱃갑에는 영정사진과 옆에서 우는 아이의 사진이 불편하게 인쇄되어 있었다. 삶의 나락에 선 정동에게 담배는 누구도 주지 못하는 위로를 주고 있었다. 지금 정동에게는 담배가 가장 좋은 친구라고 할 수 있다. 갑자기 맑던 하늘에 비가 내렸다. 몸이 춥게 느껴져 고시원에 들어가 작은 공간에 누웠다. 갑자기 심한 구토증이 느껴져 화장실 변기에 토해내려고 고개를 숙였지만 침만 묽게 흘러내리고 구토를 하지 못했다. 벌겋게 충혈된 눈에는 슬픔이 아닌 본능 때문에 눈물이 흘렀다.

그동안 먹은 게 없어서 그런 듯했다. 다시 심한 좌절감은 모든 육체를 지배하고 뇌에서는 계속 노르아드레날린이 분비되는지 극도의 흥분과 우울감 속으로 잠식되어 갔다. 화장실 벽에는 '장기 기증이 답이다.' 이런 문구가 있는데 그 밑에는 '삼천만 원 즉시 계좌 이체 가능'이라고 적혀 있었다.

그 문구를 보고 정동은 어처구니가 없어 우는 듯 거칠게 웃더니 숨을 몰아쉰다. 고시원 작은 방에 누워도 잠을 청할 수 없었다. 관처럼 자신의 육체를 누인 채 정동은 생각했다.
'누나에게 가볼까?'
형이 중국에서 사업을 해서 부모님 모두 중국에 이민 간 후 왕래가 없던 누나였다. 자신이 보험 설계사로 근무를 할 때도 누나에게는 보험 가입을 청하지 않았다. 매형이 국회의원이라는 생각에 왠지 모를 불편함 때문에 그리된 듯하다. 정동이 갭투자를 해서 '경제적 자유'를 얻으려 한 것도 어찌 보면 국회의원인 매형에 대한 질투

민주주의 대혼란의 시작

때문인지도 모르겠다.

"네가 어쩐 일이니. 글은 잘 쓰고 있니?"

"뭐, 아직…"

누나와 대화 중이었는데 매형이 들어오는지 현관에서 잠금장치 번호를 누르는 소리가 들렸다.

"처남이 어쩐 일이야, 소설이라도 출간했나?"

누나가 물을 때보다 더 궁색해진 정동은 말을 아꼈다.

"저녁은 먹고 왔어?"

누나는 귀찮은 듯 스팸을 꺼내 프라이팬에 구웠다. 냉장고에 있던 맥주 캔 세 개를 꺼냈다.

거실에는 커다란 TV가 있었다. 국회에서 나오는 정치인을 향해 카메라 셔터를 누르며 마이크를 들고 있는 기자들이 보였다. 기자들은 스크럼을 짜듯 정치인 앞을 막고 질문 공세를 쏟아냈다. 국회의원은 포토라인 앞에 서서 허리를 숙여 인사하면서 말했다.

"검찰에 가서 성실한 답변을 드리겠습니다."

그 자리를 떠나기 위해 기자들 틈을 비집고 지나가려 했다.

"도대체 '답정녀(註: 답은 정해져 있으니 대답만 해)'의 상태인 상황에서 저 많은 기자는 왜 이렇게 마이크를 들이대고 카메라 셔터를 눈이 부시도록 터트리는 거야."

"국민은 알 권리가 있어요. 국민을 위해 간단한 논평도 할 수 없냐 말이에요."

"국민은 알 권리뿐만 아니라 행복할 권리도 있소. 저들도 정치인이기 전에 한 사람의 국민이오."

"저 기자들은 사막이라도 한 손으로 들기도 힘든 카메라를 들고 내달릴 프로 근성이 있는 분들이에요."

"사람이 어찌 사막이란 말이오. 저들에게 전혀 예의를 갖추지 않고 썩은 고기를 탐하는 하이에나처럼 몰려드는 기자들이 어찌 프로라 할 수 있소."

"어머, 어쩜. 저도 기자라는 걸 잊으셨나 봐요. 단테의 『신곡』에 보면 시대의 중립에만 서 있던 자들이 가장 뜨거운 불지옥으로 떨어진다고 했어요."

"말로는 당신을 어찌 당하겠소."

누나와 매형은 사실 누나의 취재 열기에 서로 실랑이를 하다가 카메라를 떨어뜨렸고 그것을 배상한다고 매형이 신문사까지 찾아가 사과하면서 술자리를 갖게 되었고 그것이 인연이 되어 부부의 연을 맺게 된 것이었다. 그들은 서로 바쁜 생활 속에서 아이도 갖지 못하고 5년의 결혼 생활을 이어가고 있었다.

매형과 나는 누나가 가지고 온 햄 몇 조각을 안주 삼아 맥주를 마시면서 얘기를 나누었다. 실상 부동산 투자에서 받은 문제를 조금이라도 해결해볼까 해서 찾게 된 누나와 매형이지만 무거운 분위기 속에서 정동은 자신의 이야기를 전혀 꺼내놓지 못하고 있었다.

"국회의원은 그리 녹록한 직업은 아니야. 기자들은 국회의원의 작은 사생활도 놓치지 않고 카메라에 담고 기사화하고 있어. 인공지능 AI보다 성능이 월등히 뛰어난 국회의원들의 감시카메라라고 할 수 있지. 물론 그들을 이해 못 하는 건 아니야. 정치에 대한 국민들의 지나친 관심과 시민의식은 타국 어디에도 견줄 수 없을 정도로 높다고 할 수 있지. 의원들끼리도 스스럼없이 개인의 허물을 공유하기도 불가능해. 정말이지 국회의원이라는 직업이 '철밥통'이라고 생각하는 국민이 많지만 현실과 전혀 동떨어진 생각이라고. 국회의원은 '유리로 된 밥주발'이나 될까."

매형은 처남인 정동과 이야기하는 중에 자신의 답답한 심경을 꺼내놓았다.

하지만 국회의원은 임기 사 년 동안 불체포 특권과 면책 특권을 가지고 있고 연봉이 일억삼천만 원이 넘고 항공기 일등석 무료 제

공, 공항 귀빈실 무료 이용, 의원 전용 입출구와 전용 승차장 등 일반 서민들은 상상할 수 없는 대우를 받으며 생활하고 있었다.

사실 매형이 국회의원이라고 소개를 할 때 심한 반감을 산 건 다른 나라에 비해 너무 지나친 대우를 받고 있는 신분이었기 때문이다.

"이런 상황 속에서 더 능력 있고 도덕적인 인물들이 그 위로 올라서는 거야. 그러니 대통령은 몇 겹의 검증이 이뤄졌다고 봐야 하겠지."

정동은 공감할 수 없는 말들을 매형은 자신의 평소 인식대로 말하고 있었다. 매형은 국회의원으로서 정치인의 입장을 이야기하고 있지만, 정동은 얼굴빛이 변할 정도로 반감이 들었다.

지난 대선 때도 대통령의 자질 논란이 화두가 되었고 결국 대통령의 국정 운영 전반에 걸친 문제들에 성난 국민이 광화문으로 촛불을 들고 나섰던 것이었다. 매형은 일 년도 되지 않은 거대한 이슈를 벌써 잊었단 말인가.

"전 대통령이 심각한 문제를 안고 있었던 건 사실이잖아요."

"그렇지. 이번 탄핵은 나도 충분히 공감할 수 있어."

　　　　　　　　　　민주주의 대혼란의 시작

"그래도 언론은 너무 무책임하고 비이성적인 태도로 청와대의 낮은 장벽에 넘어서 색안경을 끼고 들이댔던 것도 사실이야."

"유신 독재 시절에는 명함 한 번 내밀지 못하던 기자들이 민주투사라도 된 것처럼 이미 무너질 대로 무너져버린 청와대 앞마당을 철옹성이라도 넘은 돌격대처럼 전쟁 통에 전유물을 챙기듯 경쟁적으로 기삿거리를 찾아 들쑤셔댄 건 사실이니까."

정동은 맥주를 마시고는 이미 식어 기름 테가 낀 햄 조각을 입에 넣고 우물댔다. 매형은 맥주 캔 하나를 다 마시지도 못하고 취했는지 평소와 달리 흥분 상태에 놓여 있었다.

"지금 가장 심각한 것은 정치권에 대한 불신과 대통령에 대해 이미 도를 넘어선 무례한 언론, 그리고 이를 이성적으로 판단하지 못하는 국민에게 있다고 생각해."

"대통령에 대한 비이성적 태도는 정책의 혼선을 가져올 수도 있고 그러한 문제는 결국 국민에게 돌아갈 수 있다는 것을 다시 한번 깊이 성찰해볼 필요가 있지 않을까."

"유신체제, 군사정권이 끝나고 철옹성 같던 청와대 장벽을 민주투사, 정치 9단의 두 대통령이 허물어주었잖아."

"그리고 참여정부는 청와대와 국민 사이에 있는 장벽을 걷어내고 함께하자고 했던 거고."

"문민정부, 국민의 정부, 참여정부 이 모든 정부 앞에 붙이는 형용사가 무슨 뜻이겠냐고!"

"국민과 눈높이를 맞추려는 대통령들의 강한 의지를 드러내는 것 아니겠냐고."

"그렇다면 국민도 이제는 스스로 대통령을 존중하고 아껴주어야 한다는 말이야!"

매형의 흥분 속에 쏟아지는 말에도 어느 정도 일리가 있다는 생각이 들었다.

"그러고 보니 유신체제에서 썼던 대통령에 대한 존칭 '각하'가 대통령이 아니라 장군에게 합당하다고 없앤 뒤에 그에 걸맞은 존칭이 없이 '대통령'이라는 직함을 그대로 쓰고 있는 것도 문제인 것 같군요."

"그래, 이제 처남도 내 말을 이해하는 것 같구나!"

그러더니 매형은 갑자기 자신의 대학 시절을 생각하는지 이렇게 말했다.

"지금 기자들이 청와대를, 국회를 드나들며 취재를 한다고 목에 힘을 주고 다니는 것 같은데 유신체제에 목숨을 걸고 항거해봤냐는 말이야! 지금이 그런 시대냐고. 이제는 정치인에게 존중을 넘어서 존경하는 자세로 취재를 해도 문제가 없는 시대가 되었다는 말이야!"

매형은 그러더니 비틀거리며 한구석에 있는 기타를 들고 노래했다.

저 청한 하늘 저어 흰 구름 왜 나를 울리나
밤새워 물어뜯어도 닿지 않을 마지막 삶에
그리움 피만 흐르네!
더운 여름날 썩을 피만 흐르네! 함께 갑세라
아하 뜨거운 새하얀 살의 그리움

유신체제에 목숨을 걸고 詩의 강렬한 뜨거움으로 항거했던 김지하(金芝河) 님의 詩 「새」를 노래하였다.

"네 매형이 정말 많이 취했나 보다. 보수당에 있으면서도 자신의 대학 시절을 저리 못 잊는구나."

정동은 누나가 자고 가라는 말을 뒤로하고 고시원으로 향했다. 누나는 아직도 내가 그 넓은 아파트에 사는 줄 알고 있으니. 누나는 정동과 있으면 직설적으로 자신에 관해 묻는 통에 등골이 서늘해질 정도로 난처한 상황을 맞게 되기도 했다. 차라리 좁은 고시원에 누워도 그곳이 편했다. 버스 정류장까지 걸으면서 문득 매형과 이야기하던 대통령의 존칭에 생각이 미쳤다.

실제 '대통령'은 직함이지 존칭이 될 수 없는 것이었다.
'전하(殿下)는 너무 고루하고, 한민족이 단군의 후예이니 박달나무, 단 그 밑의 존재라 하면 어떨까. 단하(檀下) 어때? 대통령께서, 대통령은 어떠신지보다 단하! 단하께서 어떠신지.'

민주주의 대혼란의 시작

영끌하다

버스가 정동 앞에 섰다. 정동은 버스에 올라타서 자리에 앉자마자 피곤했던지 잠에 취했다.

"학생, 학생! 일어나!"

눈을 비비고는 창밖을 보니 종점이었다. 전혀 알 수 없는 곳이었다. 버스를 내려 걷다 보니 깊은 밤에 사람들 인적이 드문 곳에 벤치가 보였다.

"어디서 자면 어때. 날씨도 이제 춥지 않으니 여기서 눈을 붙이자."

정동은 많이 피곤했는지 금방 잠이 들었다.

"깡."

정동이 눈을 떠보니 자기가 자는 바로 앞에 분리수거대가 있었고 젊은 주부가 분리수거를 하기 위해 맥주 깡통을 던져넣고 있었다.

"아이, 지겨워. 토요일만 되면 맥주를 번들로 사서 처먹고 지랄이네. 돈이 없으면 친구라도 많던가. 돈도 없고, 친구도 없고."

정동은 눈이 번쩍 뜨였다. 분명 자신의 남편에게 하는 소리인데 중의적으로 자신에게 하는 소리 같았다. 정동이 자고 있던 자리를 떠나 아파트 단지 앞에 있는 김밥집으로 들어갔다. 누나가 건네준 이만 원이 정동의 청바지 주머니에 있었다. 라면을 먹고 공깃밥까지 말아 먹었더니 살 것 같았다. 소화를 시킬 겸 산책을 나섰다.

아파트에서 안양천이 가까워 산책하려고 천변을 걸었다. 봄이라 벚꽃이 만개해 있었다. 이미 점심때가 되었는지 정동의 기분과는 상관없이 연인들은 서로에게 기대며 벚꽃을 구경하고 스마트폰으로 촬영하느라 여념이 없었다.

그들의 얼굴에는 벚꽃을 닮은 웃음이 피어 있었다.

봄빛처럼 엷은 원피스를 입은 여인들이 삼삼오오 짝을 이루며 웃음꽃을 피운다. 고개를 숙인 채 피곤한 얼굴에 꾀죄죄한 몰골의 정동을 그들은 경계하며 거리를 두거나 피해서 길을 지났다. 유모차를 끄는 아내와 흰색 스웨터를 입은 남자가 앞에서 걸어온다. 아장아장 걸어오던 아이가 가지고 있던 공을 놓쳐서 공이 떼구르르 구르고 그 공이 정동 앞에 멈췄다. 정동은 공을 주우러 온 아이를 보고 웃으려 했지만 웃을 수 없었고 정동이 공을 주우려고 고개를 숙이자 아이는 부모에게 달려가 안겼다. 아이의 부모는 공을 주워 아이에게 주면서 아이를 달랬다. 다정하게 거닐던 부부는 정동을 멀리 피해서 지나쳐 갔다.

정동의 눈에는 갑자기 눈물이 고이더니 뺨 위로 흘렀다. 정동은

민주주의 대혼란의 시작

자신만 신에게서 버림받은 것 같았다.

'남들은 저리도 행복해 보이는데.'

정동은 눈에 눈물이 고인 채로 벚꽃을 보았다.
비록 슬픔 속에서도 눈물에 반사된 벚꽃은 더욱 아름다워 보였다.

'벚꽃이 피었다고 사람들은 웃음꽃이 만발한데, 나는 겨울 벌판
에 찬바람을 맞으며 걷는 길 잃은 강아지 같구나.'

정동은 벚꽃 길을 지나 주변 전철역으로 향했다.
정동은 고시원 방에 누워 천장을 바라보았다. 지난날이 영사기처
럼 머릿속에 그려졌다. 처음 교수님의 칭찬 속에 시를 짓던 학창 시
절이 그리웠다. 1997년 신춘문예에 응모할 때만 해도 금방 문이 열
리고 시인이 돼서 작가의 삶 속에서 의미를 찾을 것만 같았다. 하
지만 반복되는 낙선은 자신의 소질을 의심하게 했고, 대학을 졸업
하니 교수님들의 조언마저 들을 수가 없었으며 계속 낙선하는 작
품을 들고서 정동을 아끼던 시론 교수님을 찾아뵙기도 난처했다.
시의 함축과 의미를 찾기 위해 떠난 여행 중에 이생진 시인의 「그리
운 바다 성산포」를 눈으로 확인할 수 있었고, 천상병의 「귀천」으로
인생을 새로운 시각으로 바라볼 수 있는 계기를 갖게 되었으며 기
형도의 「입속의 검은 잎」을 읽고 삶의 어두운 이면이 아름다운 시
가 될 수 있다는 공감을 하며 작품 활동에 열을 올릴 수 있었다.

그렇게 문학 속에서 새로운 긍정적 변화를 꾀했지만, 혼자만의 만족에 지나지 않았다.

'시는 천재들만의 문학이고, 소설은 노력으로 작품을 완성할 수 있는 문학이다'라는 교수님의 말씀이 기억이 나 산문의 형식에 눈을 돌렸고 소설을 읽어나갔다. 책을 읽는 동안은 현실에 대한 걱정도 잊을 수 있었다.

단편을 모 신문사에 응모할 때는 직접 서류 봉투를 들고 찾아갔다. 늦은 시간이라 경비실 아저씨께 간절한 마음을 담아 인사를 드리고는 혹시나 하는 생각에 신문사 화장실에 볼일을 보면서 영역 표시를 해두기도 했다.

하지만 크리스마스가 지나도 전화는 오지 않아 작품을 평가하는 신문사에 대한 예의마저 잊고는 직접 전화를 했다.

"저, 신춘문예 단편소설 부문 당선 확정 연락은 이미 하셨는지…"
"예, 저희가 이미 당선자들에게 연락드렸습니다."

어리석어 보이는 내 물음에 대한 배려와 상냥함이 느껴지는 답변이었지만 내 상실감은 날개가 꺾여 천 길 낭떠러지로 떨어지는 작은 새와 같았다.

친구들과 술자리가 길어지면 술기운으로 주체할 수 없는 감정에

되지도 않는 말로 소리를 질러가며 문학의 현실을 성토하곤 했다. 그런 정동의 모습에 친구들은 말했다.

"신춘문예 몇 번 응모하고 너는 그렇게 세상의 슬픔을 다 안고 사는 사람처럼 행동하냐. 이 한심한 놈아."
"너희는 몰라, 모른다고."

어쩌면 그때 정동은 자신의 능력으로는 오를 수 없는 등단의 높은 벽을 체감하고 심한 자괴감에 빠져 있었는지도 모르겠다.

점차 글을 쓴다는 것에 회의감과 두려운 마음에 책만 읽으면서도 등단에 대한 꿈을 버리지 않는다고 위안 삼았다.

그러다 서점에서 무심코 본 책 한 권에 마음이 뺏겼다. 부동산에 관련된 서적이었는데 어쩌면 현실감 없던 정동은 그 단순한 논리가 금방 생활의 모든 것에 변화를 줄 수 있다고 확신했는지 모르겠다. 거기다 문학인으로의 성취는 이제 비현실적으로 느껴지기에 도망갈 활로를 찾아야 했다.

그래도 정동은 변화에서 새로운 만족을 느낄 수 있었다. 삼 개월쯤의 시간 동안 공인중개사 자격증을 따고 부동산의 흐름을 파악하느라 필요한 자료들을 찾아보았다. 인터넷에서 아파트 매매가와 전세가를 확인했을 때 계속 우상향 곡선을 그리고 있었고 보합세는 있었어도 가격이 하락한 적은 한 번도 없었다. 정동은 바로 투자에 들어갔다.

'부자들은 망설이지 않으며 행동하는 것이 민첩하다.'

자기 계발 서적을 읽으며 경제적 성공이라는 장밋빛 나래를 한껏 펼쳤다.

정동은 혼자 자기 확신에 차서, 사주에도 없는 보험 판매 사원이 되어 처음에는 지인들에게는 거리를 두었지만 그래도 영업 실적을 점점 높여갔으며 부모님께서 중국에 가시며 두고 간 아파트를 담보로 대출을 받아 스물다섯 채를 갭투자할 수 있었다. 2년 뒤 정동은 전세가 상승분으로 사억여 원의 돈을 벌 수가 있었다. 다시 그 상승분으로 아파트 투자를 했더니 사십 채가 넘었다. 정동은 '재정적 자유'라는 꿈을 꾸었다. 그동안 문학을 한다며 현실성 없는 낙오자로 낙인찍혀 있던 그의 삶에 반전이 일어났다.

'목표를 백 채로 잡고 오십 채가 되면 누나에게도, 중국에 있는 부모님께도 말씀드릴 수 있을 것이다. 처음에는 이해하지 못하겠지만 나의 생활 양식이 바뀌면 분명히 나를 인정해주실 것이다.'

그런 희망에 부풀어 있을 때 광화문 광장에 촛불을 들고 많은 사람이 대통령의 하야를 외쳤다. 정동의 생각에도 대통령의 문제는 심각했고 촛불을 든 그들의 행진에 동참했다. 대통령은 국회에서 탄핵소추가 발의되고 탄핵이 가결되었다. 국회를 통과하여 헌법재판소에서 결국 탄핵이 인용되면서 대통령은 청와대를 떠났다. 그 후 새로운 대통령이 선출되었다.

민주주의 대혼란의 시작

촛불 시위로 새로운 대통령이 당선된 것이다.

새로운 대통령은 서민을 위한 정책을 펴기 위해 노력하기 시작했다. 대통령은 부동산 문제에 집중하기 시작했다. 정동이 투자한 갭투자는 그 후 난항을 겪게 되었다. 새로운 정부는 아파트를 실거주 목적으로만 바라보고 아파트를 투자 목적으로 사서 임대사업을 한 임대사업자들에게 부당한 부동산 정책을 펼치기 시작했다. 그런 와중에 미국 준비은행에서 기준 금리를 높이게 되어 아파트 투자를 위해 가지고 있던 대출 금리가 상승했다. 그 여파로 아파트의 가격이 갑자기 폭락하기 시작했고 전세가까지 내려가면서 재계약을 해야 하는 아파트들에 역전세가 나기 시작했다.

정동은 처음 겪는 일이라 당황할 수밖에 없었다. 처음에는 재계약을 할 때 세입자들을 위해 전셋값을 낮춘 만큼 신용 대출을 받아서 막아냈다. 더는 신용 대출을 받을 수 없었던 정동은 아파트 담보 대출을 알아보았다. 하지만 갭투자로 실제 아파트에 투자된 금액이 적어 은행에서는 담보 대출을 받을 수 없었다. 결국 정동의 능력으로 해결할 수 없는 지경에 이르고 말았다. 필요한 자금 마련이 불가능한 상태에서 재계약이 도래한 세입자들의 전화는 정동에게 무거운 짐으로 다가왔다.

처음에는 예의를 다하고자 그들의 전화를 받았지만 그건 정동의 생각일 뿐이었다. 해결할 방법을 갖지 못한 아파트 소유자는 세입자의 전 재산을 가지고 사기를 친 범죄자일 뿐이었다.

　세입자의 욕설이 섞인 전화를 받을 때마다 절망의 나락으로 곤두박질치는 자존감은 더 회복할 수 없는 현실이 되었다. 거기다 팔 수 있는 아파트를 공인중개사에 매물로 내놓았지만, 임대사업자는 팔 년 내에 아파트 매매를 할 때 과태료가 삼천만 원이라는 어려운 상황만 알게 되었다. 정동이 가지고 있는 내부분의 아파트는 가격이 내려가면 매수자가 나타나지 않았다. 주식과 같은 원리라는 사실만 알게 되었을 뿐 정동은 아무것도 해결할 수 없는 무책임한 사기꾼이었다. 더 전화를 받을 수 없었던 정동은 스마트폰을 해지했다.

　정동은 내용증명과 지급명령 통지를 수십 통 받았다.

　정동은 부모님께서 물려주신 집을 담보로 해결하려 했지만, 담보로 빌린 돈을 모두 갭투자하는 데 썼기 때문에 아파트를 팔아도 시세 가치가 떨어진 상태에서 대출금을 갚고 남는 돈이 얼마 없었다. 이제는 신용 대출로 해결한 몇 채를 빼고 모두 경매로 넘어가게 되었다. 그런 상황에서 보증보험이 가입된 아파트의 경우 보증보험 보증 수수료를 내지 못하자 정동의 계좌에 압류를 걸었다. 정동은 더 이상 일을 해도 계좌로 임금을 받을 수 없는 처지가 되었다. 보험 회사에서도 정동의 상황을 알게 된 임직원들에 의해 퇴사 권고를 받아 더 근무할 수가 없었다. 정동은 이제 고시원에 숨어 있듯 생활하게 되었다. 일반적인 직장은 다닐 수 없어 일용 노무자로 하루

하루 생활을 전전하는 처지가 되었다. 촛불 시위로 새롭게 등장한 정권은 스스로 촛불 혁명이 만든 정권이라며 그 의의(意義)를 되새겼고 서민들의 경제 상황과 부합된 정책을 펼치겠다고 강한 어조로 국민들의 관심을 끌어냈다. 하지만 정부는 성급하게 부동산 정책을 내놓았고 장기적인 부동산 정책보다 피상적인 현실에 초점을 맞추었다. 경제적으로 부동산이 가진 다양한 파생적 의미를 생각하지 않고 실거주 목적으로 한정된 부동산 정책을 펼쳤다. 단기적으로 드러난 문제에 초점을 맞춘 정책을 내세우면서 더욱 문제를 키우기 시작했다.

그런 정책들은 투자자뿐만이 아니라 실거주 목적의 부동산 거래와 세입자에게 모두 불합리한 상황으로 어려움을 겪게 했다.

그러한 환경 속에 그 시대 젊은이들과 함께 공유한 신조어 '영끌'이 생겨났다. 그대로 정동이 투자할 수 있는 모든 자산을 '갭투자'에 몰아넣은 상태에서 갑작스러운 부동산 정책에 대처할 수 있는 적응 기간이 너무 짧았다. 할 말이 없다. 하지만 시대의 큰 흐름 속에 순리대로 정책을 펴는 여유가 부족한 것은 아닌가 하는 생각이 들었다. 그러면서 이 시대의 혼란은 무엇 때문일까 하는 거대 담론이 머릿속을 어지럽혔다. 외로 누운 눈에 방이 작아 몇 권 되지 않는 서적 중 장 자크 루소의 『사회 계약론』이 눈에 들어왔다. '그래, 저거야. 쓰자. 그러면서 내 마음도 정리하는 거야.' 내 나름의 결과를 갖게 되었지만, 현실에 쫓기는 하루하루는 숨이 턱까지 차듯 너무 힘에 겨웠고 벅찼다.

그런 생각 속에 촛불 시위에 관한 생각을 다시 하게 되었고 작가적 상상력은 프랑스 혁명에서 지금까지 이르게 된 민주주의에 대해 생각하게 되었다.

'그래, 프랑스 혁명에 관한 소설을 한번 써보는 거야.'

정동의 상념은 점점 현실에서 멀어지고 의식은 재빠르게 깊은 무의식으로 달려갔다. 그래서 정동은 다시 피씨방에서 칩거하듯 있으면서 도서관에서 빌린 서적을 통해 소설을 써 내려갔다.

『프랑스 대혁명』. 내가 쓸 소설의 제목이 정해졌다.'

그런 생각을 하니 갑자기 할아버지가 보고 싶었다. 손자인 정동을 무척 아끼셨던 할아버지셨다.

두물머리에서 할아버지와 함께

고시원을 나와 양평 두물머리로 향했다. 두물머리에서 정동이 살던 고향은 그리 멀지 않았다.

마을 입구에는 장승이 서 있었다.

천하대장군과 지하여장군이 어깨를 나란히 하고 있었다.

"정동아, 남자가 하늘이고 여자가 땅이라는 말은 하늘과 땅 사이에 차이가 난다는 개념이 아니다. 이것 또한 일제의 왜곡인지 모르겠구나. 정동아, 네가 결혼하거든 아내 말을 잘 들어야 한다. 여인네들은 생명의 원리를 달이 바뀔 때마다 몸으로 체득하니 아이를 더욱 사랑하고 현실에 밝은 거란다."

할아버지는 정동을 데리고 자주 두물머리로 가셨다.

북한강 줄기 주변 늪지에 버드나무 한 그루가 뿌리가 드러난 채 물가로 기울어져 있었다. 버들가지가 물웅덩이에 닿아 있어 마치 여인네가 물가에 나와 머리를 드리우고 감는 모습으로 보였다. 커다란 연잎이 강에 닿아 넓게 오르고 억새가 햇살에 반짝이며 얇은 솜털이 바람에 흔들렸다. 석등은 어둠이 내리면 주위를 밝히기 위해 빛을 발할 것이다. 지나는 길에 하얀 전구가 깨져 있어 마음이 심란했다. 풍경 속에 강변은 한산했다. 저 멀리 낯선 장면이 연출되고 있었다. 한 사람이 하얀 드레스 치맛자락을 살짝 들치고는 파란 작은 배 위에 턱시도를 입은 사람의 손을 부여잡고 배 위에 올랐다. 배가 흔들리자 서로를 의지한 채 가볍게 포옹을 하고는 함박웃음이 터졌다. 커다란 카메라 옆에 반사경을 들고 있던 사람이 배를 잡아주었다. 결혼사진을 찍으려는 모양이다.

정동의 가슴에는 서늘하고 무거운 바람이 낮게 드리워졌다.

커다란 느티나무 아래 벤치에 삼삼오오 앉아 가벼운 농담을 주고받는 여행객이 보였다. 각각 한 손에는 커피 머그잔이 들려 있다. 나무에 가까이 가니 직사각형의 안내판이 있었는데 느티나무 수명이 400년을 넘었단다. 강변에 다가서니 제법 건실해 보이는 황포 돛단배가 정박해 있었다. 아마도 여행객을 위한 조경물에 지나지 않나 싶었다. 가까운 강변 옆 나무 둘레에 매끄럽게 마감 처리된 대리석이 보였다. 대리석 한가운데 음각된 글귀가 있었다.

'두물머리의 새벽하늘에 신비롭게 피어오르는 물안개를 보셨는지요.'

할아버지는 새벽 걸음으로 이곳을 자주 찾으셨다. 어린 나는 새벽에 눈을 뜨면 할아버지가 보고 싶어 안개에 싸인 두물머리를 헤매었다.

내가 할아버지께 다가가면 느티나무처럼 우뚝 서서 강줄기를 바라보고 계셨다. 내가 할아버지 다리를 껴안으며 "할부지" 하고 부르면 할아버지는 고개를 숙여 입술까지 내려온 누런 콧물을 자신의 두루마기 안감으로 닦아주셨다.

할아버지의 잔잔한 미소는 언제나 나를 강가의 물안개처럼 감싸주었다.

"할아버지, 저기 까치가 가지를 입에 물고 둥지로 날아간다!"
'누가 이사를 하려나.'
"정동아, 까치가 만든 둥지는 집이라고 하는 거란다. 까치를 보려무나. 까치는 검고 흰 것이 조화로워서 이쁘지 않니. 까치는 마을에 터를 잡고 마을 사람들과 함께 살고 있지."
"까치는 소담하게 집을 짓고 서로를 의지하며 사는 새고."
"개구리다!"
논두렁에 개구리가 인기척에 놀라 논바닥으로 뛰어 도망가고 있었다.
"할아버지 오늘 밥그릇에 밥알이 한 개도 없이 다 먹었다."
"온냐, 우리 정동이 참 잘했구나."
그러면서 할아버지는 정동을 목마 태워 마을을 돌았다. 점심을 먹고 난 후 할아버지는 산골 마을 작은 논에 벼가 익는 것을 바라보고 계셨다.

"할아버지, 저거지. 내가 먹은 밥알 말이야."

"그렇단다. 벼라고 하지."

"정동아, 사람들이 살이 찐다고 할 때 살이 '살생' 할 때 살(殺)을 의미하는 거란다. 그러니 음식을 먹을 때는 너를 위해 희생된 생명체에 대한 감사하는 마음을 잊어서는 안 된다."

할아버지는 멀리 산 위를 나는 기러기 떼를 바라보며 가볍게 한숨을 쉬셨다.

할아버지는 자주 산에 오르셨다. 때로 식구들 중 누가 아프기라도 하면 푸른 잎이 그대로 있는 약초를 뒷짐에 감추듯 가지고 오셔서는 어머니께 내미셨다. 그 약초를 달여서 마시면 아픈 식구는 금세 씻은 듯 나았다.

항상 할아버지는 전통 한복을 입으셨는데 산을 오르내리시는데도 한복의 맑은 흰 빛이 바래지 않았다.

한복을 입고 산길을 내려오실 때 모습은 어린 정동의 눈에도 아버지께서 정성스레 양복을 입고 넥타이를 맨 정장 차림보다 주변 경치와 어울리며 자연스럽고 멋스러웠다. 정동은 할아버지를 따라 자주 한복을 입혀달라고 떼를 쓰곤 했다.

"정동아, 한복의 선이 왜 고운 줄 아니?"

"그것은 서양의 자로 잰 것이 아니라 우리 고유의 치수 때문에 그 몸태를 따라 자연스럽게 그 선이 만들어지기 때문에 그러한 것이니라."

집 뒤 곁에 작은 동산이 하나 있었다. 봄에 아지랑이가 피어오르고 연붉은 진달래가 지천으로 퍼져 있을 때 할아버지는 어린 정동의 손을 잡고 동산에 오르다가 슬며시 웃음을 띤 채로 진달래가 가지마다 피어 있는 작은 꽃나무에 몸을 숨기셨다.

"할부지!"
"할부지 어딨어?"

발을 동동 구르며 애달픈 손자의 목소리를 듣고는 할아버지는 그 앞에 나타났다.

"원, 녀석도."
정동의 머리를 쓰다듬으며 말씀하셨다.

"할아버지는 언제나 네 곁에 있단다."

"못 찾겠다 꾀꼬리, 해보거라."
"못 찾겠다 꾀꼬리."

내가 혀 짧은 소리로 따라 하자 할아버지는 말했다.

"그래, 꾀의 꼬리를 찾는 거란다."

"찾다 보면 알게 되겠지."

할아버지는 정동을 머리 위로 번쩍 안아서 목마 태우고 천천히 집으로 향했다.

정동의 눈에는 물기가 번져 있었다.

맴놀이가 일어난 물에 빛이 반사되면서 반짝이는 왕관 같은 모양이 되었다.
수심이 가득했던 그의 얼굴에 가볍게 웃음이 일면서 다시 강 풍경 앞에 있는 자신을 느낄 수 있었다.

'당신과 나 우리의 만남이 아름다운 물안개 되어 다시 피어오릅니다.'

돌에 새겨진 또 다른 글귀를 보았다.

할아버지 손을 잡고 말없이 강변을 거닐던 내가 어린아이에서 소년으로 접어들고 있을 때였다.

"정동아, 너도 알고 있다시피 이곳 두물머리에서 북한강과 남한 강이 한데 합쳐 흐른단다."

"먼 옛날 소서노 할미께서 고구려 땅에서 물러나 깊은 근심 속에 이곳으로 이주하실 때 이 강을 보고 그리도 기뻐하셨단다. 우리의 하늘 고향, 자미원 옆을 흐르는 미리내처럼 강이 흐르는 것을 보고 그 강 옆에 도읍을 마련하셨지. 그 터가 마음에 들어 천혜의 명당 이라 여기셨던 게야. 이렇게 땅 위에 굽이쳐 흐르는 이 강을 한강 (漢江)이라고 이름을 지은 것은 바로 한강(漢江)이 미리내를 뜻하기 때문이란다."

할아버지는 강이 합쳐지는 사이 길게 드리운 족자 섬을 바라보 고 계셨다.

나는 그 너머에 산들을 바라보다 할아버지의 수심 가득한 얼굴 을 슬며시 바라봤다.

"사람들이 자주 선(善)과 악(惡)을 쉽게 이분하는데 너는 그런 생 각에 잠식되지 말아라. 악(惡)이란 어쩌면 불완전한 선(善)을 말하 는지 모르겠다. 좋은 사람, 나쁜 사람이 있는 게 아니라 좋은 행태 와 나쁜 행태가 있다고 할 수 있지. '타인의 부덕은 감추고 덕을 드 러나게 하라'라는 글귀가 있다. 항상 그리하기는 어렵겠지만 그리하 도록 노력하거라."

어느 날 정동이 안방에 들어섰는데 어머니가 고운 삼베옷을 개시면서 눈물을 지으셨다.

나는 그 모습을 보면서 왠지 모를 두려움을 느꼈고 할아버지를 찾으러 방을 나섰다.

"정동아."

할아버지는 마당에서 별을 보며 계셨다.

"저 별들을 보아라."

"전에 말했지. 길게 국자 모양을 한 북두칠성 말이다. 그 옆에 별들이 내를 이루고 있지 않니. 미리내 말이다. 수많은 별이 길게 하늘을 수놓고 있는 것이 장관이구나."

할아버지는 고개를 들어 먼 하늘을 바라보셨다.

목소리가 평소와 달리 잠긴 듯했고 눈가에는 풀잎에 이슬이 떨어지듯 무언가가 땅으로 조르륵 떨어져 내리는 것 같았다.

"그보다 중요한 것은 그 옆에 백칠십여 개의 별들이 마치 이 땅에 고을처럼 옹기종기 모여있지 않니. 그 별 중 유난히 반짝이고 성긴 별 하나가 자미원(紫微垣)이라는 곳이란다. 우리 민족은 모두 거기서 왔지. 그리고 다시 그곳으로 돌아가는 거란다. 그러니 내가 없더라도 너무 슬퍼하지 말아라. 할아버지는 그곳에서도 정동이를 보고 있을 테니."

나는 이미 어린아이가 아니지만, 아이처럼 울고 싶었다. 할아버지의 다리를 붙들고 가지 말라고 애원하고 싶었다. 할아버지는 그런 나의 마음을 아시는지 이렇게 말씀하셨다.

"정동아, 저기 마을 앞을 지나는 두물 강이 보이지."

저녁 어스름에 짙은 강기슭 안개가 시야를 가리고 있었지만, 나는 고개를 끄덕였다.

"할아버지가 보고 싶거든 언제든 저 강 앞에서 먼 하늘을 바라보거라. 그러면 할아버지도 하늘 미리내 옆에서 너를 내려다볼 것이니. 그러면 너와 이 할아버지는 마주 서서 같은 강을 보고 있는 거란다."

할아버지는 정동의 머리를 쓰다듬으며 하늘을 다시 쳐다보시고는 말씀하셨다.

"밤이 아주 차구나! 그만 방으로 들어가자."

나는 춥지만, 밤을 새워 할아버지와 함께 검은 하늘을 바라보고 싶었다.

그리하면 할아버지는 나를 미처 떠나지 못할 거라는 강기슭 안개에 젖은 소망이 나의 마음을 더욱 무겁게만 하였다.

할아버지께서 돌아가시자 검은 승용차 한 대가 할아버지 관을 싣고 마을을 내려갔다. 초저녁 어스름에 흰 보자기에 싸인 함을 들고 아버지께서 오셨다. 아버지와 함께 승용차를 타고 할아버지를 모시고 더 깊은 산중으로 차를 몰았다. 산속 깊은 골짜기 앞에서 차를 세웠다. 아버지가 함을 들고 정동의 형과 내가 아버지를 따랐다. 주변을 둘러보니 산 깊은 계곡 위로 봉우리가 몇 개 보였지만 할아버지가 묻힐 곳은 주변 산들보다 작은 산이었다. 작은 산에 오르니 오래된 노송이 보였다. 그 앞에서 형과 아버지가 땅을 팠다. 그동안 할아버지 유골이 들어 있는 함을 내가 들고 있었다. 왠지 모르지만 함은 따듯했다.

노송 아래에 함을 묻고 아버지와 나 그리고 형은 두 번의 절을 드리고 일어섰다. 서로 말은 없었지만, 마음이 무겁고 인자하시던 할아버지를 떠나보낸다는 슬픔에 가슴이 먹먹해져왔다. 산에서 내려오면서 할아버지가 계신 노송과 그곳으로 오르는 산 입구를 유심히 살폈다. 할아버지가 계신 작은 산을 병풍처럼 주변 산이 가림막을 해주고 있었다.

그 후 여기 두물머리로 다시 올 때까지 삼십 년이라는 오랜 세월이 흘렀다. 길은 시멘트로 바닥을 다져서 붉은 페인트칠을 해놓았다. 주변에는 개망초꽃과 금계국 등 들꽃이 피어 있었고 가지치기를 해서 나무 등치만 보이는 포플러에 까치 세 마리가 서로 자리다툼을 하듯 소리를 내며 부리로 서로를 공격하고 있었다. 강변에 조랑말 한 마리가 생경하게 매어져 있고 멀리 고가 위로 차들이 빠르

민주주의 대혼란의 시작

게 달리고 있었다. 그 밑으로 억새가 손을 흔들듯 흔들리고 있었다. 안내판도 유적지를 설명하기 위해 곳곳에 자리하고 있었다.

세월이 많이 흐르고 찾은 두물머리는 관광객들의 발길이 끊이지 않는 유명한 관광지가 되어 있었다.

마을 주변을 둘러싸고 있던 강기슭을 아무도 찾지 않았는데 이 곳이 '문화 생태 탐방로'가 되어 관광객들이 찾아오는 그런 관광지가 된 것이다. 그래도 인근에 사는 사람인지 배스를 실에 꿰어 들고 만면에 화색을 띤 채 동네 사람들에게 걸어가고 있었다. 마을 사람이었지만 물론 그를 알 수는 없었다. 나도 그의 안줏거리를 보니 술추렴을 하고 싶은 생각이 돌탑처럼 솟았다.

그러면서 다시 정동은 자신의 신세가 절로 한심하고 부끄럽고 우울해서 다리의 힘이 빠져 벤치에 쓰러져 앉았다.

정동이 있던 고시원비가 두 달 치 밀린 상태였다.

첫 장편소설 『프랑스 대혁명』은 출판사마다 출간을 허락받지 못했다.

"요즘 인지도 있는 작가들의 작품도 출간을 포기하고 있습니다. 작품의 내용을 제대로 확인하지 못했지만 안타깝게 되었습니다."

정동은 A4 용지로 묶인 소설을 구겨 말아 쥐고는 출판사를 나서려 했다.

"유튜브를 하시면 어떻겠습니까?"

정동의 등 뒤로 출판사 직원은 넋두리하듯 주절주절 내뱉고 있었다.

"요즘 작가 지망생들은 블로그 창작이나 유튜브로 자신의 생각을 공유하고 있습니다. 이렇게 힘들게 만든 출판물을 출간하지 못해 안타까워서 하는 말입니다."

"유튜브나 블로그는 바로바로 링크해서 공유할 수 있으니 노력 여하에 따라 조회수가 높으면 돈 버는 것도 소설보다 나을 것 같기도 하고."

"감사합니다."

'내 원고를 몇 장 보지도 않고 재능이 없다고 느꼈을까. 아직 등단도 못 한 처지에 소설이라고 원고를 가지고 온 내 모습에 불명확하고 불안한 현실을 보았을까.'

정동의 등 뒤로 건넨 충고는 차라리 하지 말았어야 했다. 정동의 불편한 심기는 더욱 혼돈의 구렁텅이로 내몰렸다. 출판사에 내민 소설은 몇 개월 동안 비참한 현실 속에서 정동의 존재 이유를 지키고 싶어 써 내려갔던 소설이었다.

며칠을 고심 끝에 내린 결론….

'할아버지….'

세상에서 가장 부끄러운 일

할아버지가 그냥 보고 싶을 뿐이다.

약국에서는 병원 처방 없이 수면제 약을 지을 수 없었다.

"그렇게 잠이 안 오시면 수면 유도제를 드시고도 효과를 보실 수 있습니다."

"아니, 저는 작품을 창작하는 작가라 습관적으로 밤에만 작품 활동을 하다 보니 밤낮이 바뀌어서 쉽게 잠을 청할 수가 없군요."

"그러면 가정의학과에 가서 약을 처방받으세요."

길거리를 배회하듯 걷다 문득 가정의학과 간판을 만났다.

"수면제 처방이 필요합니다."

"잠에 들지 못하는 이유가 뭔가요?"

"작가입니다."

"작가라는 직업을 갖고 있다고 모두 수면제 처방을 받지는 않습니다만."

"제 주변 작가들은 모두 밤에 잠을 이루지 못하는데요."

의사는 얇은 테의 안경알 속에서 작은 눈을 깜박였다.

"일반적으로 잠들기 전에 머리가 여러 생각으로 복잡하면 잠을 청하기가 어렵습니다. 잠이 든다는 것은 수면 스위치가 'on' 되었다는 겁니다. 내부의 온도가 떨어지면 그 수면 스위치가 역할을 하기 쉽습니다. 눈 덮인 설산에서 조난하는 사람들 대부분이 그 혹한의 추위 속에서 잠이 들어버리는 것도 이런 이유이지요. 잠들기 전에는 되도록 생각을 정리하시고 편한 마음으로 잠자리도 한번 점검해보세요."

"알겠습니다. 그래도 수면제는 필요한데요."

책 한 권 출간한 적도 없으면서, 이렇게 죽어가면서도 양심의 가책을 느끼지 않고 의사에게 거짓말을 해대는 정동은 자신의 처지가 우습기만 했다.

정동 앞에서 진료를 보는 의사는 환자를 위한 책임 의식이 무척 강해 보였다. 멋쩍은 웃음을 보이며 말했다.

"정 그러시다면 일주일 치를 처방해드리겠습니다."

"보름치는 안 되겠습니까?"

의사는 정동과 대면하는 것이 귀찮은 듯 진료실 밖으로 소리를

　　　　　　　　　민주주의 대혼란의 시작

질렀다.

"김 간호사."

그러면서 내게 가볍게 손짓을 하며 진료를 끝냈다. 정동은 의사에게 깍듯이 인사를 하며 진료실을 나갔다.

간호사에게 처방전을 받았는데 보름치 처방이었다. 정동의 의사가 관철되었지만, 왠지 모를 모멸감에 입술이 떨렸다.

'너 같은 건 이 세상에 필요 없어!'

의사가 뒤에서 그렇게 소리 지르는 것 같았다.

보름 뒤, 다른 가정의학과에서 똑같이 보름치의 수면제를 처방받았다. 일주일 뒤 다른 지역 가정의학과에 가서 수면제 처방을 받으려 했다.

의사는 모니터를 확인하고는 말했다.

"일주일 전에 보름치 처방을 받으셨네요."

"내 아는 지인 작가가 수면제가 필요하다고 해서…."

말도 안 되는 변명을 의사가 듣고는 말했다.

"제가 작가님의 말씀에 공감한다고 해도 전산상에 나온 내용을 무시하고 수면제를 처방할 수는 없습니다."

정동은 여태 세상을 살면서 이렇게 부끄러웠던 경험이 처음이었다.

'자살은 세상에서 가장 부끄러운 일이다.'

스티록스 7㎎ 30알.

이제 떠날 준비는 다 되었다. 대출금을 갚을 수는 없지만 밀린 고시원비는 다 정산하고 싶었다. 마음이라도 편할 수 있게.

용산역에서 경의 중앙선 지평 방면을 타고 양수역으로 향했다. 자리는 한산하게 드문드문 비어 있었다. 정동은 전철 지지대에 기대어 앉아 고개를 숙이고 조는 듯 생각에 잠긴 듯 어정쩡한 모습으로 바닥을 내려다보니 신발 끈이 풀려 있었다. 귀찮은 마음이 들었지만, 단단히 결심을 굳히기 위해 신발 끈을 바투 매려 깊이 고개를 숙이자 배낭에 있던 수면제 통이 굴러떨어졌다. 떨어지는 충격에 뚜껑이 열려 파란 알약이 쏟아졌다. 주변을 둘러보았지만 피곤하고 귀찮다는 표정으로 흘깃 한번 쳐다볼 뿐 관심을 두고 수면제 알을 쳐다보는 사람은 없었다.

쏟아져 흩어진 알약이 수면제라는 것을 알 수도 없었지만 설사 그 약이 심각한 독극물이라 정동이 세상을 버릴 거란 분명한 확증을 가진다 해도 전철 안 승객들은 적극적으로 정동을 말릴 의지를 보이지 않을 것이다.

'그런 의미에서 이 선택은 나의 자유다.'

민주주의 대혼란의 시작

'내 생명이 사라진다면 나를 사랑하는 깊이와 무게만큼 나를 아는 사람들에게 그 슬픔이 작용할 것이다.'

중국에 계신 부모님은 어릴 적부터 형만을 편애했고 정동이 무엇을 하든 무표정하고 귀찮고 관심 없다는 듯 대했다. 누나와는 혈육의 정이 있었다지만 결혼을 하고는 정동에게 관심을 두고 전화 한 통을 한 적이 없다. 할아버지만이 유독 정동을 아끼고 감싸 안았다. 중학교에 가고 할아버지가 돌아가신 후 처음 혼자 서울에 상경해서 유학 생활을 하게 된 건 어쩌면 부모님의 무관심에서부터 시작된 것일지 모른다. 그렇다고 학비나 용돈을 부족하게 보내시지는 않았다. 형의 사업이 중국에서 날로 번창하자 부모님께서 중국에 이민 가시면서 부모님 명의의 아파트를 정동에게 주시고 떠나는 것을 보면 평소 정동에게 냉대하는 모습과는 다른 의미가 있어 보였다. 아마도 정동에 대해 무책임해 보이고 싶지는 않아서일 게다.

세상을 떠날 것을 생각하니 그동안 정동이 생각한 것들을 소설로 남기지 못하는 것이 후회스러웠다. 『프랑스 대혁명』도 결국 출간을 하지 못했다. 정동이 하고 싶은 말이 너무 많았다.

'이대로 세상을 떠나는 건 너무 억울하다.'

정동은 전철에서 내려 방송국으로 향했다.

방송국에서

"여러분, 저도 촛불을 들고 시위에 참여했습니다.

대한민국 헌법 제1장 제1조 1항 '대한민국은 민주공화국이다.'

헌법 제1장 제1조 2항 '대한민국의 주권은 국민에게 있고, 모든 권력은 국민에게서 나온다.'

우리는 작은 촛불을 들고 헌법에 명시된 국민의 권리를 지켜냈던 것입니다. 높은 산 위에서 바라본 광화문의 촛불 행렬은 꽃처럼 너울거리며 무척 아름다웠습니다.

촛불의 그 아름다운 행렬은 역사의 흐름 속에 깊이 각인될 것입니다. 3·1 운동의 정신으로 우리는 광장에서 참된 민주주의를 세상에 알리고 그 의미를 되새길 수 있었습니다. 그러나 그 결과는 참담합니다. 우리 스스로 선거를 통해 선출한 대통령이 탄핵이 되고 구속이 되었습니다. 스스로 촛불을 들었던 국민도 이런 상황을 깊이 생각해봐야 합니다. 대한민국은 건국 이래 총 11명의 대통령 중하야 세 명, 암살 한 명, 자살 한 명, 구속 세 명, 탄핵 두 명으로 총 아홉 명이 수난을 당하였습니다. 이는 세계에서 유래를 찾을 수 없는 오명이라 할 수 있습니다. 또한, 대통령이 탄핵당하고 세대 간

민주주의 대혼란의 시작

의 불화는 더욱 심각한 지경에 이르렀습니다.

아이가 둘인 엄마가 있습니다. 밥때가 되지도 않았는데 한 아이가 더 극심하게 울어 젖을 물린다면 다른 아이는 어떠하겠습니까? 때가 되기 전에 나머지 아이도 보채고 울어야 하지 않겠습니까. 결국은 그 엄마는 계속 때가 아닌데 젖을 물려야 하고 그 엄마는 피곤함이 이만저만이 아니지 않겠습니까.

분명 촛불 시위의 명분은 충분했습니다. 그러나 국가를 계속 유지해나가기 위해서는 반드시 지켜야 할 약속들이 있습니다. 또한, 독재에 항거한 과거의 수많은 투사들 앞에서 부끄럽지 않아야 합니다. 이번 탄핵은 독재 때문에 대통령 선거권이 위협을 받는 상황은 아니었습니다. 이번 촛불 시위는 분명 심각한 문제를 내포하고 있습니다. 선거가 얼마 남지 않은 상황에 일어난 촛불 시위가 과연 모두 온당하다고 주장할 수 있습니까. 또한, 앞으로도 국민들의 촛불 시위가 정권 교체를 위한 하나의 거대한 퍼포먼스로 자리 잡게 된다면 대한민국의 혼란은 더 걷잡을 수 없이 널리 번져나갈 수 있습니다. 촛불이 아름다운 건 그런 선례로 남지 않을 때 가능하다 할 수 있겠습니다. 여러분…!"

"그런데 뉘신지?"

무대에 올라 초대받은 강사처럼 관객들 앞에서 강하게 주장을 펼치던 정동은 담당 FD가 무대에 올라 다가오자 무대를 내려가 총총히 객석 뒤로 사라졌다. 관객들은 황당하고 뜬금없는 정동의 행동에 서로 얼굴을 마주 보다가 킥킥대며 웃었다. 잠시 뒤 방송국에

초대되어 준비된 강사가 나오자 손뼉을 치기 시작했다. 다행인 것
은 방송일이 바빠서인지 방송국 직원 누구도 정동을 더 쫓지는 않
았다는 점이었다.

민주주의 대혼란의 시작

할아버지의 노송

　양수역에서 내려 버스를 타고 두물머리로 왔다. 이제 할아버지께 가까이 왔다. 이제부터 깊은 산골로 들어가야 해서 다시 버스를 알아봤더니 하루에 세 번만 배차가 되어있었다. 버스 정류장에서 막차가 저녁 5시 20분.

　다행히 시간이 조금 여유가 있었다. 혹시 내린 곳에 물건을 파는 곳이 없을 수 있어 편의점에서 소주 두 병과 크림빵 하나를 샀다. 잠시 기다리니 버스가 왔다. 버스를 타고 한참을 가니 울퉁불퉁한 비포장도로가 나왔다.

　'아직도 이런 노선이 있었나.'

　저 멀리 산줄기 너머로 붉게 노을이 지고 있었다. 아침 안개와 저녁노을을 자주 바라보시던 할아버지가 머릿속에 그려졌다.

　'이제 얼마 남지 않았다.'

　할아버지가 계신 노송에 다다른 만큼 마음이 점점 더 가라앉고 가슴에서 물안개가 피어오르듯 먹먹해졌다.

종착역인데도 버스에서 내린 손님은 나 하나뿐이었다. 버스는 내가 내리자마자 차를 돌려 다시 양수리로 돌아가는 듯했다. 주변에는 작은 가게 하나 없었다. 가끔 등산객들이나 찾는 곳이지만 이름난 명산이 있는 곳도 아니라 그마저도 드물었다. 어둑해진 산길을 천천히 오르면서 주변을 둘러보니 예전에 아버지를 따라 들어가던 산길이 생각이 났다. 할아버지를 묻고 돌아오는 길에 어린 나이였지만 다시 찾아올 날이 있을 거라 생각하고 유심히 봐두었기에 어두운 산길이지만 더듬더듬 찾아 오를 수는 있었다. 하지만 평소에 운동도 하지 않았고 길도 제대로 모르고 오르다 보니 얼굴은 땀으로 범벅이 되었고 몸은 더운물에 샤워한 듯 흠뻑 젖었다.

깊은 산 속으로 들어서자 갑자기 주변에 여러 새소리가 요란스러웠다. 크낙새의 나무 쪼는 소리와 소쩍새 소리, 밤늦은 시간에 뻐꾸기마저 요란하게 울어댔다. 잠시 허리를 펴고 주위를 둘러보니 병풍처럼 큰 산들이 보였다. 그 큰 산들이 정동이 서 있는 작은 산을 호위하는 것처럼 보였다. 하늘에 구름이 천천히 개더니 둥근 보름달이 떠서 주변이 밝아졌다. 정동은 길을 찾아 할아버지가 계신 산에 올랐다.

'이제 노송만 찾으면 된다.'

정동의 앞에 바로 할아버지를 닮은 그 노송이 정동을 내려다보듯 서 있었다. 주변에 봉분을 만들지 않았지만, 주변 나무들은 상수리가 대부분이었고 조금 떨어져 산비탈 가까이 외떨어진 노송 한 그루가 작은 바위에 기대인 듯 서 있어 쉽게 알아볼 수 있었다.

"할부지!"

민주주의 대혼란의 시작

정동은 노송을 부둥켜안고 어린아이처럼 울기 시작했다. 주변에 시끄럽던 새들도 조용히 그 모습을 지켜보고 있었다.

"할부지 어딨어?"

정동은 얼굴에 눈물이 범벅이 되어 어린아이처럼 할아버지를 찾았다.

할아버지가 금방 어디선가 나타나 정동을 끌어안고 머리를 쓰다듬어줄 것만 같았다.

"못 찾겠다. 꾀꼬리!"

"할부지 어서 나와!"

정동은 노송 앞에 엎드렸다.

"할부지, 나는 아무것도 못 찾겠어!"

속울음이 피눈물처럼 밖으로 쏟아졌다.

"나만 왜 이리 모자란 바보냔 말이야!"

정동은 콧물과 눈물이 범벅이 되어 노송 앞에 주저앉아 그렇게 한참을 어린아이처럼 울었다.

정동은 나무 옆 바위에 기대앉아 가져온 소주를 따 갈증을 해소하듯 벌컥대며 마셨다. 취기가 오르자 정동은 큰 목소리를 내었다.

"할아버지, 내가 잘못했어."

"내가 잘못했다고."

"할부지, 듣고 있어?"

그러면서 정동은 다시 노송에 뺨을 비비며 흐느꼈다. 점차 달이 기울고 산새들이 다시 울기 시작했다.

정동은 산새들의 소리에 마음이 더 아려왔다. 소주를 들이켜고 스티록스 한 통을 입에 쏟아붓고는 다시 소주를 들이켰다. 소주와 알약을 같이 먹었더니 입이 너무 썼다. 크림빵 봉지를 뜯고는 빵을 한 입 베어 물었다. 무심코 산 빵인데도 할아버지가 가끔 사서 주시던 그 빵이었다. 어릴 적에는 빵을 받으면 단숨에 먹어치워 목이 막히곤 했다.

"천천히 먹거라. 체하겠다."

그러시면서 할아버지는 물잔을 건네시곤 했다.

정동은 다시 소주를 들이켰다. 남은 스티록스를 모두 삼키고 남은 소주를 모두 마셨다. 노송 옆 바위에 기대 누웠는데 잠시 뒤 소용돌이치듯 머릿속이 휘돌고 속은 거친 파도에 휘청대는 난파선처럼 뒤집혔다. 죽음을 두려워할 겨를도 없었다. 몸을 거칠게 뒤척이다 노송의 드러난 뿌리에 걸려 절벽 아래로 굴렀다.

"으악!"

그때 정동이 할아버지께 보여드리려고 손에 말아 쥐고 와서는 노송 옆에 던져놓았던 『小說 프랑스 대혁명』 원고가 함께 굴러떨어졌다.

프랑스 대혁명 2

바래르

나는 왕을 심문해야 하는 슬픈 의무를 거절할 수 없었다.

나는 피고들을 재판하는 불행한 의무보다는 그들을 옹호하는 명예를 더 좋아한다. 그러나 나는 피할 수 없는 운명의 날이 이미 도래하였음을 이미 알고 있었다.

생쥐스트

루이를 재판할 사람들만이 공화국을 건설할 수 있다. 국왕을 적당히 벌하고자 하는 사람들은 결코 공화국을 건설하지 못할 것이다. 루이 16세는 군림하든가 아니면 죽어야 한다.

인민은 억압받지 않고 정복당하지 않을 때 자유로우며 주권자가 될 때 평등하며 법에 따라 통치될 때 정의롭게 된다.

군주의 재판

바래르: 당신은 인간의 노예 상태를 종식하는 법령의 제정과 인간과 시민의 권리 선언에 대한 승인을 지연시킴으로써 또한 동시에 당신의 경호원 수를 배가시키고 플랑드르의 연대를 베르사유에 집결시킴으로써 국민의 자유에 대항하는 계획에 집착하였습니다. 당신은 '국민의 대표자'와 국민을 모욕하도록 군대를 자극하였습니다.

루이 16세: 본인은 당신이 언급한 첫 번째 계획에 대하여 본인이 정당하다고 믿는 의견을 피력하였소. 국민의 대표에 관해서는 그것은 틀린 것이요. 즉, 그러한 상황이 본인 앞에서는 이루어지지 않았소.

바래르: 당신은 당신의 서약을 위반하였고 탈론과 미라보를 매수하고자 하였습니다.

루이 16세: 당시에 무슨 일이 일어났었는지 생각나지 않소. 그러나 그러한 모든 것은 본인이 헌법을 인정하기 이전이오.

바래르: 당신은 사람들을 매수할 목적으로 공금을 낭비하였습니다.

민주주의 대혼란의 시작

루이 16세: 돈을 요구하는 자들에게 은을 제공하는 것을 본인은 즐거워하지 않소.

바래르: 우선 당신은 생 클로(Saint-Cloud)로 가서 왕궁을 탈출하려고 하였습니다.

루이 16세: 그러한 비난은 불합리하오.

그때 검을 찬 귀족이 난입하였다.

그는 왕에게 앞무릎을 세우며 경의를 표하였다. 그리고는 바래르를 성난 눈으로 쳐다보며 말했다.

"당신들은 무슨 권한으로 왕을 심문하는 것이오. 원통하고 억울한 심경을 참지 못해 목숨을 내걸고 나섰소."

"당신들이 인권을 말하고 고통을 덜기 위해 단두대를 만들면서 정의를 위한 결단이라 했소."

"정의란 무엇이오!"

"정의란 공리를 보완하고 소수의 의견도 경청하는 데 있소."

"당신들이 인권을 말하고 자유를 말하고 평등을 말하고 있지만, 어찌 당신들은 왕에 대한 인권과 자유와 평등을 박탈할 수 있다는 말이오."

"왕의 죄가 무겁다 하나 당신들의 법률보다 왕이 먼저 생겼으니 당신들의 권익을 위해 만든 헌법으로 왕을 심문할 수 없소."

"또한, 당신들과 프랑스 시민 모두가 혁명을 말한다 해도, 단 한 사람의 고귀한 생명을 함부로 앗아갈 권한은 없소!"

그때 밖에서부터 소란스럽게 구호를 외치며 들어오는 자들이 있었다.

"혁명에 대한 반역자. 대검 귀족을 처단하자!"

대검 귀족을 밖으로 끌고 나간 혁명군들은 대검 귀족을 단두대로 올려보내 목을 잘라 들고는 거리로 행진했다.

"인민의 적이다. 인민의 적을 우리가 처단했다."

생쥐스트는 루이 16세를 강압적으로 다시 앞에 세웠다.

바래르: 프랑스의 유혈사태에 관한 책임이 당신에게 있습니다.

루이 16세: 아니요, 그것은 본인의 책임이 아니오.

왕은 50여 명의 죄 없는 군중들을 희생시킨 유혈사태에 관한 책임을 물을 때만 흥분된 표정이었고 증인들은 "그의 눈에서 몇 방울의 눈물이 떨어지는 것을 보았다"라고 보고하였다. 그 밖에 왕의 목소리는 자신에 차 있었고 태도는 단호하였으며 행동은 위엄이 있었다고 한다. 뒤랑 들 마리안은 "나는 그의 감동적인 말에 거의 눈물을 흘릴 정도로 감동하였고, 명확하고 세심한 그의 대답 그리고 당당하고 자신에 찬 음성에 존경을 표하였다"라고 기록하였다.

민주주의 대혼란의 시작

혁명광장 주변에는 목이 없거나 날카로운 창끝에 찔려 가슴 주위로 검붉은 피가 흘러내리는 시체들을 다 치우지 못하여 넘쳐났고 그 시체에서 흘러나온 검은 분비액이 땅을 적시고 있어 시취(屍臭)가 진동했다. 루이 16세가 왕권을 갖고 있을 당시에 국민의회가 탄생했으며 그 안에서 제헌 국민의회가 조직되었고 그들의 손에 의해 군주제가 폐지되었다. 새로운 헌법을 제정하고 왕위에 있는 루이 카페를 재판에 넘겼고 참형이 선고되었다.

루이 16세는 말했다.
"왕들이시어 저의 이 무능함을 용서하지 마시옵소서."
루이가 잠시 고개를 들어 단두대 아래 시민들을 바라보자 국민방위대 총사령관은 검을 들어올렸다. 모든 북이 울렸고 모든 트럼펫이 요란한 소리를 내었다.

"나는 죄가 없다."
"나는 나의 원수들을 용서한다. 바라건대, 나의 피가 프랑스인의 행복을 공고히 하고 신의 분노를 진정시키기를."

루이 16세의 시신을 실은 마차가 지날 때였다. 남루한 옷을 입은 여인이 마차를 따라가며 말했다.

"왕에게 무슨 잘못이 있다는 말인가. 그는 태어날 때부터 왕이었고 우리는 그들의 백성일 뿐이었다. 우리가 어떻게 왕에게 죄를 묻고 왕의 목을 자를 수 있다는 말이냐."

단태정신문화연구원(丹胎精神文化研究院)

"쿨룩."

'어이구, 끙, 머리 아파! 가만, 내가 죽지는 않았나 본데. 머리가 이렇게 아픈 걸 보니…'

주변을 둘러보니 파란 알갱이들이 위액과 뭉쳐서 굳어 있었다. 자리를 털고 일어나 주변을 둘러보았다. 뒤쪽에 가파른 절벽이 사람 크기만 한 높이로 그리 높지 않아 보였다. 그 위로 할아버지 노송이 정동을 내려다보듯 서 있었다.

"할아버지."

그러나 그 노송으로 다시 오르기는 쉽지 않아 보였다. 암벽과 흙이 혼합된 절벽이었고 발을 디딜 데도, 손을 올려 잡을 데도 마땅치 않았다. 울창한 나뭇가지들을 손으로 젖히면서 더 아래로 내려갔다.

순간, 정동의 앞에는 진달래가 초등학교 운동장만 한 크기의 벌판에 만개해 있었다.

민주주의 대혼란의 시작

절벽 주변에는 분명 산안개가 오르고 있었는데 진달래꽃밭은 새벽 어스름에도 뚜렷하게 꽃잎이 붉게 물들어 있는 것이 보였다. 그 위로 흰 나비 몇 마리가 가볍게 날고 있었다. 둘레에는 산이 둘러쳐져 있었고 꽃밭은 분지 형태 속에 있었다. 꽃밭을 지나 길을 찾았지만 울창한 산으로 둘러싸여 있어 좀체 찾을 수가 없었다.

'가만, 지금이 시월의 가을인데.'

정동은 섬찟한 생각에 갑자기 머리가 쭈뼛 섰다.

'늦가을에 진달래가 피다니.'

'내가 죽었단 말인가, 아니면 봄이 될 때까지 혼수상태에 빠졌단 말인가. 어쨌든 이곳을 벗어나야 한다.'

갑자기 정동은 미친 듯이 산 벽을 타면서 주변에 길을 찾으려고 애를 썼다. 그러는 동안 아침이 밝아오면서 아침 밝은 태양 빛이 주변을 선명하게 비추었다. 그 빛 때문인지 정동의 시야에 반짝이는 무언가가 눈에 잡혔다. 가까이 다가가니 사람 키만 한 높이의 대리석이 보였다. 대리석에는 한자가 음각되어 있었다. 한문으로 한 자 한 자 정자로 새겨져 있었다. 정동은 음각된 한문을 한 자씩 손으로 만지며 읽어 내려갔다.

"단(丹), 태(胎), 정(精), 신(神), 문(文), 화(化), 연(研), 구(究), 원(院)."

갑자기 산 절벽으로만 알았던, 앞에 있던 돌이 문처럼 스르르 열렸다. 그 안에서 밝은 빛이 강렬하게 쏟아져 나와 정동은 고개를 숙이고 손차양을 하며 눈을 감았다. 잠시 후 밝은 빛에 익숙해지자 복도 안을 바라보았더니 온통 흰색이었다. 제법 높아 보이는 천장 위에는 강렬한 빛을 내는 조명이 일렬로 빛을 내고 있었다. 정동은 주춤거리면서 호기심을 못 이겨 앞으로 천천히 발을 내디뎠다. 십 미터 정도 들어갔을 때 십자가 형태로 갈림길이 나왔다. 바로 앞쪽에는 길이 넓어지면서 하얀 대리석으로 계단이 놓여 있었다. 그 계단은 천천히 오른쪽으로 곡선을 이루며 꺾여 있었다. 호기심에 정동은 계단에 발을 디뎠다.

"누구든 그곳을 바로 오르실 수 없습니다!"

정동은 음성이 들리는 쪽으로 고개를 돌렸다. 정동이 들어온 오른쪽 갈림길에 안내실이 있었고 그 안에는 연푸른색 정장을 입은 사내와 연분홍 여성 정장을 입은 여인이 굳은 표정으로 정동을 바라보고 있었다.

정동은 안내실 앞으로 갔다.

"단원 신분증을 보여주십시오."

"네?"

"이곳이 처음이십니까?"

"그렇습니다."

"누구의 소개를 받고 입문하십니까?"

"사실은 저… 할아버지가 돌아가셔서 묻히신 곳이 이 근처입니다. 그래서 우연히…"

"손을 내밀어보십시오."

집게손가락이 따끔하더니 작은 진단 키트에 혈청을 넣고 진단 키트를 설치된 부스에 밀어 넣었다.

잠시 뒤 갑자기 안내인들이 정중히 고개를 숙이면서 말했다.

"丹胎精神文化硏究院 회원임이 증명되었습니다."
"하지만 이곳에 입장하기 위해서는 엄격한 조건이 있습니다."
"도대체 또 무슨 조건을 말씀하시는 겁니까?"
"현금으로 사천을 준비해야 합니다."
"사천만 원?"
"누가 현금으로 사천을 들고 다닙니까?"
"사천만 원이 있으면요?"
"천만 원은 입회비이고 삼천을 가지고 이곳에서 생활하시게 됩니다."
"없습니다. 만 원도 없어요!"
'내가 죽으려고 왔는데 그런 돈이 어딨어. 이런 사이비 종교 집단 같으니라고.'
갑자기 모든 조명이 꺼지면서 암흑이 찾아왔다. 바닥이 열리면서 밑으로 확 빨려 내려가는 듯싶었다.
"으어어어어···!"
정동은 다시 산속으로 내동댕이쳐졌다.
정동이 내동댕이쳐지면서 떨어진 곳은 바로 노송 아래였다. 죽으려고 했던 바로 그 자리였다.
고개를 들어보니 벌써 산마루에 해가 기울고 있었다.

'내가 약을 먹고 정신이 완전히 나간 게 분명해. 일단 여기를 떠나자.'

전세가 상승의 호재

"302호 님 어디 다녀오셨어요?"

고시원에 들어서자 총무는 반갑게 인사를 건넸다. 정동은 방으로 들어서자마자 답답한 마음에 창문을 열었다. 창문 밖은 고시원 건물과 바로 붙어 있는 외벽으로 막혀 있었다. 벽에 머리를 대고 심호흡하기 위해 고개를 내밀었더니 각종 생활 쓰레기가 바닥에 지저분하게 널브러져 있었다. 또 그 벽에는 각 층마다 에어컨 실외기가 흉물스럽게 설치되어 있었다. 여름이면 실외기 소음과 거기서 뿜어져 나오는 더운 바람에 최근 들어 이상기온으로 오른 온도를 더욱 높이 치솟게 했다.

'무덤 속 관 같은 이 좁은 방에 그래도 창문이 있는 게 어디야.'

실제로 창문이 있는 호실은 다른 호실보다 월세가 오만 원이 더 비쌌다.

고시원에서 일 년이 넘는 기간 동안 생활하다 보니 잠을 자다가도 심한 갑갑증에 벌떡 일어나 밖으로 뛰쳐나와 숨을 몰아쉬곤 했다. 고시원에서 오랫동안 생활한 사람들이 처음에는 한심하기 짝이 없어 보였지만 지금은 아이러니하게도 그들의 둔감함과 적응력에 경외감마저 느끼게 되었다. 사회 속에서 낙오된 정동의 처지와 같은 그들에게 왠지 모를 연대감이 싹트는 것이겠지만 말이다.

며칠째 벼룩시장과 교차로 등의 생활정보지에서 일자리를 알아보았지만 마땅한 일자리는 없었다. 요즘은 인터넷과 스마트폰에서 쉽게 일자리를 찾아볼 수 있지만, 노트북도 스마트폰도 정동에게는 없는 것들이기에 생활정보지를 통해 일자리를 찾는 게 훨씬 쉬운 방법이었다. 생활정보지를 계속 보다 보니 인터넷보다 나은 면이 여러 가지가 있었다. 생활정보지를 통해 찾아간 일자리는 이력서 등 개인정보에 관한 서류를 제출하지 않아도 쉽게 일을 시작할수 있는 곳이 많았다. 지금 정동이 일하게 된 식당도 생활정보지를 통해 얻은 곳이다.

식당에서 늦게까지 일하고 고시원에 들어설 때였다.

"정동 씨."

오늘은 웬일인지 고시원 총무가 내 이름을 부른다.

"네?"

"석사 부동산이라는 곳에서 전화 왔었는데요."

'가만, 석사 부동산이라, 어디지?'

기억을 더듬어가는데 왠지 모를 기대감에 기분이 갑자기 들뜨기 시작했다. 오십여 채 대부분은 역전세를 감당할 수 없어서 경매에 넘겼지만, 역전세 초기에는 세입자에게 양해를 구하고 재계약을 한 경우도 있고 하락한 금액만큼 신용 대출을 해서 해결한 곳도 있었기 때문이다.

역전세 대란이 한풀 꺾인 즈음에 부동산에서 전화가 온다는 것은 청신호임이 분명했다.

고시원 총무는 석사 부동산의 사무실 전화번호와 소장님의 휴대폰 번호까지 적혀 있는 메모를 건넸다.
"될 수 있는 대로 빨리 전화를 달라고 하던데요."
"네, 알겠습니다. 감사합니다."
정동은 방에 들어서자마자 다이어리를 들추었다.

고양시 덕양구 달빛마을 3단지 1203동 14××호
매매가: 2억 9000만
전세가: 2억 6000만
2016년 7월 18일 전세 계약
2018년 7월 19일 2억 6000만 전세 연장 계약
석사 부동산: 010-8734-××××
달빛 부동산: 010-8533-××××

안산시 푸른마을 4단지 1003동 11××호
......

몇 개 되지 않는 전세 재연장 물건 중에 석사 부동산이 기록된 다이어리를 확인하고는 손이 떨렸다. 다음 날 공중전화로 석사 부동산 소장에게 전화를 걸었다.

민주주의 대혼란의 시작

"어이구, 정 대표님 오랜만입니다."

'정 대표!'

부동산을 찾을 때마다 당연하게도 듣던 호칭이 지금은 낯설었지만, 심장은 내가 살아 있음을 확인시키듯 강하게 뛰었다.

"네, 소장님 어쩐 일이십니까."

"바쁘실 텐데 바로 말씀드리지요. 매수자가 나타났어요."

"매수자요? 매매가는요?"

"천만 원을 올려 삼억에 매수하길 원하는데 대표님 생각은 어떠세요."

'가만, 그동안 매수 시장이 전세가 하락으로 얼어붙어 있었는데? 잠깐 사이에 부동산 시장이 어떻게 되어가고 있는 거야. 가만, 앞으로 상승세를 탄다고 해도 매물을 파는 것은 쉬운 일이 아닌데. 내 코가 지금 석 자인데 매수자가 있을 때 팔아야지.'

"그러면 일단 계약금을 먼저 보내주시고… 아, 소장님. 오후에 다시 연락을 드리겠습니다."

"대표님! 아파트 가격이 오르는 분위기인 건 사실이지만 거래는 아직 이루어지지 않고 있습니다. 매수자가 나타났을 때…"

"오후에 전화드리겠습니다."

계약금을 받을 수 있는 계좌가 있는지 확인해야 했기에 오후에 연락을 다시 한다고 전화를 끊으려 한 건데 부동산 소장은 매도 의사가 없는 걸로 받아들였는지 다급하게 매도할 것을 종용했다.

아파트 가격이 하락하면 내림세가 계속될까 봐 매수를 망설이고 가격이 상승하면 가격이 더 오르길 바라는 심리가 매도를 망설이게 한다. 실수요자들은 가격의 반등에 조금 무딘 편이긴 하나 부동산의 경우 50%가 넘는 투자자들의 움직임에 가격이 형성된다고 해도 과언이 아닐 것이다. 전세라는 임대 형태는 월 임차료를 다달이 지급하는 손실금을 막고 목돈을 유지할 수 있다는 장점을 갖고 있다. 매매가와 전세가의 격차가 작은 지역에서는 소액으로 갭투자를 하는데 그들 대부분 여유자금을 갖고 있지 않아 부동산 시장에 위험 요소로 나타나게 되었다. 대한민국에만 전세라는 임대 형태가 존재하기에 갭투자라는 투자 형태도 이 나라에만 존재한다. 중개인들은 과도한 경쟁 속에서 생존을 위해 그런 투자자들과 원만하게 지내야 했다.

정동은 현재 압류된 계좌를 해결하고자 그가 가입했던 투자 컨설팅 회사에 전화를 걸었다.

"안녕하십니까? 성 주임님."

"네. 그동안 어떻게 지내셨어요."

"죄송합니다. 위임장만 보내놓고 신경을 쓰지 못해서."

"왜 그러셨어요. 다른 회원들은 대표님께서 추천한 대출을 통해 대부분 매물을 경매로 매각하는 위기를 넘기셨는데."

"매물량이 워낙 많아서…."

"대표님께 계속 부탁을 하기도 어렵고 격차가 워낙 작은 매물을 담보해서 대출이 기본적으로 어려운 상황이라 신용을 담보로 하는 대출도 한계가 있어서."

민주주의 대혼란의 시작

"어쨌든 안타깝게 됐습니다."

"제 경매 건은 카페를 통해 확인했습니다. 아무튼, 여러 가지 신경 써주셔서 감사합니다."

"그런 말씀 마세요. 실제 매각된 매물은 조금의 여유자금만 있으면 실행되지 않았을 우량 매물이고 은행 담보 대출도 실행되지 않은 게 대부분이라 우선순위 세입자들이 전세금을 반환받는 건 어렵지 않았습니다. 하지만 초기 투자금을 만들기 위해 살고 계시는 아파트를 담보로 80% 대출을 받으신 터라 잔금도 제대로 못 받고 강제 매각 처리된 것이 결국 가장 큰 손해입니다. 대표님께서 무척 안타까워하십니다."

"이미 다 지난 일인데요."

중국에 계신 부모님께서 이 사실을 아직 모르시고 있기에 정말 난감한 일이긴 했다.

"다름이 아니라 고양시 달빛마을 3단지를 매수할 의사를 가진 분이 있어 계약하려고 하는데 계좌가 압류인 채로 있는데 어찌해야 할지 몰라서요."

"계좌를 살리는 건 문제가 아닙니다. 다만 앞으로 달빛마을뿐만이 아니라 부동산 시장이 하루가 다르게 상승세를 타고 있습니다. 조금 기다려 달빛마을 전세 계약일까지 기다리시는 게 어떨까요."

"제 사정이 급해서 매수자가 있을 때 계약을 하려고요."

"아파트 경매 건은 전에 말씀드렸듯이 회원님께서 따로 담보된 내용은 없고 경매 신청권자가 선순위 임차인이었기 때문에 전세금 반환이 무리 없이 실행되었습니다. 하지만 경매 실행 전에 전세 계약이 만료된 세입자 같은 경우 임차권 등기 명령 신청하고 주택도시보증공사(HUG)에서 전세 보증금을 반환받습니다. 그 후, 주택보증공사에서 임대인에게 수수료를 받지 못해서 계좌 압류를 했을 겁니다. 아마 압류 전에 서류를 보냈을 텐데요. 회원님의 경매 개시된 기간이 일 년이 넘었으니 서류들을 확인하시고 전화 연락을 하세요. 경매 절차로 임시압류 사항이 종결되었을 테니 통장 압류 해제를 부탁하시면 될 것입니다."

"네, 알겠습니다."

부동산 투자를 한다고 하면서도 이런 단순한 문제도 해결 못 하는 내가 한심스러웠다. 일단 185만 원 이하의 금액에 대해서는 계좌 이체를 받을 수 있으니 계약금을 먼저 소액으로 받고 HUG에 연락해서 통장 압류 해제를 요청해야 했다.

"네, HUG입니다."

"제가 수수료를 미납해서 현재 통장이 압류된 상태라 통장 압류를 해제하려고요."

"미납된 수수료를 내시겠습니까."

"그게 아니라 경매 절차가 다 끝난 상태라…"

"담당 부서로 바꿔드리겠습니다."

그런 후에도 계속 신호만 가고 전화를 받지 않아 끊을 수밖에 없었다. 다음 날 오전 시간에 HUG에 전화를 걸었고 계속 전화 받는 담당자가 바뀌더니 필요 서류 몇 가지를 안내하고 직접 방문을 요청했다. 다행히 심사 절차는 간단했고 며칠 뒤 은행에서 통장을 새로 개설할 수가 있었다.

　　　　　　　　　　민주주의 대혼란의 시작

"소장님, 안녕하십니까? 그때는 제가 바쁜 일이 있어 연락을 못 드렸습니다만…."

"아! 정 대표님, 그러지 않아도 기다리고 있었습니다."

"그때 말씀하신 매수자는…."

"잠시만 기다리세요. 금방 전화하겠습니다."

"아니…."

휴대폰이 없으니 정말 답답한 노릇이었다.

다시 전화를 걸었다.

"네, 아직 계약할 의사가 있답니다. 매매가는 3억 그대로?"

"계약금하고 잔금일은 언제로 하시면 좋을지."

"대표님 내일 어떠세요. 내일이 금요일이라 그분도 빨리 계약을 하고 싶어 하십니다."

"알겠습니다."

계약하고 부동산 중개 수수료를 드리면서 소장님께 감사의 인사로 점심을 사드렸다. 세무서에 가서 상승분 천만 원에 대한 양도소득세와 지방세를 내고 남는 돈이 대략 사천이 조금 안 되었다. 그동안 아르바이트해서 번 돈을 합하면 사천만 원이 넘는다. 작은 전세방은 구할 수 있는 큰돈이었다. 오랜만에 음식점에 들어가 식사를 하며 맥주와 소주를 섞어 몇 잔을 마시고 비틀거리며 고시원 방으로 들어갔다. 이제는 이 지겨운 고시원을 떠날 수 있을 거라는 생각에 잠이 오질 않았다. 힘들던 모든 것들이 이제 끝날 것만 같았다.

'가만, 안산하고 동탄 합쳐서 아직도 네 채가 남았네.'

부동산 시장이 계속 상승을 하면 다시 기사회생하는 건 일도 아닐 듯싶었다. 그런 생각들이 꼬리에 꼬리를 물더니 이번에 고양 달빛마을 3단지를 매도한 걸 후회하기 시작했다. 웃음이 나왔다.

'사람의 마음이 정말로 간사하구나.'

'현금으로 사천을 준비해야 합니다.'

갑자기 정동의 머릿속에서 그때 안내원의 목소리가 들리는 듯했다. 정동의 머리가 지진이라도 난 듯 흔들리면서 사천, 사천….

'사천만 원?'

뭔가 중요한 일이라 반드시 생각해내야 할 것처럼 마음이 산란했다.

"입회비가 사천만 원!"

정동은 순간 잃어버렸던 기억이 되살아나면서 귓가에 사천만 원이라는 금액이 울리는 듯했다.

민주주의 대혼란의 시작

이상한 노인 1

  다음 날 정동은 배낭을 메고 어디론가 바쁘게 걸어가기 시작했다. 배낭은 뭔가 묵직한 것이 들어 있어 무거워 보였다.

  버스에서 내려 잠시 주변을 둘러보았다. 산 입구는 상수리나무들로 둘러싸여 길이 좁아 보였다. 그래도 버스를 탄 시각이 오전 열두 시 삼십 분, 지금 시각이 얼추 오후 한 시 즈음이 되었을 것이다. 날은 흐렸지만 이른 시간이라 노송을 찾는 데는 어려움이 없을 듯했다. 산길이 가파른지 배낭이 무거운지 정동은 가쁜 숨을 몰아쉬기 시작했다.

  '이쯤인 것 같은데.'

  정동은 허리를 한 번 길게 펴고 작은 언덕만 오르면 노송이 앞에 있을 거라는 생각에 힘이 나 다시 오르기 시작했다. 할아버지께서 묻혀 있는 노송에 가기 전에 막걸리와 황태포를 배낭에 챙겨서 출발하였다. 할아버지께서는 약주를 자주 드시지는 않았지만, 가끔 손님들이 오시면 꼭 막걸리를 사 오셨다. 할아버지께서는 그 모습을 보시고 무척 즐거워하셨다.

  '노송이 보일 때가 되었는데.'

언덕을 오르니 앞에 있는 노송이 점점 크게 보였다. 노송이 모습을 확연히 드러냈을 때였다. 노송에 하얀 두루마기를 길게 드리운 채 기대어 서 있는 노인이 보였다.

'할아버지?'

돌아가신 지가 언젠데 그럴 리가 없었다. 그 노인은 정동을 알기라도 하는 듯 말했다.

"왜 인제 오느냐?"

"예? 누구신지…."

"누구긴 누구냐, 널 기다리는 사람이지!"

"시장하구나. 가지고 온 걸 내보거라."

정동은 배낭에서 주섬주섬 막걸리와 황태포를 꺼냈다.

"이건 돌아가신 할아버지께 드리려고 준비한 건데요."

"산 사람이 중하지 이미 떠난 사람이 중하더냐!"

노인은 긴 소매 속에서 큰 잔을 하나 꺼내더니 막걸리를 따라 마시기 시작했다.

정동이 주춤한 상태로 내려다보고 있으려니, 노인이 말했다.

"한잔 따라보아라."

정동은 그 서슬에 술을 따랐다. 노인은 석 잔을 마시고는 두루마기를 가볍게 털며 일어났다.

"노인께서는 뉘신데 이곳에서 저를 기다렸습니까?"

"허허, 궁금하냐."

"저를 기다렸다고 하시니…."

"조만간 다시 보게 될 게다."

그러더니 노송 뒤에 숨듯 돌더니 한순간에 사라져 보이지 않았다. 정동은 잠시 멍하니 서 있다가 읊조렸다.

"미친 노인네."

"돌아가신 할아버지께 드리려고 가지고 온 걸 가지고."

황태포를 노송 앞에 노랗게 마른 잔디 위에 올려놓고 땅으로 드러난 굵은 뿌리 그 주변으로 막걸리를 조심스럽게 조금씩 뿌렸다.

"할아버지."

정동은 노송을 할아버지 대하듯 불렀다.

그때였다. 하늘 위 흐린 구름이 천천히 가라앉더니 정동 주변이 산안개로 둘러싸였다. 정동은 이상한 생각이 들어 배낭을 다시 메고는 노송에 의지한 채 그 아래를 내려다보았다.

"이게 웬 조화여."

정동은 그래도 용기를 내어 그때 그 안내원을 다시 만나기 위해 조심스레 절벽을 내려갔다. 정동은 안개 속에서 음각된 대리석 판 위치로 대중을 하며 조금씩 걸었다.

발에 걸리는 것들을 헤집고 손에 잡히는 것들은 뜯어 살폈다.

"진달래?"

'하기야 작년 가을에도 피어 있었으니 이른 봄에 피어 있는 건 이상한 일도 아니지.'

하지만 추위를 지난 지 얼마 되지 않은 시기에 진달래가 피어 있는 것도 상식적인 일은 아니었다. 오히려 정동의 반감은 더욱 커졌다. 머리가 덥수룩하게 눌려 있던 정동의 머리가 쭈뼛 곤두섰다. 정동은 가끔 놀라는 일이 있으면 머리가 섰는데 자신이 한 말에 놀라서 머리가 곤두서는 일도 있었다.

"머털도사니?"

떠꺼머리에 통통하고 작달막한 정동은 '머털도사'에 나오는 희극적인 주인공을 많이 닮았다. 친구들은 머리가 곤두서는 게 신기하기도 했고 모습도 닮아서 자주 그런 식으로 놀리기도 했다.

'왜 하필 진달래 동산이 노송 바로 밑에 있냐는 말이다.'

왠지 모를 불안감으로 행동은 더욱 굼떠졌고 손을 떨면서 더듬거리며 벽을 훑으며 나갔다.

"찾았다."

정동의 손바닥에 차가운 대리석의 촉감이 느껴졌다. 짙은 안개 속에서 우연히 접한 대리석 돌판을 다시 찾아낸 게 자신도 기특했다.

'이제 주문처럼 현판의 글씨를 읽으면 되지.'

'가만, 무슨 연구소였는데.'

현판을 더듬거리며 한자 음각의 음을 소리 내어 읽었다.

"단태정신문화연구원(丹胎精神文化研究院)!"

기다려도 문이 열리지 않았다. 다시 글자를 천천히 읽었지만, 변화는 없었다.

'가만, 그때 음각된 글자를 손으로 더듬으며 읽어나갔는데.'

정동은 음각된 글자를 손으로 새기듯 만지며 다시 한 자, 한 자 읽어나갔다.

"丹, 胎… 精, 神, 文, 化, 研, 究, 院."

그러자 짙은 안개가 가시더니 정동 앞으로 문이 열리면서 강렬한

민주주의 대혼란의 시작

빛이 쏟아졌다. 그 빛으로 진달래꽃밭이 드러났다.

　정동은 한 걸음 한 걸음 천천히 그 문 안으로 들어갔다. 그 안에 들어가니 그때와 같이 갈림길이 나왔다. 앞쪽으로 하얀 대리석 계단이 보였다.

통과의례(通過儀禮)

"이쪽으로 오십시오!"

처음처럼 연푸른색 정장을 입은 사내와 연분홍 여성 정장을 입은 여인이 정동을 바라보고 있었다.

정동이 안내실 앞으로 갔다.

"손을 내밀어보십시오."

정동은 배낭을 그 앞 테이블 위에 올려놓으며 의기양양하게 말했다.

"그때 말한 대로 돈은 준비했습니다."

"신분증이 없으니 일단 손을 내미십시오."

안내원은 까다롭게 혈청을 뽑아 진단 키트에 넣고 다시 신분을 확인했다.

"丹胎精神文化硏究院 회원임이 증명되었습니다."

안내원들은 다시 정동에게 정중히 고개를 숙였다.

정동이 가지고 온 배낭에는 벽돌 같은 돈뭉치가 들어 있었다.

남자 안내원은 돈을 확인하고는 말했다.

"사천만 원이 맞습니다."

민주주의 대혼란의 시작

그는 그 돈을 들고 안내실 안쪽으로 들어갔다.

연분홍 정장을 입은 여성 안내원이 카드를 내밀며 말했다.

"이 안에는 삼천만 원이 들어 있습니다. 이 돈을 다 소진하시면 자진 퇴동(退洞)하셔야 합니다."

그 카드와 함께 A6 크기만 한 수첩을 건넸다.

"먼저 이곳은 약칭으로 단원(丹院)이라고 부릅니다."

"단원(丹院)은 천연(天緣)이 없는 일반인에게는 접근이 허락되지 않은 곳입니다."

"천연(天緣)이라면…."

"고대부터 전설같이 내려온 한민족의 뿌리와 관계된 내용입니다. 자미원(紫微垣)에서 내려온 혈통(血脈)만이 단원(丹院)의 인연(因緣)입니다."

'자미원(紫微垣), 할아버지께서 돌아가시기 전에 말씀하신 것이 생각났다. 북두칠성 곁에 흐르는 미리내 옆에 있는 백칠십여 개의 별들.'

"수첩에 있는 내용을 잘 숙지하십시오. 그러면 우측에 있는 계단으로 오르시면 됩니다."

정동은 먼저 수첩을 펼쳐 내용을 확인했다.

'당신은 인생에서 가장 큰 고난을 겪고 있습니다. 단원(丹院)은 당신께 옛 선조들의 지혜를 통해 그 고난을 넘을 수 있도록 도와줄 것입니다. 새로운 깨달음을 얻어, 인생을 다시 한번 멋지게 살아갈 수 있는 기회를 잡으십시오.'

수첩을 읽으며 오른 계단은 곡선을 따라 점차 높은 곳으로 향해
가고 있었다.

地層

정동이 오른 첫 번째 층 입구에서 본 대리석 현판에 굵게 지층이
라고 한자어로 쓰여 있었다.

입구에 들어서서 우측 복도를 따라 들어갔다. 복도를 돌자 갑자기
미로와 같은 복도가 나타났고 길을 잃을까 두려워 일단 멈춰 섰다.

'미로는 손으로 벽이 이어진 것을 계속 확인하며 가면 출구를 찾
을 수 있어.'

한참을 벽을 짚고 걷던 정동은 정말 출구를 찾을 수 있었다. 거
기서부터는 일직선으로 복도가 이어졌다. 복도는 넓지 않았는데
좌우로 붙박이 책장이 길게 펼쳐져 있었고 책장은 5단으로 되어
있었는데 맨 아래 단은 비어 있었고 첫째 단에는 대부분 자기 계발
서가 꽂혀 있었는데 정동이 읽은 『성공한 사람들의 7가지 습관』과
『카네기 인간관계론』, 『타이탄의 도구들』 등이 보여서 반가운 마음
이 들었다.

두 번째 단에는 『치유』, 『미움받을 용기』 빅터 프랭클의 『죽음의
수용소에서』 등이 보였다.

세 번째 단에는 『의식 혁명』 등이 있었는데 책장을 살피는 가운
데 복도 막다른 곳에 다다랐다.

민주주의 대혼란의 시작

理性의 窓

　문은 투명한 유리문이었고 자동문으로 되어 있었다. 철제로 된 은색 현관에는 '理性의 窓'이라고 적혀 있었다.

　정동이 가까이 서니 문이 열렸다. 조심스레 발을 뻗어 안으로 들어갔다.

　실내로 들어가니 흰색 의사 가운을 입은 여인이 커다란 테이블 앞에 팔짱을 끼고 앉아 있었다. 그녀는 여리고 이지적인 듯 보였지만 강렬한 카리스마를 내뿜고 있어 함부로 범접할 수 없는 기운이 느껴졌다. 투명한 수정 유리알이 박힌 맑고 깨끗한 은테 안경을 쓰고 있었다. 안경 너머 커다란 눈이 가볍게 정동을 응시했다.

　테이블 앞에는 작은 의자가 놓여 있었다.

　정동은 엉거주춤 의자에 앉았다. 가운에는 '丹胎精神文化硏究院'이라고 파란색 수실로 새겨져 있었다. 그 뒤로는 빈센트 반 고흐의 '별이 빛나는 밤에'가 걸려 있었다. 옆에는 작은 책장이 있었는데 정신의학 서적 몇 권과 데이비드 호킨스의 『의식 혁명』, 니체의 『짜라투스트라는 이렇게 말했다』, 그리고 정신의학도이면서 스스로 양극성 장애를 앓았던 실비아 플러스의 『벨 자』도 보였다.

　의사는 계속 정동의 표정을 유심히 살폈다.

　정동은 왠지 불편한 마음이 들었다.

　"저기…."

　그녀는 손을 들어 제지하더니 팔짱을 풀고 자판을 빠르게 두드리기 시작했다. 잠시 그녀의 모습만 지켜보다가 창밖의 풍경이 눈에 들어왔다. 나무들 사이로 뛰어다니던 다람쥐 한 마리가 굵은 가지 위에서 그녀와 정동의 모습을 지켜보는 것이 눈에 들어왔다.

그녀는 몰두하던 일을 마치고 자리에서 일어나 창가로 걸어갔다. 그녀는 다시 팔짱을 끼고 커다란 창을 통해 바깥 풍경을 바라보았다.

프린터에서는 무언가 출력되는 소리가 들렸다. 출력된 프린트물이 정동 앞에 놓였다. 그 프린트물에는 이렇게 적혀 있었다.

Bipolar effective disorder. Similar status

정동이 프린트물에 손을 뻗으며 물었다.

"무슨 뜻인가요?"

그녀는 정동의 물음에는 답을 하지 않고 이렇게 말했다.

"그만 나가셔도 좋습니다."

그녀는 창가에 선 채로 주변 경치에 마음을 빼앗겨 있는 듯했다. 정동은 더는 질문할 엄두도 내지 못하고 방문을 열고 밖으로 나왔다. 방금 받은 프린트물을 수첩 갈피에 꽂아 넣었다.

막다른 통로를 벗어나 우측으로 꺾인 복도를 따라 걷자 피아노 선율이 고요하게 울려 퍼졌다. 에드워드 엘가의 '사랑의 인사(Sault amour, 1888)였다. 조명이 약한지 어둡고 침침한 복도를 거닐던 정동은 불안했던 마음을 조금은 진정시킬 수 있었다. 복도의 양쪽 벽에는 그림들이 전시되어 있었다. 자세히 보니 그림 한쪽에 시(詩)가 있었다. 시화(詩畵)로 된 액자였다.

대숲 아래서

- 나태주

1.

바람은 구름을 몰고

구름은 생각을 몰고

다시 생각은 대숲을 몰고

대숲 아래 내 마음은 낙엽을 몬다.

2.

밤새도록 댓잎에 별빛 어리듯

그슬린 등피에 네 얼굴이 어리고

밤 깊어 대숲에는 후둑이다 가는 밤소나기 소리.

그리고도 간간이 사운대다 가는 밤바람 소리.

3.

어제는 보고 싶다 편지 쓰고

어젯밤 꿈엔 너를 만나 쓰러져 울었다.

자고 나니 눈두덩엔 메마른 눈물자죽,

문을 여니 산골엔 실비단 안개.

4.

모두가 내 것만은 아닌 가을

해지는 서녘 구름만이 내 차지다.

동구 밖에 떠드는 애들의

소리만이 내 차지다.

또한 동구 밖에서부터 피어오르는

밤안개만이 내 차지다.

모두가 내 것만은 아닌 것도 아닌

이 가을

저녁밥 일찍이 먹고

우물가 산보 나온

달님만이 내 차지다.

물에 빠져 머리칼을 헹구는

달님만이 내 차지다.

시를 담은 액자 속 그림은 동양화를 그리듯 그렸지만 짙은 푸른 빛을 살리기 위해 먹물 대신 녹색 물감을 사용한 것으로 보였다.

짙푸른 대나무 숲에 작은 길이 나 있었고 바람에 댓잎이 날리듯 빈 곳에 작은 대나무 홀잎을 그려 넣었다. 대나무 옆으로 아이의 작은 그림자가 살며시 나와 있었다. 시(詩) 그림을 보면서 음악에 취하니 대나무 숲속에 있는 아이가 정말 정동인 듯 여겨졌다.

민주주의 대혼란의 시작

內亂

- 김종해

낙엽이내린다. 우산을들고
제왕은운다헤맨다.검은비각에어리이는
제왕의깊은밤에낙엽은내리고
어리석은민중들의횃불은밤새도록바깥에서
궐문을두드린다.
깊은돌층계를타고내려가듯
한밤중에촛대에불을켜들고
궐안에내린낙엽을투석을
맨발로밟고내려가라내려가라
내려가라깊고먼지경에침잠하여
제왕은행방불명이된다.제왕은
화구의불구멍이라자기혼자뿐인거울속에서
여러개의탁자위에내린
낙엽이되고투석이되고
독재자인나는맨살로난간에나가앉아
벽기둥에꽂힌살이되고
깊은밤이된다.제왕은군중속에떠있는
외로운섬인가,낡은법정의흔들리는벽돌을헐어
이한밤짐에게비문을써다오
화염인체무너지는대리석처럼깊은밤인경은

시녀같이누각에서운다누각에서떠난다..

아,한장의풀잎인가미궁속에서

내전에세워둔내동상은흔들리고

나는거기가서꽂힌비수가되고

한밤동안石段을내리는물든가랑잎에

붉은龍床은젖어

우산을들고제왕은운다혜맨다….

시화의 그림은 짙은 검은색으로 어두운 질감으로 표현했다. 옥
좌에서 황제의 관이 떨어져 내리고 그것을 잡으려고 손을 뻗으며
바닥에 쓰러질 듯한 여왕의 모습을 표현한 것 같았다. 창이 열려
있지만, 바깥 풍경도 어둡고 서늘한 바람만이 창을 흔들어대는 그
림이었다. 내란(內亂)이라는 시는 정렬이 고르지 않고 글씨체도 삐
딱하게 인쇄되어 있어 암울한 그림과 함께 시화가 마음을 심란하
게 했다.

김종해의 「내란(內亂)」 시가 담겨 있는 시화가 길쭉한 액자에 담
겨 있었다. 나태주 시인의 「대숲 아래서」가 담겨 있는 액자는 거의
정사각형을 이루고 있는 것에 대비를 이루었다. 두 시화는 밝음과
어둠 그리고 내용 면에서도 젊은 날의 사랑에 대한 감성적인 아름
다움과 용상에서 나락으로 떨어지는 여왕을 어둡게 묘사하면서 내
용과 액자의 모양이 대비되면서 다른 감정을 느끼게 했다. 그리고
「내란」 시를 읽으면서 현재 정치 상황을 표현한 것 같다는 느낌이
들었는데 「내란」이란 시가 쓰인 연도는 1965년이었고 경향신문 신

춘문예 당선 시였다. 문학에는 언제나 시대를 앞서는 그 무엇인가가 존재한다는 걸 다시 한번 상기하게 하였다.

시화와 피아노 선율에 취해 다시 막다른 곳에 다다랐고 투명 유리문이 앞을 막아섰다.

感性의 피아노

정동이 다가서자 문이 열렸다. 그 방 조명이 더 밝은 빛으로 바뀌면서 흰색 그랜드 피아노가 보였다. 그랜드 피아노에 다가서자 피아노 앞에 앉아 있는 흰색 드레스로 된 무대 연주복을 입은 여인이 보였다. 그 여인이 정동을 보며 가볍게 웃음 지었다. 정동의 마음에 알 수 없는 위로의 말을 건네는 듯, 그녀는 고개를 숙여 피아노 건반을 잠시 내려다보더니 연주를 하기 시작했다. 잔잔한 선율이 천천히 정동의 가슴에 다가서며 그의 마음의 상처를 치유하기 시작했다. 피아노 소리를 듣는 사람을 위한 배려가 깔려 있는지 피아노 선율을 듣는 정동은 우울감이 아주 옅어졌고 한결 가벼운 표정으로 피아노 앞에서 연주하는 그녀를 바라보았다.

가는 턱선을 아래로 떨구고 눈은 가볍게 감은 듯 긴 속눈썹이 여리게 떨렸다. 짙은 검은색의 긴 머리는 빛에 반사되어 청색 빛이 어른거렸다. 흰색 드레스에 살짝 드러난 가녀린 어깨와 드레스에 박힌 작은 진주가 팔을 따라 쏟아지듯 아래로 흘렀고 그녀의 가느다란 손이 피아노 건반 위에서 냇물 위로 튀어 오르는 송어처럼 바쁘게 움직이고 있었다.

처음 피아노곡으로는 'River flows in you'가 연주되었고 이어서 드뷔시의 '아라베스크 1번'이 그녀의 손길에 의해서 아름답게 흘러나왔다. 정동은 조금 여유를 갖고 방을 한번 둘러보았다. 피아노

민주주의 대혼란의 시작

앞에는 클림트의 '키스'라는 명화가 걸려 있었다. 그림 속에 진한 노란색이 빛을 받아 밝게 반사되어 연인의 입맞춤이 더욱 선명하게 드러났다. 맞은편 벽에는 플로리스트의 작품인지 천정에서부터 바닥으로 장미 송이가 쏟아지는 듯한 형태로 되어 있었다. 바닥에는 정말 장미 송이가 제법 많이 쌓여서 바닥 여기저기 흩어져 있었다.

한 귀퉁이에 클래식 기타가 서 있었다. 기타 또한 그녀가 연주하기 위해 준비한 악기인 듯했다.

그때 갑자기 피아노에서 아름다운 선율이 다시 흘러나왔다. 정동의 가슴은 파도가 넘실대듯, 하늘에 떠 있는 듯 기쁨에 들떴다. 감정 호르몬인 도파민과 세로토닌이 몸속으로 개울이 흐르듯 다량 분비되는 것 같았다. 그러면서 그녀에게서 도대체 눈을 뗄 수가 없었고 그녀를 안고 싶은 마음에 몸을 떨었다. 슈베르트의 '숭어'가 연주되는 가운데 쇼팽 에튀드 '추억'이 군데군데 섞여 연주되었다. 왜 그런지 모르게 다시 불안하게 느껴지면서 그녀가 내 곁에서 떠나가는 연인처럼 마음이 아팠다. 쇼팽 에튀드 '추격'이 강하게 연주되고 정동은 갑자기 걷잡을 수 없이 호르몬 불균형이 와 가슴을 움켜쥐고 주저앉고 말았다.

"괜찮아요."

피아노 앞에 앉은 그녀가 연주를 멈추고 정동을 바라보았다.

정동은 그녀의 모습을 보고 미안한 마음이 들어 일어나 괜찮다고 손짓을 했다. 연주는 다시 계속되었다. 알 수 없는 곡들이 흘러나왔다. 이미 정동은 그녀에게 정신이 나가 그녀에게 강한 집착을 느끼다가 알 수 없는 슬픔에 주르륵 눈물마저 흘렸다. 그러면서 가슴이 다시 요동치기 시작했는데 눈을 감아도 그녀의 모습이 떠나질 않았고 감미로운 곡들로 정동의 연정은 걷잡을 수 없이 커졌다. 그 순간 그녀의 연주는 멈춰버렸다. 그러나 정동은 꿈속에서 깨어나질 못하는지 눈을 감은 채 휘청댔다.

"CAPRICCIOSO"

정동은 그녀의 외침과 같은 음성을 듣고 정신을 차렸다.

"네? 그건 또 무슨…"

"연주는 끝났습니다."

그 말과 함께 그녀는 그랜드 피아노 뚜껑을 닫았다.

"그만 나가주세요."

음성은 부드러웠지만 거부할 수 없는 힘이 느껴졌다.

정동은 문을 열고 나왔다. 정동은 마치 오래된 연인을 떠나보낸 듯 마음이 아팠다.

"다시 한번 볼 수 있다면…"

방을 나선 정동은 다시 복도를 따라 걸음을 옮겼다. 복도 앞에는 갑자기 까치가 날아와 앉으며 울었다. 복도를 따라가자 점차 담쟁이덩굴이 벽을 타고 올라 조금씩 벽을 차지하더니 온통 덩굴로 벽을 뒤덮고 있었다. 바닥에는 흙을 깔았는지 아니면 바닥에 시멘트를 들어냈는지 이름 모를 풀들이 자라 있었다. 마치 숲길을 걷는 것 같았다. 복도 주변에는 나무뿌리가 이어져 있었고 걸을 때마다 점점 산속 깊이 들어가는 듯한 착각이 일었다.

건물의 공간이 얼마나 넓은지는 모르지만 끝이 보이지 않았다. 어쩌면 건물 밖으로 연결된 통로를 걷고 있는지도 모를 일이었다.

복도는 길이 꺾이거나 구부러지지 않고 일직선으로 되어 있었고 십여 미터 거리밖에 되지 않은 듯했지만 한참을 걸어도 끝이 나오지 않았다.

'이상하다. 분명 몇 걸음만 걸으면 닿을 듯 보였는데.'

나무줄기와 가지, 잎으로 빽빽한 숲을 연상케 하는 복도에서 갑자기 늑대인지 개인지 분간할 수 없는 커다란 짐승이 나타나 으르렁거렸다. 정동은 당황스러웠다. 작은 복도에서 동물을 비켜 지날 방법은 없었다.

'이대로 돌아가야 하나. 안 되지, 돈이 얼만데.'

돌아가자니 '理性의 窓'으로 올 때의 미로와 그 밖의 다른 낯선 복도를 지날 방법도 알 수 없었다.

그때였다. 짐승이 점점 앞으로 다가오고 있었고 바로 뒤에 개구멍 같은 작은 통로가 보였다.

"에라, 모르겠다!"

정동은 짐승을 비켜 뛰면서 그 구멍으로 몸을 날렸다. 다행히 그 짐승은 더 쫓아오지는 않았고 하울링만 계속해댔다. 통로를 겨우 빠져나온 정동은 외쳤다.

"환장하겠네!"

짙은 안개 속이라 아무것도 보이지 않았다.

自覺의 道

"이건 또 뭐야!"

정동은 한참을 그 자리에 그대로 서 있었다.

그때 정동의 귀에 중후한 음성이 들렸다.

"천뢰무망(天雷无妄)!"

안개가 서서히 사라지면서 정동의 눈앞에 주목(朱木)이 보였고 주목(朱木) 옆에 있는 바위 위에 흰옷을 입은 백발의 노인이 가부좌를 틀고 눈을 감고 앉아 있었다.

정동은 주변을 둘러보았다. 정동이 선 자리에서 저 멀리 할아버지께서 묻혀 있는 노송이 보였다. 그 노송에서 바라볼 때 병풍같이 서 있던 커다란 산 중에 하나인 듯싶었다. 그 산의 어귀 어디 즈음에 정동이 서 있는 것이었다. 다람쥐 한 마리가 노인 옆에서 도토리 하나를 주워 바쁘게 갉아대고 있었다.

주변에는 다람쥐 몇 마리가 노인이 있는 것에 아랑곳하지 않고 그 주변을 계속 맴돌았다. 순간 노인이 눈을 뜨고 정동을 매섭게 노려보았다. 그 서슬에 놀라 다람쥐들도 나무를 타고 그 자리를 떠났다. 무심결에 노인의 눈과 마주친 정동은 머리에 벼락이라도 맞은 듯 머리카락이 곤두서고 머릿속을 가는 솔로 빗질을 당한 듯 심한 통증이 몰려왔다. 견딜 수 없었던 정동은 머리를 싸매며 소리를 질렀다.

"죄송합니다!"

"잘못했습니다!"

정동은 정말 간절했다. 그러다 한순간에 통증이 말끔히 사라졌다. 노인의 표정은 온화한 미소를 띠고 있다가 크게 웃음을 터뜨렸다.

"으허허허!"

정동은 뭐가 우스운지, 머리를 싸매고 고통스러워하던 일은 말끔히 잊었는지 갑자기 웃기 시작했다.

"하하하…."

정동은 웃음이 멈추지 않자 배 근육이 당겨 번데기처럼 굽은 채 웃어댔다. 그 고통은 점점 심해지더니 참을 수가 없는지 땅바닥에 데굴데굴 구르기 시작했다. 다행히 노인이 웃음을 멈추자 정동도 웃음을 멈추었고 그러자 고통이 사라졌다.

노인은 다시 하늘을 올려다보고 땅을 내려다보면서 한숨을 짓더니 어두운 표정을 지었다.

정동은 왠지 피아노를 치던 그 여인이 보고 싶고 혹시라도 이 근방에 없나 두리번거렸다. 그러면서 안절부절못하였다.

'그녀를 다시는 볼 수 없겠지.'

그녀를 이곳에 와서 처음 만나고는 마치 깊은 연인 사이라도 되는 양 그녀가 보고 싶어졌다. 그런 감정이 냇물이 흐르듯 이어지더니 결국 정동의 눈에 눈물이 고이고 깊이를 가늠할 수조차 없는 정동의 마음에 온통 그녀를 볼 수 없는 슬픔으로 가득 차 넘쳤다. 이미 가슴을 치며 통곡을 하던 정동은 이제는 폐를 잡은 속 근육이 당겨 고통스러워했다. 웃을 때와 같은 모양으로 땅을 구르며 엉엉 울어댔다. 울면 울수록 그 아픔이 더욱 고통스러웠다.

그러다 또 갑자기 눈물이 멈추고 마음이 천천히 진정되면서 편해지기 시작했다.

"천택이(天澤履)!"

어리둥절한 정동은 '理性의 窓', '感性의 피아노'에서 겪었던 일들이 생각나면서 이번에는 그냥 이 자리를 벗어나지 않겠다는 굳은 다짐을 하고는 무릎을 꿇고 머리를 숙이며 말했다.

"저도 제가 곤경에 처한 상황이라는 걸 잘 압니다!"

"제가 어찌해야 하는지 말씀해주소서!"

정동은 이번에는 반드시 설명을 듣고 싶었다. 정동은 노인께 다가서려 했다. 그때 노인은 다시 엄한 표정으로 정동을 바라보았고 정동은 그 자리에서 더 움직일 수 없었다. 그 노인은 하는 수 없다는 표정으로 이렇게 말했다.

"거거거중지(去去去中知), 행행행리각(行行行裏覺)."

그 말을 남기고 노인은 주목(朱木)을 비켜 사라졌다. 정동은 노인이 앉아 있던 바위와 주목(朱木)을 바라보며 그 뜻을 생각했다.

'가고 가는 중에 알게 되고, 행하고 행하는 중에 깨닫게 된다.'

註 -

Bipolar affective disorder: 양극성 정동 장애

Similar status: 유사 상태

CAPRICCIOSO: 기분을 들뜨게 하는, 환상적인

천택이(天澤履): 호랑이 꼬리를 밟은 위태로운 상황

민주주의 대혼란의 시작

연옥동(煉獄洞)

등장인물

정동

안나

하이퍼: 하이퍼 마니아

자유인: 갇혀도 갇히지 않는 자, 스승을 잃은 플라톤의 명제

청정주의자: 풀꽃과 함께 피어난 민들레

사무엘

정치위원

보수주의자

진보주의자

프로기사

세 분의 수도자

보혜사

자운선가

베네딕도

유명 앵커: 말이 바로 선자(立言의 경지)

시청인 1, 2: 항상 스크린을 바라보는 사람 중 키 큰 사람, 작은 사람

단태정신문화연구원(丹胎精神文化硏究院)

도덕산(道德山): 지층, 연옥동, 일천동/월천동(月天洞), 진달래 동산

수달산(水達山): 이천동/수천동(水天洞)

명륜산(明倫山): 삼천동/명천동(明天洞)

산책로: 도덕산과 진달래 동산, 수달산 그리고 명륜산으로 이어진 산길

연옥동(煉獄洞): 중앙도서관(지혜의 관), 룩셈부르크(용기의 관), 생활 편의 시설, 중앙 홀(정의의 관), 解憂所(절제의 관), 개방도서관, 개인 숙소, 다실, 종교관, 생시원(牲施園: 식물원, 흡연실), 명상실 등

정동은 노인이 사라진 주목을 지나 좁은 산길을 걸어갔다. 산길을 조금 걷자 냇물이 흘렀다. 얕은 냇물이라 쉽게 건널 수 있었다. 조금 더 걸으니 커다란 동굴로 된 입구가 나왔고 입구 근방에 작은 샘이 있어 정동은 목이 마른 참에 손 바가지를 하여 물을 마셨다.

'정말 달고 시원하구나.'

문득 고개를 들었을 때 현판을 보았다.

연옥동(煉獄洞)

희망이 조금이라도 푸르름을 지닌 한

영원한 사랑이 길을 잃어 돌아오지 않는 법은 없다.

입구에 들어가니 연옥동이라고 대리석에 음각된 판이 문 앞에 있었고 그 밑에 문구가 적혀 있었는데 무슨 의미인지는 감이 잡히지 않았다. 정동은 조금 긴장이 되어 수첩을 꺼내 몇 장 넘겨보니 연옥동에 대한 설명이 들어 있었다.

1.
삼천이 열 배가 되면 세 명의 길라잡이(理性의 窓, 感性의 피아노, 自覺의 道)를 통해 天洞에 昇洞할 수 있는 자격을 재검증받는다.

2.
삼천(단원에 가지고 온 자금)이 모두 소진되면 연옥동에서 경제 활동이 금지된다.

3.
개인 간의 금전 거래를 할 시에는 모두 퇴출한다.

4.
폭력, 절도, 사기 등 연옥동의 활동에 위해를 일으킬 때 퇴출한다.

5.
세 명의 수도사(보혜사, 자미 선사, 베네딕도)의 지시와 규칙에 따른다…

수첩을 읽으며 커다란 복도를 걷고 있는데 안에서 누군가 나오고 있었다.

"반갑습니다. 저는 베네딕도라고 합니다."

진한 갈색으로 된 수도복을 입고 있었는데 커다란 수도복 모자가 뒤로 젖혀져 있었다. 그는 머리 가운데에 탈모가 진행되었고 조금은 비만이라 풍채가 있어 보여 친근한 이미지를 가지고 있었다.

"아, 수도사 중에 한 분이시군요."

"네 그렇습니다. 연옥동에 대해서 간단히 안내를 드리겠습니다."

정동은 베네딕도 수도사를 따라 걸었다. 복도를 지나자 투명 유리문이 보였고 가까이 다가가자 문이 열렸다. 안으로 들어가자 거대한 홀이 나타났는데 그 홀 정중앙에는 커다란 스크린이 있었다. 스크린에서는 이상하게도 한참 지난 뉴스가 방송되고 있었다.

"이곳은 스크린이 세 군데 있습니다. 중앙 홀인 이곳 스크린이 가장 큽니다. 그리고 '생시원(牲施園)'이라는 식물원에 한 대, '룩셈부르크'라는 곳에 한 대 있습니다."

"방금 스크린에 나온 뉴스 내용이 너무 지난 내용이던데요."

"그렇습니다. 여기 스크린에서는 모두 지난 뉴스만 방송됩니다. 그 뉴스가 丹院에 설비되어 있는 AI를 통해 프로그램이 편집되어 방송됩니다. 그 프로그램은 여기 丹院 식구들의 뇌파에 밀접한 영향을 받고 있습니다."

정동은 수도자의 말이 이해가 되지 않았지만 그냥 고개를 끄덕

민주주의 대혼란의 시작

였다.

"먼저 시장하실 텐데 식사를 하러 가시죠."

수도자를 따라서 간 식당은 복합상가 식당 코너처럼 여러 종류의 음식을 팔고 있었는데 코너마다 테이블이 두 개만 놓여 있어 단출해 보였다.

가격은 모든 음식이 천 원이었다. 정동은 갑자기 수첩을 꺼내들었다.

연옥동 규칙

2.

삼천이 모두 소진되면 연옥동에서 경제 활동이 금지된다.

'마음만 먹으면 이곳에서 평생 살 수도 있겠다.'

정동은 일단 안심이 되었다. 수도자와 정동은 한식을 요리하는 식당에 들어가 앉았다.

"쌈 정식 주세요."

"같은 거로요."

정동은 궁금한 것이 많아 수도자에게 계속 질문을 하고 있었는데 음식이 나왔다. 배가 고픈 터라 정동은 공깃밥도 두 번이나 추가를 시켜 먹었는데 계산할 때 보니 가격은 그대로 천 원이었다.

"가격이 무척 저렴하군요."

"그렇습니다. 그러나 이곳에 계신 분들 대부분은 자신이 만족한 만큼 지급하기도 합니다."

"네? 정가로 받는 것이 아니군요."

"이곳에서 운영되는 자금은 이곳뿐만이 아니라 천동(天洞)에 필요한 경비에 투입이 됩니다."

"천동(天洞)에요? 사실 이곳에 들어오면서 궁금한 것인데 여쭤봐도 될까요?"

베네딕도 수도사는 인자한 웃음으로 대답을 대신했다.

"천동(天洞)이라는 그곳은 대체 어떤 곳입니까?"

"사실 저도 자세한 건 알 수 없습니다. 모든 천동(天洞)에서는 금전적인 거래가 없습니다."

'연옥동에서 경비를 대고 또 이곳에서 열 배의 부를 얻은 사람들이니 당연하겠지.'

"인연이 있어 만나게 되면 아시겠지만, 그분들은 금전적인 것에 어려움을 느끼지 않을뿐더러 금전적인 문제에 대해서 이미 초월했다고 할 수 있지요."

"천동(天洞)은 세 동(洞)으로 나뉘어 있습니다. 일천동(一天洞)은 연옥동(煉獄洞)이 있는 도덕산(道德山) 자락에 자리를 잡고 있습니다. 일천동을 월천동이라고도 하는데 그곳에 생활 시설은 소규모로 구성되어 있고 여기에 세 군데나 비치된 스크린도 없습니다. 대신 시청각실에 스크린이 있는데 영화만 상영되고 있습니다. 오디오실이 조금 큰 규모로 운영되고 있습니다. 도서관은 중앙도서관이 하나 있습니다."

"그렇다면 천동(天洞)에 있는 분들은 외부 소식을 어떻게 압니까?"

민주주의 대혼란의 시작

"도서관에는 정치, 경제, 시사에 관한 신문철이 비치되어 있습니다."

외부 소식에 대한 궁금증은 이곳 연옥동에서도 크게 느끼지 못하는 듯했다. 스크린에서 나오는 뉴스도 최근 소식이 방송되는 경우는 거의 없으니 말이다. 그리고 이곳에서 생활하는 단원 식구들은 노트북도 스마트폰도 가지고 있지 않았다. 연옥동(煉獄洞)에서는 시계도 달력도 없었다. 바깥 풍경을 보고 계절이 지나가는 것을 알 뿐이었다. 정동은 이미 스마트폰을 해지한 상태로 단태정신문화연구원(丹胎精神文化硏究院)을 찾았지만 다른 단원(丹院) 식구들은 연옥동 입구에서 수도자에게 보관하고 연옥동에 입장했다. 단원(丹院)을 찾는 대부분이 현실의 복잡다단한 생활에서 벗어나고자 찾아온 이들이라 그런 규칙에 쉽게 수긍하였다. 여기 들어오기 전에 거리에서나 식당에서나 흔히 스마트폰을 들여다보던 것과는 다른 환경이었다.

"천동(天洞)에는 작은 주점도 존재합니다."
"그러면 이곳 연옥동(煉獄洞)에는 주점이 없다는 말입니까?"
정동은 놀랐다. 하지만 정동의 반응과 달리 수도자가 말했다.
"이곳에서 생활하시다 보면 충분히 공감하시게 될 겁니다."
"이제 더 이상 정동 님께 천동(天洞)에 대해 말씀드릴 게 없군요. 사실 규모가 조금 작을 뿐 대부분 연옥동의 시설이 천동에도 존재합니다. 하지만 천동(天洞)에서 생활하게 되면 그곳에서 생활하고 계시는 천동인(天洞人)과 정신적 교류를 통해 의식의 상승과 충만한 기쁨 그리고 마음속에 사랑의 변화를 느끼실 수 있게 되실 겁니다."

정동은 더 이상 천동(天洞)에 대해 묻지 않았다 아직 연옥동에 대해서도 잘 모르고 있는 상태였기 때문이다. 정동은 수도자를 따라 연옥동을 둘러보았다.

연옥동(煉獄洞)에는 종교 시설도 존재했는데 성당(聖堂)과 교회 그리고 사찰이 있었다. 각 시설은 이곳의 공간적인 한계 때문인지 세 종교 시설이 둥글게 배치되어 있었다. 그리고 명상을 위한 작은 공간도 보였다.

"명상 시설은 종교의 계파와 상관없이 모두 함께 이용하고 있습니다. 물론 종교가 없는 단원 회원도 명상 시설에 들어가 명상에 참여하고요."

베네딕도 수도사의 뒤를 따라간 곳은 거대한 도서관이었다. 기타 여러 곳을 들른 뒤에 그를 다시 따라간 곳에 커다란 게임장을 보게 되었다.

민주주의 대혼란의 시작

입헌군주제의 왕국, 룩셈부르크

"여기는 룩셈부르크라는 게임장입니다."

"왜 게임장 이름이 룩셈부르크입니까?"

"사실 여기는 입헌군주제의 또 다른 국가입니다. 국민은 게임자들이고 군주는 그날 최고의 금액을 딴 사람이고요. 물론 모두 명예직입니다. 자정이 넘는 순간 당일 최고의 노름꾼을 그날의 군주로 소개하는 정도입니다."

그 안에는 카지노 시설과 당구장, 바둑과 장기를 두는 곳 등이 있었다. 특이하게 정중앙 벽에 주식 전광판이 설치되어 있었다. 게임을 즐기면서도 그들의 눈은 계속 주식 전광판을 주시했다. 외부 소식과 거의 단절된 그들에게는 어쩌면 도박의 하나일 뿐이었다. 안내를 마친 베네딕도 수도사는 말했다.

"저는 여기서 제 일을 위해 돌아가겠습니다."

"앞으로 자주 뵙게 될 것입니다."

정동은 커다란 게임장 앞에서 어정쩡하게 서 있었는데 이번에는 다른 수도자가 다가와 인사를 했다.

"안녕하십니까. 보혜사라고 합니다."

그는 회색 정장을 입고 있었으며 키는 조금 큰 편에 호리호리한 몸을 갖고 있었다.

　"세 분의 수도자 중에 한 분이시군요."

　"네, 그렇습니다."

　"저는 이곳에 계신 단원 식구분들을 소개할 겁니다."

　"여기 연옥동에서 생활하시는 분은 몇 분이나 됩니까?"

　"이곳에 계신 분은 현재 정동 님까지 서른세 분입니다."

　"서른세 명이요."

　"네, 그렇습니다. 이곳은 천동(天洞)에 비하면 사람들이 자주 바뀌는 편입니다."

삼초인(參超人)

"천동(天洞)에는 그럼 몇 분이 생활하나요."

"일천동(一天洞)인 월천동(月天洞)에는 열두 분이 계십니다."

"그리고 나머지 천동(天洞)에는 몇 분이 계십니까."

보혜사 수도자는 조금 난처한 표정을 지으며 말했다.

"이천동(二天洞)인 수천동(水天洞)에는 일곱 분이 계신다고 들었습니다. 삼천동(三天洞)인 명천동(明天洞)에는 세 분이 있으시고요. 그세 분을 삼초인(參超人)이라고 부릅니다. 하지만 천동(天洞)에 관한 내용은 너무 오랜 시간이 지나 장담할 수 없습니다."

정동은 천동에 대해 궁금한 사항을 수도자들에게 물었지만, 정확히 아는 수도자가 없었다. 정동은 천동(天洞)에 대한 궁금증이 점점 커져만 갔다.

"정동 님이 천동(天洞)에 관해 궁금해하시는 것은 이해하지만 실제로 이곳 연옥동에서 천동(天洞)으로 승동(昇洞)하는 경우는 드뭅니다. 대부분 자신의 금전 지출을 감당하지 못하고 소진되어 연옥동을 떠나고 맙니다."

정동은 천농(天洞)으로 승동(昇洞)하고자 하는 욕구가 강하게 생겼다. 하지만 정동은 연옥동을 떠나는 사람들의 이유조차 아직 모르고 있는 신출내기라 자신의 욕심이 얼마나 어처구니없는 생각인지 알지 못했다.

민주주의 대혼란의 시작

룩셈부르크의 군주, 하이퍼

보혜사 수도자는 룩셈부르크가 있는 곳에 들어가면서 당구를 치고 있는 단원 식구를 보고 반갑게 인사를 했다.

"하이퍼 님, 그래 오늘은 어떠신가요?"

"보혜사 수도자님, 어떤 일로 저를 찾으셨는지요."

"예, 새로운 단원 식구를 인사드릴까 해서요."

"그렇군요. 저번에 감천이 연옥동을 떠난 지가 벌써 석 달이 가까워졌으니 말입니다."

"정동 님, 인사하십시오. 연옥동의 터줏대감 중 한 분이신 하이퍼 님이십니다."

"하이퍼 님이요?"

'이곳은 어찌 된 게 상식적인 게 하나도 없냐.'

"정동 님, 차차 알게 되니까 일단 인사를 나누세요."

정동은 놀라지 않을 수 없었다. 자기 생각을 들여다보듯 말하는 것 같았기 때문이다. 베네딕도 수도자와 대화할 때는 그런가 보다 했는데 수도자들은 독심술을 익혔다는 생각을 지울 수 없었다.

"정동 님이라고요, 편하게 생활하세요. 여기에 계시면 밖의 현실은 금방 잊어버릴 것입니다."

'이곳 터줏대감이라니 아직 열 배를 채우지 못한 상태로 계속 여기에 머무는 모양이구나.'

"말씀을 안 드리려고 했지만 사실 이분은 월천동까지 승동(昇洞)하셨던 분입니다."

"그런 말씀을 하시면 어떡합니까…"

"오늘 왠지 보혜사 수도자님답지 않으십니다."

"제가 '理性의 窓' 님께 말씀을 좀 드려야겠습니다."

하이퍼라는 자가 농담을 하듯 말을 뱉었지만, 그 말에 갑자기 보혜사 수도자는 사색이 되었다.

"농담이라도 그런 말씀은 마십시오."

"어쨌든 룩셈부르크에 들어오셨으니 정동 님도 마음에 드는 게임이 있으면 판에 끼십시오."

룩셈부르크 규칙이 어떤 것인지는 대충 수첩을 보고 알고 있었다. 상대자와 합의에 따라 판돈을 정하는 간단한 규칙으로 진행되고 있었다. 여러 가지 정황상 하이퍼는 결코 만만한 사람은 아니었다. 정동은 돌아가신 할아버지에게 어릴 적부터 전통 장기를 배웠다.

"장기로 하겠습니다."

"그러시지요."

민주주의 대혼란의 시작

정동 vs 하이퍼

하이퍼는 장기판을 가져와 정동의 앞에 놓았다. 장기알을 각 자리에 하나씩 정돈하고 보니 장기의 궁이 高, 唐으로 표시되어 있었다. 일반적으로 궁을 楚, 漢으로 표시된 것과는 달랐다.

"상희(象戲)로군요."

"전통 장기를 아시는가 보군요. 내가 드디어 호적수를 만난 것 같소."

'상희(象戲)를 알다마다.'

"정동아, 장기는 원래 동이족에서 시작했으니 우리가 종주국이다."

할아버지는 상희(象戲)를 두면서 여러 가지 이야기를 들려주셨다.

"고구려가 당나라에 패망하고 당나라는 고구려에 있는 서적 이십만 권을 불에 태웠다."

"어디 그뿐이냐. 외침을 받을 때마다 그런 변고는 수도 없이 있었단다."

"장기판에는 하루 이십사 시간, 한 달 삼십 일, 일 년 열두 달, 이십사 절기, 팔괘, 육십사괘 등 우주의 변화에 관한 오묘한 이치가 들어 있단다."

정동이 점차 성장할 때마다 할아버지는 어려운 내용을 설명하셨고 그 설명 중에 이십팔 가지 별자리와 육십갑자 그리고 우리 민족의 정신세계를 담은 천부경까지도 설명하셨다.

장기알을 다 배치하고 정동이 먼저 물었다.

"판돈은 어떻게 하시겠습니까."

정동은 자신 있었다.

"천으로 합시다."

정동은 놀라지 않을 수 없었다. 현재 가지고 있는 자산의 삼 분의 일이었다. 식당에서 밥값으로 천 원을 내며 호기롭게 생각했던 것이 무참히 깨지는 순간이었다.

정동은 한참 따져 생각해보았다. 그가 뛰어난 능력을 갖추고 있다 해도 장기에서는 분명 절대 밀리지 않을 것이었다.

"그럽시다."

"제가 '高'를 잡겠습니다."

'선후(先後)를 가리지 않는다!'

지금 상황에서 선수(先手)인 '唐'을 마다할 이유가 없었다. 하이퍼가 기물을 차린 뒤에 정동은 기물을 차리고 먼저 우측 졸을 쓸면서 장기가 시작되었다. 수가 계속 진행되면서 하이퍼는 면상 포진으로 농포(弄包) 공격을 하면서 판을 흔들었다. 면상 장기는 그 수가 까다롭고 궁을 지키는 것도 일반적으로 면포(面包)를 놓는 것보다 불안정하였다. 정동은 '원앙마'에 면포를 세워 공격과 수비를 병행하는 장기를 두고 있었다. 시간이 지나면서 장기는 정동이 유리

　　　　　　　　　　　민주주의 대혼란의 시작

하게 진행되었다. 그러나 '하이퍼'는 면상 포진의 장기를 두면서도 장고하는 법이 없었고 지고 있는 상황에도 표정의 변화가 없었고 속기(速棋)는 여전했다. 오히려 '하이퍼'는 정동이 기물을 화점에 착지하는 순간 바로 반사작용처럼 기물을 옮겼다.

'면상 장기는 수를 계산하기가 까다로운 법인데…'

정동은 심리적으로 동요되면서 집중력이 흐트러졌다. 충분히 수를 내다보지 못하고 하이퍼의 박자에 말려 직관적으로 기물을 옮기고 있었다. 중반전이 지나면서 정동의 남은 기물 수가 조금 많아 유리한 형국이었지만 좀처럼 승기를 잡을 수 없었다. 결국, 대국의 속도가 속전속결(速戰速決)로 빠르게 진행되었다. 종반에 이르렀을 때 서로의 차가 대차되면서 기물이 많이 남았지만 더는 기물을 옮기는 게 의미가 없게 되었다. 후수를 잡은 '하이퍼'의 기물은 대기물 포(包)가 두 개이고 병(兵)과 궁(宮)에 사(士)가 각각 한 개 남아 있었고 선수를 잡은 정동은 대기물 포(包) 두 개 그리고 소 기물 사(士)를 두 개 가지고 있었다. 결국, 장기는 빅국이 되었다.

"장기를 상당히 잘 두시는군요. 본래 장기는 서로 실수 없이 잘 두면 비기는 것이 정상이지요."

하이퍼가 웃으며 그렇게 말을 건넸지만, 장기를 두면서 실수가 없다는 건 사실 거의 불가능한 일이었다. 정동은 감정적인 면에서 완패한 기분을 떨쳐내기가 어려웠다. 정동은 답을 할 수가 없었다. 점수제로 계산한다면 정동이 0.5점 지게 되어 있었기 때문이다.

"제가 졌습니다."

"그렇지 않습니다. 단원(丹院)에서는 점수제로 대국이 진행되지 않습니다."

그래도 정동이 말이 없자 하이퍼는 이렇게 말했다.

"이렇게 합시다. 정동 님의 태도가 마음에 듭니다. '호형호제(呼兄呼弟)' 하는 걸로 승점을 대신하면 어떻겠습니까."

운동으로 단련된 날렵한 몸매에 머리에는 흰머리가 하나도 없고 얼굴 피부나 생김으로 봐서는 정동은 그의 나이를 짐작할 수 없었다. 정동은 그의 나이가 궁금하기도 했다.

"나이를 아직 모르는데…."

하이퍼는 뭐가 기분이 좋은지 빙긋 웃었다.

옆에서 지켜보던 보혜사 수도자가 나섰다.

"호형호제(呼兄呼弟) 하기는 나이 차이가, 형이 아니라 아재라고 부르시는 게…."

하이퍼는 보혜사 수도자를 쳐다보면서 말했다.

"보혜사 수도자께서 오늘은 정말 이상하십니다."

그러자 보혜사 수도자는 겸연쩍은 웃음을 지으면서 답했다.

"하이퍼 님과 가깝게 지내시면 단원(丹院) 생활에 많은 도움이 되실 겁니다."

정동은 하이퍼와 가까워지게 된 것이 무척 기뻤다. 앞으로 단원에서 생활하는 데 도움이 되면 되었지 절대 손해는 나지 않을 듯했다.

"이럴 땐 술 한잔하는 것이 상례인데 연옥동(煉獄洞)에는 작은 주점 하나 없으니 아쉬운 일이야."

"정동, 월천동(月天洞)으로 가면 그때 회포를 나눔세."

민주주의 대혼란의 시작

밖에는 여러 종류의 주점이 많은데 이곳에는 맥주 한잔할 수 있는 곳이 없다는 게 이해가 가지 않았다.

"내가 약속된 게임이 있어 다음에 봄세!"
그러면서 그는 자리를 옮겼는데 그곳에는 바둑판이 놓여 있었고 다른 단원 식구가 바둑판 앞에서 하이퍼를 기다리고 있었다.
정동은 바둑에 대해서는 흥미만 가지고 있을 뿐 급수가 높지 않았다.
정동이 바둑 대국을 구경하고자 자리를 옮기려 할 때 보혜사 수도자가 말했다.
"하이퍼 님 말고 단원(丹院) 터줏대감이라고 할 만한 분들을 더 소개해드리겠습니다."
보혜사 수도자의 말을 들으니 왠지 기대감이 생겼다. 자신도 이곳에 들어올 때 바깥세상처럼 쉽게 출입한 것이 아니고 어떤 인연이 존재하기에 들어왔다는 생각이 들었다.
보혜사 수도자를 따라간 곳은 대도서관이었다. 도서관에 들어서니 서예에 조예가 있는 분이 '讀書破萬卷 下筆如有神'이라고 조맹부 체로 써서 낙관까지 찍어놓은 액자가 입구에 붙어 있었다. 도서관에는 대여섯 명이 앉아 있었다. 보혜사 수도자는 그중 혼자 떨어져 책을 읽고 있는 사람에게 정동을 데리고 갔다.

갇혀도 갇히지 않는 자, 자유인

"오늘도 여기서 책만 읽고 계시는군요."

"보혜사 수도자님께서 어찌한 일로?"

"잠시 좀 쉬시라고요."

"책을 읽으면 슬픔도 괴로움도 들고나올 여유가 없습니다. 책을 두고 어디에서 쉰다는 말입니까."

"이번에 새로 단원 식구 한 분이 들어왔습니다. 좋은 말씀 좀 부탁합니다."

"좋은 말씀은 수도자님이 해주셔야 하는 것 아닙니까."

"어찌 되었든 반가운 일이니 다실(茶室)로 갑시다."

가까운 곳에 차를 마시기 위한 작은 공간이 마련되어 있었다. 옆은 통창으로 되어 있었는데 바깥 풍경이 아름답게 보였다. 이곳에 올 때보다 봄이 더 깊어졌는지 꽃잎이 바닥에 많이 떨어져 있었고 아직 지지 않은 꽃은 만개하여 성숙한 여인을 닮아 있었다. 차를 우리기 위해 물을 끓이는 동안 보혜사 수도자의 소개가 있었다.

"이분은 여기서 '자유인'으로 통합니다."

'자유인, 어째서 그런 별칭을 갖게 되었을까?'

정동 앞에 찻잔을 놓고 찻잎을 덜어 담더니 끓은 물을 따라주었다.

그러면서 그는 갑자기 정동에게 질문을 던졌다.

"정동 님이라고 하셨나요. 반갑습니다. 조금 전에 수도자님께서 말씀하셨듯이 단원(丹院) 식구들은 저를 그렇게 부릅니다."

"정동 님은 자유가 뭐라고 생각하십니까?"

"자유요? 글쎄요."

"생각해보시지 않은 듯하군요. 소크라테스와 플라톤에 대해서는 잘 알고 계실 줄로 믿습니다."

소크라테스? 플라톤? 자유인이라고 불리는 사람이 다시 말을 계속 이었다.

"소크라테스가 플라톤의 스승입니다. 소크라테스가 플라톤을 제자로 얻기 전 꿈을 꾸었답니다."

"아, 네가 어젯밤 꿈에서 본 바로 그 백조로구나. 알에서 갓 나온 백조 새끼가 내 무릎에 앉아 있었는데 잠시 후 어느새 자란 날개를 확인하고 후드득 날아오르더니 아름다운 노래를 부르며 저 멀리 가버리지 않는가. 도대체 이게 무슨 꿈일까 싶었는데, 자네가 내게 다가오는 것을 보는 순간 그 꿈의 백조가 딱 떠오르더군."

"그리스 신화에서 백조는 아폴론에게 바치던 신성한 새이고 백조가 아름답게 노래하는 것은 죽음을 연상시키곤 합니다. 소크라테스는 자신이 떠난 이후에 자신을 위해 아름답게 울어줄 백조가 바로 플라톤이라고 그 꿈을 해석합니다."

"소크라테스는 '젊은이들을 타락시키고 국가가 인정한 신을 거부하고 새로운 신을 믿게 했다라는 이유로 법정에 불려가게 되었습니다. 소크라테스는 법정에서 고발이 부당하다는 점을 조목조목 논리적으로 반박했습니다. 하지만 재판 과정에서 자신의 유무죄를 판가름할 민중재판관들에게 무례한 말을 많이 해 오히려 분노를 일으켰습니다. 민중재판소에서 일어난 그 사건은 유죄 280표, 무죄 220표로 사형을 선고받았습니다. 민중재판소는 오늘날로 말하면 배심원 제도와 흡사합니다. 결국, 우리가 알듯이 감옥에서 소크라테스는 독배를 마시고 사망했습니다. 그때 그 감옥에는 플라톤과 더불어 소크라테스의 제자들이 함께했지요. 소크라테스는 죽음을 앞두고도 두려움 없이 평소처럼 제자들과 여러 가지 문제에 관해서 토론했고 현재 자기 처지의 부당함을 논리적으로 설파하기도 했습니다. 소크라테스와의 토론에서 제자들은 새로운 철학관을 갖게 되기도 하고 소크라테스의 능변에 감옥에서 다시 세상 밖으로 쉽게 나올 거라는 착각을 하기도 했습니다. 그러나 밤이 다가오자 소크라테스는 독배를 마셨습니다. 플라톤은 큰 충격에 빠졌습니다. 그가 가장 존경하고 시대에 현인이었던 그가 이렇게 쉽게 감옥에서 죽다니. 그 후 플라톤은 거리를 배회하고 결국 그 국가를 떠나 여러 나라를 다녔습니다. 스승 소크라테스의 여러 가지 가르침이 생각나고 그것들을 곱씹으며 많은 생각을 하였습니다. 떠날 때가 되었으니 이제 각자의 길을 가자. 나는 죽기 위해, 당신들은 살기 위해, 어느 편이 더 좋은지는 오직 신만이 알 뿐이다."

"플라톤은 죽음 앞에서도 떳떳하게 자신의 이념과 의지를 지킨 스승 소크라테스를 생각하고 자신의 삶에 대해 고뇌하며 한 줄의

민주주의 대혼란의 시작

명제를 탄생시켰습니다. '自由란 갇혀도 갇히지 않는 것.'"

정동은 오랜 시간 동안 담담히 이야기하는 내용을 들으며 왜 단원(丹院) 식구들이 그를 자유인이라고 부르게 되었는지 알 수 있었다.

그러면서 '갇혀도 갇히지 않는 것'이라는 명제를 가지고 깊이 생각에 잠겼다.

"정동 님은 제 말을 듣고 얼굴이 상기되셨네요. 제가 처음 이 문구를 봤을 때 저도 가슴에 뜨거운 무언가가 솟아오르는 것 같았는데."

정동은 자유인의 이야기를 귀담아듣다 보니 그가 보고 있던 책에 눈이 갔다.

푸른색 표지에 동이 트는 모습이 담긴 책의 제목은 『의식 혁명』이었다.

'가만, 여기 들어오면서 어디선가 본 책인데.'

정동이 연옥동을 들어오면서 '이성의 창'과 만났을 때 그 안에 놓여 있는 책장에서 본 책이었다.

"앞에 두고 계신 책은 어떤 책인가요?"

"데이비드 호킨스가 지은 『의식 혁명』입니다. 정신세계에 대한 의식의 깊이를 구체적으로 이해하기 쉽도록 수치화해서 일목요연하게 자료를 정리한 책입니다."

"연옥동에 들어오면서 한번 책장에서 본 것도 같습니다. 그런데 '이성의 창'과 '감성의 피아노', '자각의 도'라는 곳을 거치면서 그곳에 계신 분들이 나를 진단하고 평가한 것 같은데 그 뜻조차 알 수 없어 안타까웠습니다."

자유인은 깊이 생각에 잠긴 듯하더니 말했다.

"단원 식구 모두 통과의례로 그분들에게 시험을 받고 평가되어서 이곳에 들어오게 된 것입니다."

"'이성의 창'은 정신과 의사이면서 여러 종교에 대한 이해가 깊은 분입니다. 의학적인 관점에서 의식의 성장에 관한 깊은 연구에 몰두하고 계십니다. 그분에게 도움을 받아 정신질환자에서 긍정적인 변화를 통해 뛰어난 재능을 발견할 수 있도록 변화된 환자들도 있습니다."

정동은 자유인의 설명에 조금 안심이 되었다. 이성의 창이 프린트물에 기록한 내용을 구체적으로 알 수는 없었지만, 정신질환과 연관된 내용이라는 직감을 받았기 때문이었다.

"감성의 피아노, '자각의 장'에 계신 분도 분야는 다르지만, 저를 간단히 평가하여 기록하는 것을 봤습니다."

"물론 그럴 테지요. 감성의 피아노 그분이 연주하는 건 사실 정동 님을 위로하려는 방법이기도 하지만 속 깊은 곳에 내재하여 있는 감정을 들추어내 현재 상태를 알아내려는 방편이기도 한 거니까요."

"그랬군요."

"마지막 통과 시험은 한 노인이셨는데 '자각의 도'라는 곳에 계셨던 분이었어요. 곡을 연주한 것도 아닌데 제 감정을 혼란스럽게도 치유를 주기도 했던 거 같은데 결국 앞 전 두 분과 마찬가지로 시험 결과를 통보하던 것 같았습니다."

자유인은 정동의 말을 듣더니 답했다.

"그보다도 정동 님은 그분들을 만나봤다는 것이 굉장한 인연이라고 생각하셔야 합니다. 특히 '자각의 도'에 계셨던 분은 삼초인(參超人) 중 한 분입니다. 앞으로 그분을 다시 만나게 되는 건 쉬운 일이 아닙니다. 그리고 그분이 앞에서 기운을 운용하는 것을 느낀 것만으로도 호르몬의 긍정적 변화를 가져와 정신적 상승에 도움을 줍니다. '이성의 창'의 진료도 긍정적인 변화를 끌어내려는 방편입니다. '감성의 피아노'의 연주는 마음의 치유와 감정의 순화를 위한 방법이고요. 그 모든 것이 정동 님의 생각을 재조합하여 세상을 바라보는 시선을 맑게 하는 데 의의가 있다고 할 수 있습니다."

"하지만 그분들의 평가 기록을 전혀 이해도 못 하는 상황이니 답답하기만 합니다."

"그분들의 평가 기록은 이곳 대도서관에서 책을 읽다 보면 자연스레 알게 되고 이해하게 될 겁니다. 너무 조급하게 생각하지 마십시오."

"연옥동에서 생활하면서 의식에 대한 깊이 있는 이해를 통해 조금 더 성장하는 데 초점을 맞추기 바랍니다."

"자꾸 의식, 의식 하시는데 그 수준을 어떻게 느끼고 평가할 수 있습니까."

"까다로운 질문이군요."

"일어나십시오. 그분을 만나서 대화를 하다 보면 의식의 깊이를 조금은 느끼실 수 있을 겁니다."

보혜사 수도자도 일어나 함께 대도서관을 나왔다.

"자유인 님, 청정주의자를 만나시러 가시는 것 같은데 요즘 연옥 동에서는 그분을 뵙지 못한 지가 꽤 오래됐습니다."

청정주의자 1

"그래요. 생시원(牲施園)에 가봅시다."

그들을 쫓아 찾아간 곳에는 생시원(牲施院)이라는 간판이 있었고 다른 곳과 마찬가지로 투명 유리문으로 된 자동문이 있었다. 그곳에 들어가니 몇 사람이 담배를 피우면서 정담을 나누고 있었다. 생시원은 커다란 숲이라고 느낄 수 있을 정도로 식물들이 많았는데 그 식물들은 대부분 자연스러운 천혜의 자연 그대로의 형태로 조경되어 있었다. 한옆으로는 조금 높게 깨끗한 물이 흘러내리고 있었는데 담배를 피우고 손 바가지를 해서 물을 마시는 사람들도 있었다. 천장 부근에는 바깥과 연결되어 있어 산새들이 들고나는 것이 보였다.

"이곳을 관리하는 분이 청정주의자라는 분입니다. 그러나 그분은 자주 외부의 산길을 걷기 위해 나가기도 하시고 천동(天洞)으로도 올라가 생활하시기도 합니다."

"여기 생시원에는 안 계신 듯합니다. 그분을 만나는 건 쉬운 일이 아닙니다만 혹시 해서 이곳을 찾아본 것입니다."

"가만, 룩셈부르크에서 만났던 하이퍼라는 분과 청정주의자 모두

천동을 방문하실 수 있다는 말입니까?"

"옆에 계신 자유인도 월천동까지는 방문하실 수 있습니다."

"그중에서 '청정주의자'께서는 이천동까지 오르실 수 있습니다. 정동 님이 만난 분 중에 '이성의 창', '감성의 피아노', '청정주의자' 세 분은 이천동(二天洞)까지 자유롭게 승동(昇洞) 하실 수 있습니다. 자유인, 하이퍼, 세 명의 수도자는 일천동(一天洞)까지 승동(昇洞)이 가능하고요. 그리고 통과의례 때 뵈었던 '자각의 道' 그분은 삼천동(三天洞)에 계신 세 분, 삼초인(參超人) 중에 한 분입니다."

정동은 그런 말들을 귀담아듣다가 되물었다.

"그러면 여기 연옥동에 계신 다른 분 중에는 천동에 승동할 수 있는 분이 없다는 말씀입니까?"

"그렇습니다. 앞으로 지켜봐야 할 문제지만 대부분 연옥동에서 자신의 재산 모두를 소진하고 자진 퇴동(退洞) 할 겁니다."

"연옥동에서 자신의 재산을 열 배로 불려 세분의 심사위원들에게 통과의례를 통해 승동(昇洞)을 허가받는다는 것은 현실에서 슈퍼 리치에 가입하는 것보다 어려운 일일 겁니다."

"그렇군요, 천동에 대해 잠깐 들었지만, 도대체 어떤 곳입니까?"

"천동에는 정치와 시사적인 뉴스는 스크린에서 나오지 않는다고 들었습니다."

"제가 일천동까지는 설명해드릴 수 있는데 그곳에 스크린은 하나밖에 없습니다. 스크린은 여기 비치된 스크린보다 훨씬 크지만, 영화만을 상영합니다. 상영작들은 대부분 고전 명작들이고요. 이익이라고 하면 경제생활을 하면서 비용이 들지 않습니다. 한번 승동

민주주의 대혼란의 시작

을 하면 자신 스스로 판단해 자신이 오른 천동까지는 언제든 다시 오를 수 있습니다. 하지만 대부분 한번 하동을 하면 다시 승동을 할 때까지 몇 개월이 흐를지 몇 년이 흐를지 장담할 수 없습니다. 천동에서 연옥동으로 내려오는 이유는 여기서 해우소에 들어가 스스로 자숙의 시간을 갖는 것과 같습니다."

정동은 아직 해우소라는 곳이 있는지도 알지 못했다.

"해우소는 연옥동에 있는 단원 식구 중 스스로 감정을 억제하지 못하고 지나치게 화를 내며 언성을 높일 때 입실을 합니다. 그 밖에 지나치다는 생각이 들면 그때도 스스로 해우소에 입실합니다. 해우소에 있는 시간은 따로 정해진 것은 없지만 일반적으로 아침, 점심, 저녁 한 끼를 금식하고 한나절을 그곳에서 보냅니다. 때로는 아침, 점심, 저녁을 금식하며 하루를 해우소에서 자숙하기도 합니다. 천동에서 연옥동으로 내려오는 이유가 조금은 다르지만 비슷하다고 할 수 있습니다. 그보다 천동(天洞)에 있는 그들은 마음이 치유된 상태에서 사랑과 기쁨, 평화라는 긍정적 끌개장 안에서 존재하기에 부정적 인식과 습관에서 멀어져 있는 상태로 행복을 추구하고 다른 이들 넓게는 인류에게 그 에너지를 나누어주고 있습니다. 천동(天洞)에 오르면 자신 스스로 그런 존재가 되었다고 할 수 있지만, 그곳에 있으면 그런 에너지 속에서 함께할 수 있습니다."

"만약 그분들이 외부에서 생활하면 어찌 됩니까?"

"그러면 그들의 에너지가 점차 소진되어 부정적인 에너지에 놓이게 되겠지요. 마치 깨끗한 옷을 입고 진흙탕에서 있으면 그 옷도 지저분하게 되는 것과 같다고 할 수 있습니다."

담배의 역사, 흡연의 이유

초록빛 식물 속에서 자유인과 수도자와 대화를 나누고 있었는데 두 명의 단원 식구가 들어오는 것을 볼 수 있었다. 그들은 자유인과 보혜사를 보며 가볍게 인사를 하고 한 사람은 담배를 꺼내 불을 붙였고 다른 한 사람은 그저 옆에 앉아 작은 연못에 있는 수련을 바라보았다.

"담배 맛이 이리도 좋은데 왜 그리 담배를 피우면 난리인지 모르겠소."

옆에 앉아 있는 사람은 그저 맥없이 웃고만 있었다.

"그렇게 매사에 민감하게 반응하는 게 건강에는 더 안 좋을 텐데 말이오."

"그럴 수도 있겠구려."

정동은 그들의 대화를 듣고는 답했다.

"흡연과 폐암 간의 상관관계는 아주 강력해서 폐암 환자 중에 90%는 흡연과 관계가 있다고 들었습니다. 그리고 의학자들은 설득력 있는 기본 메커니즘도 발견했소, 바로 흡연으로 손상된 폐 조직에 들어 있는 독성 화학물질이오. 하지만 담배를 끊는 것이 쉬운

　　　　　　　　　　민주주의 대혼란의 시작

일은 아닙니다."

그러면서 정동은 담배를 꺼내 불을 붙였다. 그 모습을 본 수도자가 말했다.

"말이 나온 김에 말씀드리지요. 천동(天洞)에는 이곳 생시원 같은 흡연실이 없습니다. 그 말이 무슨 뜻인지 아시겠지요."

자유인도 수도자의 말을 듣고는 웃으면서 정동에게 담배를 부탁해서 입에 물고는 불을 빌리기 위해 고개를 숙였다.

"그렇습니다. 그렇지만 여기 연옥동에 오면 담배에 대한 욕구를 참기가 어려워지는군요."

"천동(天洞)에서는 굳이 금연을 생활화하는 이유가 있나요."

"담배를 피우면 아무래도 호흡이 안정되지 않습니다. 천동(天洞)에 계신 대부분은 명상과 단전호흡을 중요한 하루 습관으로 가지고 있습니다. 흡연이나 음주 등이 약한 끌개장을 형성해서 적은 폭의 성장에는 조금 도움이 될 수 있지만 높은 의식으로 성장하는 데는 분명 방해가 된다고 할 수 있습니다."

그러면서 자유인은 담배에 관한 역사를 설명하기 시작했다.

"담배는 인디언들의 문화에서 비롯되었소. 그것은 기도의 형식으로 선조들의 죽음 후에 그들의 정신을 기억하고 되살리고자 하는 하나의 의식이었소."

"그런데 아메리카를 정복하고 개척한 이들이 문화적 의미는 지우고 그저 원숭이 사람 흉내 내듯 습관적으로 담배를 피우더니 담배의 맛에 치중하여 여러 첨가제를 가미하면서 해로운 물건으로 전락시키고 말았소. 그런 연유는 무시한 채 현재 미국인들은 담배의 폐

해에만 집중해서 판단하여 대중들에게 널리 알리기 시작했습니다."

"조선시대에는 담배가 들어와서 양반 계층이 누리게 되었는데 실권자들의 기호에 따라 장려되거나 배척되었던 것이지요. 그런 왕 중 영조와 정조의 담배에 관한 시각이 극명하게 다르게 인식되었습니다. 영조는 담배뿐만이 아니라 술도 금했는데요. 반대로 정조는 '모든 백성이 담배를 피우게 할 방도를 제시하라'라고 명령했을 정도로 담배를 권장했습니다. 지금도 정치 실권자들의 영향력에 따라 그런 부분이 없지 않아 있습니다."

"담배는 기분 전환을 위한 기호식품일 뿐이오. 흡연자들은 서로 유대감을 느끼고 담배가 시각 피질로부터의 감각 입력을 약화하는 한편 도파민 수용체와 세로토닌 수용체를 자극해 순간적으로 뇌를 활성화하고 편안함을 느끼게 될 수도 있소."

"들었지요. 담배는 단지 기호식품일 뿐이오."

생시원(牲施院)에 들어와 작은 연못에 수련만을 바라보던 **단원** 식구가 자유인의 옆에 앉아 말을 보탰다.

"타인에 대한 배려심이 쥐똥만큼도 없소! 아동과 임산부에게 간접흡연은 심각하오. 담배를 피우는 것은 특히 건강이 약한 사람들, 아이들, 임산부들에게는 심각한 악영향을 끼칠 수 있소. 그러니 따지자면 그런 점에서는 인의(仁義)에 어긋난다고 할 수 있지요."

생시원에 들어와서부터 담배를 꺼내 피우던 단원 식구가 말을 뱉었다.

"그런데 당신은 담배도 피우지 않으면서 생시원에는 왜 자주 찾아오시오?"

"이곳에서 당신과 정담을 나누는 것이 가장 편하고, 그것을 통해 많은 정보를 얻을 수 있소."

"그리고 이곳 생시원에서 앉아 있으면 어떤 시름이라도 잊을 수 있소. 청정주의자께서 정말 신경을 많이 쓰셨습니다."

보혜사 수도자가 말했다.

"무슨 담배에 관한 대화가 이리 진지하오. 건강에 해로운 건 누구나 아는 사실인데."

그들의 침묵 속에 담배 연기는 흰 용처럼 날다가 조경된 나무와 꽃들 속으로 숨어들 듯 사라졌다.

천동(天洞)의 신비한 비밀

　정동은 아침 일찍 잠에서 깨었다. 이곳에 있는 동안 현실적인 문제는 조금 멀게 느껴졌고 산 중턱에 있는 이곳 연옥동의 공기도 맑았다. 정동은 자신이 덮고 있던 이불을 개서 정리했다. 정동의 침실은 사실 고시원에 있을 때 크기보다 많이 크지는 않았다. 하지만 천장 높이가 높고 침대도 밀어 넣으면 붙박이로 공간을 잡아먹지 않았다. 그 외 옷을 거는 것도 가볍게 잡아당기거나 밀면 되는 실용적으로 만들어진 구조였다. 복도로 나와 보면 사람들의 표정도 그리 어둡지 않았고 만나면 서로 가볍게 인사를 나누었다. 그것이 정동은 생활하는 불편을 줄여준 건 아닐까 생각했다. 고시원에서는 서로 알은체하지 않을뿐더러 그 표정도 어둡고 무거워 함부로 말을 걸 수 없었기 때문이다. 그뿐만이 아니었다. 연옥동에서의 하루가 어떻게 흘러갈지 기대심 같은 게 마음속에 생기면서 몸도 한결 가벼웠다. 정동은 일단 중앙 홀로 나가보았다.

　중앙 홀에는 여러 사람이 스크린을 바라보고 있었는데 '인생은 아름다워'라는 영화가 상영되고 있었다. 정동은 하이퍼에게 인사하고 그 옆에 앉았다.

　　　　　　　　　　민주주의 대혼란의 시작

"형님, 안녕하십니까."

하이퍼는 반갑게 웃으며 인사를 받았다.

"아우님, 잠은 잘 잤는가."

"네, 그럭저럭."

"그러잖아도 아우님을 기다렸네. 따라오시게."

하이퍼는 몇 권의 책을 옆에 끼고 있었으며 그가 정동을 데려간 곳은 '룩셈부르크'였다.

그는 주식 판을 들여다보며 말했다.

"한번 둘러봐."

정동은 하이퍼의 말대로 주가지수를 한참 들여다보았다. 파란색으로 표시된 상한가와 빨간색으로 표시된 하한가를 들여다보았지만 정동의 눈에는 다 비슷해 보여서 금방 싫증이 났다.

"자네도 여기서 일단 생활의 터전을 닦아야 언제고 기회가 되면 천동으로 올라갈 수 있지 않겠어."

"제가 천동을요?"

하이퍼는 고개를 잠깐 숙였다가 말을 이었다.

"자네는 천동에 대해 아무것도 모르고 있어. 천동에 가면 그 안에 흐르는 강한 끌개장에 이끌려 순수한 기쁨을 느낄 수 있게 되지."

"그렇다면 왜 자유인과 형님께서는 천동에서 내려왔습니까?"

"단원의 다른 식구들은 설명해도 모르네. 천동의 순수한 끌개장에 머무는 것을 우리가 얼마나 바라는지. 다만 그 끌개장에 자신이 역작용으로 낮은 끌개장을 형성하고 있다는 걸 느끼면 스스로 그들에게서 거리를 두는 것이네. 그것이 신비한 끌개장을 지속시키는 비밀이기도 하지."

정동은 하이퍼의 말에 이곳에 또 다른 비밀을 알게 된 것 같아 가슴이 조금 떨렸다.

민주주의 대혼란의 시작

연옥동(煉獄洞)에서 살아남기

"자, 그러나 연옥동에서 살아남는 게 먼저 아니겠어. 사실 이곳에 있는 연옥동 식구들은 삼 개월을 버티지 못하고 현실로 돌아가는 경우가 대부분이지."

"그럼, 여기서 삼천만 원, 아니지, 입회비 천만 원을 보태면 사천만 원을 삼 개월에 다 탕진하고 떠나는 것 아닙니까."

"그렇지. 하지만 이곳 생활 속에서 얻은 걸 생각한다면 결코 손해는 아니라고 봐."

"무엇을 얻는데요?"

정동의 질문이 끝이 없이 계속 쏟아지자 하이퍼는 웃음을 보이며 말했다.

"그렇게 그 돈이 아깝거든 일단 연옥동에서 오래 버티라고."

"오래 버티는 방법을 지금부터 내가 설명할 거야!"

정동은 하이퍼의 말에 귀를 기울이기 시작했다.

"먼저 주식을 주제로 공부해야 돼."

하지만 금방 하이퍼의 말에 의문이 생기고 말았다.

'주식을 공부한다고 상승장, 하락장 속에서 자신의 돈을 지킬 수

있다고?'

"그렇다니까."

순간 정동은 자기가 분명 속으로만 생각했던 것 같은데 하이퍼는 마치 대화하듯 그렇게 답변을 하는 것이다.

"이상할 것 없어. 인간의 머릿속에 뉴런과 시냅스의 전기적 작용은 머릿속에만 형성되는 게 아니니까. 상대방에게 강한 전기장이 형성되어 있다면 충분히 전기적 교감도 가능하니까."

"그래요?"

정동은 놀랐다. 자기 생각을 읽을 수 있다는 말이 아닌가. 알면 알수록 하이퍼는 신기한 사람이었다.

"그리고 네 얼굴에 다 쓰여 있어!"

하이퍼는 그러면서 환하게 웃었다. 정동도 하이퍼가 더 믿음직하게 생각되어 따라 웃었다.

"일단은 오늘은 내가 투자한 몇 개 주식을 가르쳐줄 테니 원하는 만큼 투자해봐."

"그리고 내가 왜 그 종목에 투자했는지 공부하면 좋겠지."

정동은 하이퍼가 말한 주식에 생활에 꼭 필요한 자금만 제외하고 모두 투자하였다. 그러는 중에 단원 식구 중 한 사람이 하이퍼에게 다가왔다.

'잘 들어. 저 사람은 보수주의자라고 불리는 사람인데 그래도 제법 경제적으로 여유가 있어. 처음 들어올 때부터 큰돈을 가지고 들어왔거든.'

"당구 한판 칩시다."

민주주의 대혼란의 시작

"오늘은 자네와 바둑을 한판 두려고 했는데."

"아시지 않습니까. 바둑은 시간 약속을 하시고 두셔야 한다는 걸."

"그래, 언제가 좋겠나."

"내일 아침 아홉 시 어떻습니까?"

보수주의자는 잠시 생각하더니 답했다.

"일단 당구나 한판 칩시다."

"한 큐에 십만 원입니다."

보수주의자는 고개를 끄덕이더니 옆에 있는 정동에게도 함께 치자고 권했다. 정동은 이백 정도의 실력으로 한 큐에 십만 원짜리 내기 당구를 치는 게 부담스러웠다.

"같이 치자."

하이퍼의 권유를 듣고 정동은 큐를 골랐다.

"이 친구가 초구를 치면 되겠네요."

하이퍼가 공을 굴렸고 초구는 바깥 돌리기 기본형이 나왔다. 공을 치면서 가볍게 키스를 피하면서 점수를 올렸다. 푸른색 칩이 하나씩 당구대에 올려졌다. 다음 공은 쿠션을 치기에는 어려운 위치에 섰다. 공이 당구대에 바짝 붙어 선 것이다. 정동은 점수를 더 올리지 못했다. 다행인 것은 다음 큐를 보수주의자가 치게 되었는데 난구(亂球)로 점수를 올리지 못했다. 하이퍼의 차례였다. 브리지가 어려운 상태에서 쉽게 점수를 올리고 다음 공은 치지 못하고 다시 정동에 기본 패턴이 왔다. 정동이 삼 점을 올리자 다음 공에서 보수주의자가 다시 삼 점을 올렸다. 점차 게임이 진행되면서 정동

에게 쉬운 시스템으로 공이 온다는 걸 느꼈고 보수주의자도 마찬
가지로 생각했는지 이렇게 말했다.

"자네 수비는 정평이 나 있는데 수비가 아니라 왠지 이 친구에게
공을 몰아주는 것 같구먼."

"그럴 리가 있겠습니까."

"아니야. 삼십 분 되었으니 후반전이지. 공을 다시 뿌리고 선후를
다시 뽑지."

한 시간도 되지 않은 상황에서 어쩌면 조금 무리한 요구였지만
하이퍼는 웃으며 다시 공을 뿌렸다.

이번에는 보수주의자가 공을 먼저 쳤고 정동이 그다음으로 순
서가 되었다. 하이퍼는 마지막 순서가 되었다. 초반 공세가 보수주
의자에게 유리한 상황으로 흘러갔다. 하지만 점차 하이퍼가 친 공
은 점수로 이어지지 않았지만, 보수주의자에게 어렵게 공이 계속
서기 시작했다. 하이퍼의 수비가 시작되었다. 그 후 보수주의자는
점수를 얻지 못했다. 십여 분이 남은 상태에서 정동은 백여만 원
을 따고 있었고 보수주의자는 오십여만 원을 따고 있었다. 오히려
하이퍼가 돈을 잃고 있었다. 그러나 아직 게임은 끝난 것이 아니
었다.

하이퍼는 전과 달리 눈매가 날카로워지더니 연속해서 점수를 얻
었다.

보수주의자는 삼 분도 더 남은 시간에 이렇게 말했다.

"이제 막 큐만 남았구먼."

그러더니 마지막 공을 실수로 놓쳤다. 정동도 마찬가지였다.

하이퍼는 웃으면서 말했다.

"공이 모여 있습니다. 빈 쿠션은 양쪽 모두 두 배로 주셔야 합니다."

그러면서 하이퍼가 큐로 가볍게 당구공을 쳤다. 친 공은 천천히 굴러 모인 두 공을 가볍게 건드렸다. 공은 다시 모였다. 실수 없이 하이퍼는 연속으로 빈 쿠션을 쳐나갔다. 일곱 번을 연속으로 빈 쿠션에 성공하자, 보수주의자는 딴 돈을 모두 잃고 보수주의자가 가지고 있던 돈까지 손해를 보았다. 정동은 아직 삼십만 원 정도를 딴 상태였다. 하이퍼는 정동을 보고 눈짓을 하고는 큐를 가볍게 밀었다. 하이퍼가 가볍게 친 공이 세 군데 쿠션에 부딪히며 돌더니 서 있는 두 개의 공 앞에 닿을 듯 말 듯 천천히 멈췄다.

감성의 피아노 1

하이퍼는 단원 식구 누군가에게 잡혀서 다시 당구를 치려고 했다. 정동은 흥미를 잃어 룩셈부르크에서 자리를 떴다. 중앙 홀에 갔더니 누군가 가볍게 인사를 했다.

"자운 선사입니다. 보혜사께 말씀은 들었습니다."

"단원(丹院)에서 생활하는 건 불편하시지 않습니까?"

"괜찮습니다."

그때 갑자기 연옥동(煉獄洞) 문이 열렸다. 눈부신 드레스를 입고 그윽한 미소와 함께 '감성의 피아노'가 등장했다. 그녀를 보니 다시 왠지 모를 두근거림과 떨림이 미묘한 연정과 같은 느낌을 주었다. 그런데 그런 감정은 정동만은 아닌 듯싶었다. 삼삼오오 앉아 있거나 서서 정담을 주고받던 단원 식구들은 '감성의 피아노'의 모습에서 눈을 떼지 못했다.

'감성의 피아노'는 중앙 홀 한쪽에 있는 피아노에 앉았다. 검은색 피아노는 그 주변 어두운 색으로 마감된 벽과 조형물에 잘 눈에 띄지 않았는데 붉은색 드레스를 입고 있는 '감성의 피아노'가 피아노 앞에 앉자 선명하게 부각되었다. '감성의 피아노'는 주변을 한번 둘

민주주의 대혼란의 시작

러보더니 피아노 건반에 시선을 두었다. 연주가 시작되었다.

첫 곡은 엘가의 '사랑의 인사'였다. 피아노 선율은 조용하게 그녀의 여린 손가락의 움직임을 따라 조용하게 흘러나왔다. 곡이 연주되자 단원의 식구들은 아지랑이가 어른거리는 봄 대지 위에 피어난 꽃들의 향기에 취한 듯 아련하게 피아노 선율을 듣고 그녀를 바라봤다. 단원에 함께 있는 여인네들도 대화를 멈추고 밝은 표정으로 서 있었다. 피아노곡은 점차 더욱 웅장한 음을 토해냈다. '감성의 피아노'는 마치 피아노 앞에 앉아 하늘로 오르는 천사의 날개가 펴진 듯 춤을 추듯 아니면 자신의 피아노곡에 심취에 하나가 되어버린 듯 환상적인 음률과 몸짓을 보여줬다. 감성의 피아노곡이 연주되는 동안 주변을 둘러보니 중앙도서관에서 책을 읽던 '자유인'도, 룩셈부르크에서 게임 중이었던 '하이퍼'도, 그리고 세 명의 수도자들과 단원 식구 모두 나와 '감성의 피아노'의 연주를 듣고 있었다. 그 안에는 전통 한복을 입고 있는 젊은 사람이 눈에 들어왔다. 그는 가볍게 눈을 감고 곡에 심취해 있었다.

감성의 피아노의 곡은 때로는 송어가 맑은 냇물에서 튀어 오르듯 경쾌했고 때로는 한겨울 눈보라가 휘날리듯 거침없었다. 강가에서 함께 노를 젓는 연인들의 미소를 닮은 부드러운 울림이 있는 연주였다. 그러다 거대한 파도가 몰아치듯 연주가 빨라지다가 갑자기 강하게 벼락을 내치듯 연주가 끝났다.

박수가 쏟아졌다. 한참 동안 격렬했던 연주에 화답이라도 하듯 박수 소리는 컸고 오래도록 끝이 없었다.

'감성의 피아노'는 일어서 인사를 했다. 삼단 같은 긴 머리가 고개를 숙이면서 찰랑대며 아래로 흘러내렸고 프리지어 꽃향기가 중앙 홀에 퍼졌다. 단원 식구들은 서로를 마주 보며 환한 미소와 함께 환호를 보내기 시작했다. '감성의 피아노'는 단원 식구들 모두의 연인인 듯싶었다. 그때였다. '감성의 피아노'는 피아노 의자를 뒤로 밀고 일어나 걸음을 옮겼다.

감성의 피아노 2

단원 식구들 모두 그녀가 연주가 끝났으니 연옥동(煉獄洞)을 떠날 거라 예상했지만 그게 아니었다. 그녀는 가볍게 걸음을 옮겨 '자유인'과 '하이퍼'가 있는 곳으로 다가왔다.

"오빠들 배고프지 않으세요?"

자유인이 웃으며 대답했다.

"아직 생각이 없었지만, 어찌 '감성의 피아노'와 함께할 수 있는 순간을 버리겠소."

하이퍼도 말했다.

"오랜만이구나. 가끔 소식은 들었다."

그러면서 그들은 식당이 있는 곳으로 자리를 옮기려 했고 다른 단원 식구들은 천천히 중앙 홀을 떠났다.

"참, 내가 소개할 사람이 있다."

그러면서 하이퍼는 정동을 불렀다.

"정동, 너도 함께 식사하지 않을래?"

정동은 당황스러웠지만, 그녀와 이야기를 나눌 기회가 생겼기에 부끄러움에 고개를 숙이고 그들을 따라갔다.

그들이 앉은 곳은 양식이 나오는 곳이었다.

'감성의 피아노', 하이퍼, 자유인은 모두 토마토 스파게티를 시켰고 그들 자리에 주문한 스파게티가 나왔다. 정동은 경황없이 스테이크를 주문하고는 잊고 있었다. 자기에게만 스테이크가 나왔을 때 당황스러웠다. 그러나 이미 나온 스테이크를 다른 음식으로 바꿀 수는 없었다. 그런 모습을 본 '감성의 피아노'가 웃으며 말을 건넸다.

"정동 님은 배가 많이 고프셨나 봐요."

하이퍼도 웃었다. 자유인이 말했다.

"'감성의 피아노'를 만난 게 얼마 만이야."

"천동(天洞)으로 오시면 금방 볼 수 있는데요 뭐."

"쉽지가 않아. 한번 마음이 어지러워진 후에 영 종잡을 수가 없네."

하이퍼가 말했다.

"그래도 자네는 나보다는 낮지 않나. 내가 보기에 자네는 다시 참나에 대한 각성을 이룰 수 있을 것 같은데."

부끄러움도 잠시 그들의 대화에 집중하려고 했지만, 좀체 이해할 수 없는 말들이었다.

음식이 나오자 그들은 말없이 정말 맛있게 음식을 먹었다. 처음에는 어색해서 스테이크를 자르는 게 어설펐지만, 그들은 그런 정동을 전혀 신경 쓰지 않았다. 정동은 갑자기 허기가 몰려와 순식간에 스테이크를 흡입하듯 먹어치웠다. 음식을 맛있게 먹고는 서로의 그런 모습을 바라보며 그들은 한참 웃었다. 정동만 멋쩍게 그들을

민주주의 대혼란의 시작

쳐다보았다. 커피와 차가 나왔고 '감성의 피아노'가 앞에 있자 그때 그녀가 곡을 연주하고 진단을 내리듯 말했던 게 생각났다.

"그때 제게 진단하듯 말씀하신 것이 무엇이며 무슨 뜻입니까?"

'감성의 피아노'는 진지하게 대답했다.

"그 내용은 직접 찾아내고 의미를 알아야 합니다."

정동은 당황스럽고 자신의 깊이 없는 질문에 부끄러워 금방 얼굴이 붉어졌다. 그런 정동의 모습을 보며 '감성의 피아노'는 순수한 그를 심리서의 내용에만 적용하여 잘못 평가한 것은 아닌가 하는 생각이 들었다.

그때 하이퍼가 '감성의 피아노'의 말에 움츠러든 정동에게 말했다.

"아우님, 너무 걱정하지 말게. 자네가 여기 들어온 지 한 달도 안 됐으니 천천히 그 답을 찾고 이해해도 늦지 않아."

자유인도 정동의 어깨를 토닥였다.

하이퍼와 자유인이 모두 정동과 다정한 모습을 보이자 '감성의 피아노'는 조금 이상한 생각이 들었다. 사실 하이퍼나 자유인과 친분을 갖고자 다른 단원 식구들이 무척 노력하지만 쉽지가 않았고 하이퍼와 자유인은 서로와는 우정을 쌓고 청정주의자에게는 배우는 자세로 대하지만 그 밖에 인물들에 대해서는 거리를 둘 뿐이었다. 그런 그들이 단원에서 생활의 안정을 아직 보장받지 못한 처지의 신입에게 친근하게 대한다는 건 분명 보통 일은 아니었다.

"정동 님은 어떻게 하이퍼 님과 호형호제(呼兄呼弟)를 하게 되었나요?"

정동은 '감성의 피아노'의 물음에 답을 하기가 곤란했다. 간단한 내용이지만 쉽게 답하기에는 곤란한 부분이 있었다.

그때 하이퍼가 답했다.

"천연(天緣)이라고 할 수 있지."

하이퍼의 대답에 그 자리에 있던 모두는 무언가 모를 뜨거운 감정이 그들을 감싸는 듯했다.

"천연(天緣)!"

그렇게 되뇌던 '감성의 피아노'가 말했다.

"저에게도 누나라고 불러봐요."

"그러면 정동 님이 궁금해하는 내용을 알려드릴게요."

농담하듯 그녀는 정동을 장난스레 쳐다보며 말했다.

정동은 놀랐다. 그리고 묘한 실망감이 느껴졌다.

'나이를 많이 쳐도 동년배 정도로 생각했는데, 누나라니.'

자유인이 말했다.

"갑자기 왜들 이러시나. 다 부질없는 호칭을 가지고."

하이퍼가 말했다.

"그렇기는 해도 내가 보기에는 이 친구 정말 안타깝고 안쓰럽네. 그런 호칭이 도움이 되긴 할 거야."

하이퍼의 말을 들어보면 '감성의 피아노'는 나보다 연상임이 분명했다. 그리고 그들이 비록 천동(天洞)을 오르내리는 사람들이라고 해도 그녀에게 누나라고 부를 수는 없었다. 먼저 정동은 그녀가 연상인 누나라고 느껴지지 않았고 이루어질 수는 없더라도 그녀에 대한 애틋한 연정(戀情)으로 가슴에 간직하는 것이 언제 다시 들을 수 있을지 모르지만, 그녀의 피아노곡을 대할 때 분명 더 깊은 맛을 느낄 수 있기 때문이었다. 그녀가 내게 음악을 통해 진단했던 그 의미를 쉽게 알 수 있는 기회를 놓치는 게 아쉽긴 했다. 하지만 '이성의 창', '감성의 피아노', '자각의 道' 그분들이 통과의례(通過儀禮) 중에 정동을 평가한 내용을 깊이 생각하고 여러 방법을 통해 해답을 찾아내는 것이 스스로의 발전을 위해서도 합당한 처사일 것이었다.

의식 혁명

정동은 그 후 식사 시간을 제외하고 대도서관에서 거의 살다시피 했다.

먼저 정동은 동양 사상에 관한 여러 서적 중 할아버지께 배운 내용을 다시 한번 정리해보기 위해 책들을 읽기 시작했다.

"자각의 道'에 계셨던 분의 말씀은 분명 주역에 나온 괘에 나온 내용임이 분명해."

그러면서 정동은 주역을 훑어보기 시작했다.

'여기 있네.'

천택이(天澤履): 호랑이 꼬리를 밟은 상태

정동은 아직 그 깊이에 대한 의식이 없었다. 정동은 그저 단순한 의미를 짚어내고는 주역 책을 덮었다.

정동은 계속 서적들을 찾아 읽기 시작했다. 그러면서 자유인이 읽던 책 중『의식 혁명』이라는 서적이 눈에 들어왔다. 정동은 책장에서 그 책을 꺼내서 책상에 앉아 책을 펼쳤다.

민주주의 대혼란의 시작

능한 이들은 알아보기가 쉽지 않으니
그들은 마음이 단순한 것처럼 보인다.
이것을 아는 이들은 '절대'의 패턴을 아는데
절대의 패턴을 아는 것은 '미묘한 힘'이다.
그 미묘한 힘이 모든 것을 움직이고
그것에는 이름이 없다.

'이건 도대체 무슨 소리야, 능한 이들은 알아보기가 쉽지 않다고?'
'미묘한 힘…'
정동은 알 듯하다가도 좀처럼 쉽게 그 내용을 이해하기 어려웠다.

'사랑은 부정성을 공격하기보다는 그것을 재맥락화함으로써 녹여낸다.'
'재맥락화한다?'
'사람은 사랑할수록 더 많이 사랑할 수 있다.'
'전혀 듣지도 보지도 못한 말들이 여기 쓰여 있네.'

에너지 수준 600: 평화

이 수준에 있는 개인들은 왕왕 세상에서 물러나는데, 그것은 뒤이어 일어나는 지복의 상태가 일상 활동을 불가능하게 만들기 때문이다. 어떤 이는 영적 스승이 되고, 또 어떤 이는 이름 없이 인류의 향상을 위해 노력한다. 몇몇은 각자의 분야에서 위대한 천재가 되어 사회에 크게 이바지한다.

이 문장을 보면서 정동은 이곳의 여러 부분이 지금 읽고 있는 내용과 상당히 연관성이 있다는 생각을 하게 되었다.

에너지 수준 700~1,000: 깨달음
이것은 역사 속의 위대한 이들의 수준이다. 이들은 무수히 많은 사람이 전 시대를 통해 뒤따른 영적 패턴의 기원이 되었다. 모두가 신성과 결합하여 있으며, 흔히 신성과 동일시된다.
이 신성한 은총의 수준은 최대 1,000으로 측정되며, 그것은 기록된 역사 시대를 살았던 이들이 이제껏 도달한 최고의 수준이다. 그 수준에 도달한 이들은, 말하자면 '주 Lord'라는 호칭이 적당한―주 크리슈나, 주 붓다, 주 예수 그리스도―위대한 화신 Great Avatar들이다.

정동은 그 내용이 현실적인 배경 속에 연결된 의미를 찾지는 못했지만 일견 공감할 수 있었다.

700 수준의 한 사람이 집단적 부정성을 가진 7,000만 명을 상쇄한다….

의식 수준이 1,000인 단 한 명의 화신은 전 인류의 집단적 부정성을 사실상 완전히 상쇄할 수 있다(현재 지구상에서 700으로 측정되는 이들은 12명이다).

정동은 『의식 혁명』이라는 제목이 적힌 서적을 덮었다. 여태 살아오면서 전혀 접하지 못한 내용이었고 현실에 벗어난 주제이기에 다른 때 같았으면 아마 『의식 혁명』이라는 책 제목을 보고도 그냥 지나쳤을 것이다. 『의식 혁명』 안에도 있지 않은가. 자신의 꿈이 '의식'의 성장인 사람은 없을 것이라고. 그런데도 정동이 『의식 혁명』이라는 서적에 깊은 관심을 갖게 된 것은 상식적이지 않은 '丹胎精神文化研究院'이라는 이곳과 아주 밀접하게 관계된 내용을 가지고 있기 때문이었다. 그러면서 그와 가까운 '하이퍼'와 '자유인'의 모습이 떠올랐다. 그리고 결국 일천동(一天洞)에라도 승동(昇洞)을 하기 위해서는 그 내용에 있는 의미들을 구체적으로 이해하고 있어야 한다는 생각이 들었다. 정동이 『의식 혁명』을 읽고 있는 모습을 본 자유인은 고개를 끄덕이더니 책의 제목에 눈길을 두며 말했다.

"이해하시겠어요."

정동은 웃으며 답했다.

"이런 책이 있는 줄도 몰랐습니다. 그러나 한번 탐독해볼 만한 책이었습니다."

"그러면 정동 님은 에너지 수준이 어느 정도에 머무르시는 것 같나요."

"답변하기 곤란스럽군요."

"높은 에너지 끌개장 속에 의식을 두고 싶다면 먼저 화를 내는 습관부터 바꾸어야 합니다."

"이곳 단원 식구들이 화를 내거나 지나친 행동 후에 해우소로 스스로 들어가서 자성(自省)하는 기간을 갖는 것도 그런 의미가 있습니다."

"너무 걱정하지 말아요. 정동 님은 좋은 마음 터를 지니고 계시니까요."

정동은 자유인의 말에 같이 웃으며 공감할 수 없었다.

'내가 벌여놓은 이기적인 모습을 본다면 아마 그런 말씀은 못 할 거야.'

이상한 노인 2

    정동은 자유인과 그런 대화를 나누는 것이 부담스러웠다.

    정동은 연옥동이 있는 건물을 나와 작은 숲길을 걸었다. 단원 식구들의 설명에 의하면 단원(丹院)은 세 개의 크고 작은 산으로 이루어졌다고 했다. 연옥동(煉獄洞)과 일천동(一天洞)인 월천동(月天洞)이 도덕산(道德山) 내부를 깊이 깎아 건립되어 있다고 했다. 도덕산(道德山)이 세 개의 산중 가장 크고 높다. 그리고 그 위로 높은 산맥 위에 조금 작은 산이 있는데 그 산 이름은 수달산(水達山)이라고 했다. 그 산 중턱에 이천동(二天洞)인 수천동(水天洞)이 자리 잡고 있으며 거기서 산길을 따라 걸으면 한참 떨어진 곳에 산 하나가 더 있는데 명륜산(明倫山)이라 했다. 그 산속에 삼천동(三天洞)인 명천동(明天洞)이 자리 잡고 있다. 정동은 산길 옆으로 흐르는 내를 따라 산을 천천히 올랐다. 만추(晚秋)를 느낄 수 있는 산들이었다.

    '두물머리 위쪽으로 유명한 산이 있다는 소문은 듣지 못했는데.'

    "따따따닥."

    "딱따구리구나."

    노란 머리의 딱따구리가 정동의 머리 위쪽 나무를 경쾌하게 쪼고 있었다.

"따따따닥."

"그놈 참 소리 한번 시원하네!"

산 하나를 지나 오솔길 옆을 지나는데 물줄기가 한데 모여 깊은 못을 이루고 있었다. 큰 못에 물이 가득 고인 상태에서 아래로 다시 흘러 조금 작은 못을 만들었다. 큰 못은 깊어 짙은 푸른색을 띠고 있었다. 산 숲 사이로 작은 나무 문이 보였는데 나무 넝쿨과 나무의 뿌리와 줄기가 한데 어우러진 상태에서 어둑어둑한 그림자가 져 문이라는 생각을 쉽게 할 수는 없었다. 들어갈 방법도 알 수 없었고 우연히 이 산에 오른 사람들은 그곳에 문이 있을 거라고는 상상도 할 수 없었을 것이다. 여기가 수달산(水達山)에 있는 수천동(水天洞)이구나. 정동은 산길을 조심스레 내려가 깊은 못에 천천히 고개를 숙여 물을 마셨다. 땀을 닦고 천천히 냇물을 따라 계곡을 오르기 시작했다. 가면 갈수록 냇물은 작아졌지만, 바위 사이를 지나서 그런지 물은 더 맑아 보였다.

냇물을 건너 작은 길이 숲속으로 계속 뻗어 있었는데 자연 그대로 낙엽이 쌓여 있었다. 산길을 따라가기 위해 천천히 올라 바위를 짚고 힘을 쓰는데….

"콩!"

"누구야!"

예전 할아버지가 '요 녀석아' 하면서 꿀밤을 먹인 듯 머리가 아팠다. 정동은 반사적으로 위를 쳐다보았다. 소나무 가지 사이를 오가던 한 마리 청설모가 아래를 내려다보고 있었다. 땅바닥에 솔방울

민주주의 대혼란의 시작

한 개가 떨어져 있는 것을 보니 청설모가 나뭇가지를 오가다가 떨어뜨린 듯했다.

정동은 순간 불끈 화가 치밀어 올랐다. 쥐방울만 한 것이 그를 놀리는 것 같아서였다. 한참을 혼자 청설모를 사납게 쳐다보았지만, 청설모는 아랑곳없이 나뭇가지 사이를 바삐 오가고 있었다. 청설모를 따라가보니 다른 한 마리가 멀리서 기다리는 것 같았다.

산길을 걷다가 주목(朱木) 옆 바위에 걸터앉은 노인을 만나게 되었다.

처음에는 무심코 그를 지나칠 뻔하였다. 그가 앉아 있는 풍경과 너무 친화(親和)를 일으켜 숨은 그림 찾기 속에 숨은 그림 같았기 때문이었다.

"왜 인제 오느냐?"

"할아버지."

돌아가신 할아버지께 인사드리러 왔다가 만난 노송 앞에 서 있던 그 노인이었다. 정동은 그의 옆에 기대어 앉았다. 말없이 정적이 흐르고 정동은 깊은 한숨을 내뱉었다.

"녀석아, 한숨에 땅이 꺼지겠다."

말투는 그랬지만 그 노인과 함께 있으니 왠지 가슴이 따뜻했다. 갑자기 돌아가신 할아버지가 생각이 나 눈물이 쏟아졌다.

"막 나만 세상에서 버려진 것 같고 억울하다는 생각에 미칠 것만 같습니다."

"세상이 너를 버릴 리가 있느냐?"

"세상이 한스럽고 원한이 가슴에 사무칩니다."

"군자는 원한을 하루아침에 갚지 않는다고 했다."

정동은 할아버지의 말에 갑자기 의미심장한 어투로 답했다.
"그렇군요. 이를 갈면서 그 원한을 갚기 위해서 마음에 콘크리트라도 치고 단단히 앙심을 품어야겠군요."
할아버지는 그런 정동의 모습에 웃음 지으며 말했다.
"원, 녀석두."

"세월이 흐르다 보면 그 원한도 풀리고 다 용서할 수 있지 않겠느냐?"

정동은 고개를 주억거리다 다시 고개를 들어 봤더니 그 노인은 이미 사라지고 없었다. 정동은 노인이 사라진 작은 오솔길을 넋을 잃고 바라보았다. 그 순간 소슬바람에 주위 나뭇가지와 풀잎들이 흔들렸는데 정동에게 이런 소리가 들리는 듯했다.

"세상은 혼자가 아니다. 나무도, 풀도, 꽃도, 햇살도, 언제나 너를 위로해주고 있지 않니."

정동은 나무를 매만져보고 고개를 숙여 눈을 감고 풀과 꽃을 손으로 느껴보았다. 그리고 고개를 들어 하늘을 바라보면서 읊조렸다.

"할아버지."

입신(立身)의 경지, 정치인과
입언(立言)의 경지, 방송인

연옥동에 들어와보니 중앙 홀에 사람들이 제법 많이 모여 있었다.

스크린에서는 이미 방송을 한 지가 오래된 정치 뉴스가 방영되고 있었다.

"정치는 입신(立身), 입언(立言)을 넘어서 입덕(立德)을 이루어야만 그 뜻을 펼칠 수 있는 법이오."

"그런데 요즈음 정치인들은 모두 입신을 위해 정치를 하는 것 같군요."

"대통령의 탄핵도 결국 정치인들의 수준이 입신(立身)의 경지였다면, 현 정치를 비판했던 유명 앵커의 수준이 입언(立言)의 경지에 있었기에 가능한 일이었소."

"방송 생활을 오랫동안 하면서 정치권에 대한 국민들의 불만과 회의(懷疑)를 바로 인식하고 신뢰가 무너진 정권에 대한 바른 의견 제시를 할 수 있는 능력이 촛불 시위를 이끌어냈다고 할 수도 있고요."

"결국 입언(立言)을 이룬 자에게 입신양명에만 뜻을 둔 정치인들의 무능하고 덕 없는 정치 현실이 결국 국민에게 촛불을 쥐어주었고 결국 탄핵으로 정권의 붕괴를 가져왔다고 할 수 있습니다."

자유인의 말이 끝나자마자 하이퍼는 그에 반대되는 입장에서 대화를 이어갔다.

"정치에 헌신하면서 점차 입신을 넘어서 입덕(立德)의 경지에 이른 정치인들도 있습니다."

"과거 정치 9단이라고 불리던 분들도 약관의 나이에 정치에 입문하여 그 뜻을 펼쳐가면서 얻게 된 고난들 속에서 연륜이 생기고 국민에게 신뢰감을 주는 덕(德)이 생겼다고 할 수 있습니다."

"결국, 국민과 오랜 시간을 함께 호흡하고 국민들의 요구사항을 깊이 통감하고 정치적인 실천으로 옮기면서 생긴 국민들의 신뢰가 쌓일 때 입덕(立德)의 경지를 말할 수 있겠지요."

자유인은 하이퍼의 말에 대해 다시 논지를 세워 이야기했다.

"그 말씀에는 저도 공감합니다. 그런데 문제는 국민에게 인지도를 높이기 위해 방송에 나가고 수박 겉핥기식으로 민의를 살펴 정치인이 되려는 부류들이 많아졌다는 것입니다."

"오랜 경륜도 없이 정치에 대한 올바른 방향성도 없이 국민에게 아부하고 대중영합주의에 기대어 자신의 입지를 유지하는 그런 정치인들을 국민 스스로가 배격하고 올바른 정치 풍토를 만들어가야 한다고 생각합니다."

"공감이오."

"오랜만에 하이퍼 님과 대화를 나눈 것 같소."

"하하하, 그런가요. 저는 언제나 자유인과 토론하면 많은 것을 느끼는 것 같소."

민주주의 대혼란의 시작

정동은 그들의 대화 중에 자신의 방으로 들어갔다.

누워 창밖을 내다보았더니 나무의 다람쥐도 정동을 쳐다보고 있었다. 그러더니 두 손으로 도토리를 들고 바쁘게 갉아대기 시작했다.

제2장

정동의 베아트리체,
안나의 춤사위

안나의 춤사위

막막한 거리에서 정동은 고개를 숙이고 걷는다. 정처 없이 걷다 힘에 겨워 두 어깨는 축 늘어진 채 서 있다. 시장 모퉁이에서 붕어빵을 파는 노파가 정동을 바라본다. 정동은 주머니를 뒤졌지만 동전 하나도 잡히지 않는다. 갑자기 마른하늘에 눈이 내린다. 바람이 분다. 바람은 눈을 날린다. 그 바람이 점점 거세어지더니 미친 바람이 나무를 뽑아 날리고 차들이 공중에 날린다. 정동은 간이 점포 기둥을 붙들고 버틴다. 노파는 어느새 어린 소녀로 변해 그런 정동의 모습을 보고 웃고 있다. 그녀에게는 미친 바람이 불지 않는다. 주변에는 눈이 쌓이고 쌓여 보이는 것은 온통 눈이 쌓인 하얀 벌판이다. 바람은 잦아들고 정동은 어린 소녀가 건넨 붕어빵을 들고 서 있다.

정동은 눈을 떴다. 꿈이었다. 창밖에는 밤새 첫눈이 왔는지 나무들은 눈꽃을 피우고 노랗게 마른 풀잎은 눈 속에 숨었다.

밖에서는 피아노 소리가 들린다. 경쾌하면서 맑은 선율이 정동의 잠을 깨운 것이다.

"어제는 피곤해서 잠옷으로 갈아입지 않고 잠이 들었네."

정동은 간단히 샤워하고 한동안 입던 옷을 벗고 단원에 있는 작은 쇼핑몰에서 산 청바지에 흰 스웨터로 갈아입고 중앙 홀로 나갔다. 역시 '감성의 피아노'가 내려와 피아노 연주가 한창이었다. 그러나 더 놀라운 것은 처음 본 여인이 치포식 연한 청치마를 입고 붉은 남방을 가슴선이 그대로 드러나게 입고 긴 머리는 거친 동작에 맞춰 곡선을 그리며 찰랑대며 춤을 추고 있었다. 미리 연주곡과 춤사위를 맞춰본 것처럼 곡에 어울리는 동작 하나하나가 단원 식구들에게 또 다른 흥취를 느끼게 했다. 하이퍼도 그녀를 보며 웃고 자유인은 그에 아랑곳하지 않고 '감성의 피아노'의 선율에 심취해 있었다. 그 옆에는 '이성의 창'도 함께 있었는데 그녀도 차트를 들고 팔짱을 낀 채 피아노곡을 듣고 있었다. 반 시간쯤 지나자 연주는 끝났고 '감성의 피아노'는 치마를 살짝 들고 무대식 인사를 하고는 연옥동 실내 문을 지나 아래 계단으로 내려갔다. 하이퍼는 '이성의 창'의 말을 정중히 듣고 있었다. 춤을 추던 여인은 하이퍼에 눈길을 보냈다가 그런 모습을 보고 '자유인'에게 다가갔다.

"오랜만이구나."

"네, 여기 다시 들어오느라고 무척 고생했어요."

"이미 밖에서 다시 일하기는 경력이 단절된 상태라 말이죠."

"그래, 애썼다."

"저 없는 동안 단원(丹院)에 변한 건 없고요?"

"글쎄, 아 인사해. 이 친구가 단원에 새로 들어왔는데 제법 여러 가지로 배울 게 많은 친구야."

"자유인께서 그렇게 말씀을 하시니 어떤 분이신지 궁금하네요."

"정동 씨!"

정동은 그때 '이성의 창'과 '하이퍼'의 이야기를 주의 깊게 듣고 있었다.

"정동!"

"아, 예."

"인사해. 이쪽은 안나라고 해."

"반갑습니다. 제가 밖에서 있던 시간이 2년이 채 안 되었는데 그 사이에 들어오셨나 봐요."

"자유인 님께서 칭찬을 많이 하시던데."

"아닙니다. 사실 제가 많이 부족해서 도움을 받고 있습니다."

"겸손까지."

"반가워요. 우리 친하게 지내요."

정동은 사실 그녀가 연주곡에 어울리게 추던 춤동작에 매료되어 있었다. 대화 중에 하이퍼가 다가와서 안나와 인사를 했다.

"그런데 어떻게 '감성의 피아노'와 함께 들어와서 그녀의 곡에 춤을 출 수 있었지?"

"알고 계시다시피 연옥동에 들어오기 전에 '이성의 창' 님과 '감성의 피아노'께서 저를 다시 보시고는 무척 기뻐하셨죠. 그래서 '감성의 피아노'께서 먼저 저에게 연옥동에 함께 들어가서 무대를 만들어보자고 말씀하셨어요. 물론 '이성의 창'님도 함께 오셨고요."

정동은 무척 놀랐다. 자신에게는 그분들의 통과의례가 무척 까다롭고 뭔가 어려운 질문을 하는 것처럼 마음이 무거웠는데, 안나는 통과의례도 없이 그분들과 반갑게 인사를 나누고 같이 이곳으로 올라오다니. 통과의례는 이곳을 방문하는 사람마다 제각각이라는 것을 알게 되었다. 하긴 세 분 모두에게 '통(通)'을 받아 바로 월천동(月天洞)으로 오른 사람도 있다 하니 당연한 일인지도 모르겠다. 그들은 어느새 식당으로 옮겨 아침 식사를 하며 이야기를 나누었다.

"그래, 밖에서는 무슨 일을 했던 거야."

"여기서 배운 걸 조금 써먹었지요. 두 분께 배운 주식에 투자했습니다."

"처음에는 투자금이 없었잖아. 요즈음 유튜브 제작자가 한창 인기에요. 아니, 이미 포화 상태가 지나 레드 오션이라는 말도 있으니."

"제가 처음에는 피아노곡을 연주하는 모습과 함께 올렸고요. 점차 자리를 잡아 피아노곡에 어울리는 춤을 피아노 선율과 함께 영상을 준비해서 계속 올렸더니 조회 수가 백만은 안 됐지만, 투자금은 충분히 확보할 수 있었어요."

"사실 이곳에 들어올 수 있는 입회비는 충분히 됐지만 몇 나라 여행을 다녔어요."

"그랬구나."

정동은 여행 다녔던 나라들에 대한 궁금증이 일었지만 '하이퍼'와 '자유인'은 그렇지 않은 모양이었다.

"춤을 보니 아마추어는 아닌 것 같은데 무용과를 나오셨나 봐요."

"아니에요. 전공은 피아노예요. 피아노를 쳐다보니 왠지 몸이 자연스럽게 움직이더니 동작들이 결국 춤으로 이어지더라고요."

정동은 갑자기 '감성의 피아노'의 얼굴이 떠올랐다. 얼굴들이 워낙 동안이라 '감성의 피아노'와 새로 들어온 안나의 모습을 보고 도저히 나이를 맞출 수 없을 듯했다. 정동은 나이를 묻지 않기로 했다. 다행히 이번에는 서로 나이에 관계된 말들을 하지 않았다. 안나는 피아노를 배웠다고 말했지만 그 후 연옥동에서 한 번도 피아노 앞에 앉아 있는 모습을 보지 못했다. 그런 말을 들어서인지 그녀가 가끔 춤을 출 때마다 기다란 두 다리를 이용해 바닥에 있는 커다란 피아노를 연주하는 건 아닌가 하는 착각이 생겼다. 안나는 하이퍼와 같이 있는 시간이 많았고 정동도 하이퍼와 가까웠으므로 그녀와 자주 함께 있게 되었다. 안나는 낯선 사람에 대한 호기심 때문인지 때로 둘만의 시간을 가질 때도 많아졌다. 함께 식사하러 갈 때면 정동은 은근히 하이퍼가 다른 약속이 있어 둘만의 시간을 갖기를 원했다. 실제로 하이퍼는 단원의 다른 식구들과도 자주 약속을 했고 그들과 함께 룩셈부르크에서 게임을 즐기려고 했다.

"오늘도 형은 다른 분과 약속이 있나 본데요."

"그래요, 오늘은 뭘 먹을까요?"

"사실 저는 한식을 좋아하는데."

"그러면 한식집으로 가죠."

안나는 돌솥비빔밥을 시켰고 정동도 같은 메뉴를 시켰다.

안나는 음식이 나오기 전에 화장을 고치려는지 작은 가방에서 콤팩트를 꺼내 자신의 얼굴을 살폈다. 정동은 식사하러 온 다른 단

민주주의 대혼란의 시작

원 식구를 보는 척하며 슬며시 그녀의 얼굴을 바라보았다. 거울을 보는 그녀의 눈은 마치 무엇에 놀란 토끼처럼 흰자위가 크게 드러나 있었고 코는 작으면서도 성격을 드러내는 것인지 모르지만 오똑했다. 입술은 방금 주황색으로 립글로스를 발라 반짝였는데 작지만 도톰했다. 주문한 돌솥비빔밥이 그들 앞에 놓였다. 돌솥비빔밥은 뜨거운 열기로 김이 모락모락 피어올랐고 달걀 노른자위 위에 참기름이 한두 방울 떨어져 있어 고소한 냄새가 식당 안에 가득 퍼졌다. 정동은 안나와 함께 자리에 앉아 밥을 먹으니 '인생의 한 끼'를 먹는구나 하는 생각이 들었다. 밥을 뜨지 않아도 안나와 함께 있으니 가슴까지 따듯해지는 것을 느꼈다.

정동의 점서법(占書法)

정동은 다음 날 생활용품을 사기 위해 작은 아웃렛에 들렀다. 여러 가지 컵 중에 자기로 된 작은 컵 세 개를 샀다. 그리고 손잡이가 있는 대나무 꼬치 한 봉지를 사서는 자신의 생활실로 갔다. 대나무 꼬치의 손잡이 부분에 괘의 양효(陽爻)와 음효(陰爻)를 한 개에 하나씩 표시하였다. 정동은 대나무 꼬치를 이용해 산가지를 만들고 자기 컵은 산통으로 삼아서 역점을 볼 생각이었다.

산가지가 담긴 산통 세 개를 들고 먼저 중앙 홀로 나섰다.

"전통적인 방법으로 앞으로의 운(運)과 세(勢)를 봐드립니다."

"운세(運勢)가 아니고 어찌 운(運)과 세(勢)라고 표현하시오."

보수주의자는 관심을 두고 산통 앞에 앉아 물었다.

"운(運)은 시래운도(時來運到), 즉 때가 되어 운이 돌아온다는 사자성어처럼 사람에게 다가오는 천지운행(天地運行)이나 시기(時期)의 변화 등을 주된 흐름으로 보는 것입니다."

"세(勢)는 자신의 모든 힘을 한곳에 모아 일생에 막혀 있던 거대한 장애물을 치울 수 있게 하는 것입니다. 예를 들어서 산 위의 거대한 바위는 장정들이 함께 밀어도 꿈쩍하지 않는데 홍수가 일어

민주주의 대혼란의 시작

기세를 얻은 물은 그 거대한 바위를 아래로 굴려버리는 것과 같은 이치입니다. 운(運)과 세(勢)를 다르게 구분하는 연유가 여기에 있습니다."

"그러면 복채는 얼마를 받을 생각이오."

"물론 복채는 받지 않습니다."

"그럼 우선 나부터 먼저 봐주시오!"

정동은 보수주의자에게 각각 세 개의 산통에서 산가지를 뽑게 해서는 가지런히 놓았다. 그런 후 말했다.

"따라 하시오. 하늘과."

"하늘과."

"땅과."

"땅과."

"사람과."

"사람과."

그런 후에 정동은 산가지를 각각의 산통에서 뽑아 처음 뽑아둔 산가지 아래 하나씩 순서대로 나열하였다.

점괘는 다음과 같이 나왔다.

상괘는 음효가 두 개 그리고 양효가 마지막 밑에 나타나 진(震)괘가 나타났다.

하괘는 세 개 모두 양효만 나타났으므로 건(乾)괘가 나타났다.

"뇌천대장(雷天大壯)."

정동은 주역 책을 펴들고 안에 있는 내용을 읽어나갔다.

정동의 눈에 먼저 들어온 것은 '싸움의 헛됨'이었다. 정동은 먼저 그 글귀를 큰 소리로 읽었다. 다음 문장들은 긍정적인 내용이 담겨 있었다.

"대장(大壯)에는 마음을 곧고 바르게 가져야 이로움이 있다. 물러가지도 못하고 나아가지도 못한다. 어려움을 참으면 길하다."

정동은 내용을 약간 고쳐 읽었다.

"뭐 그렇고 그런 뻔한 이야기가 아니오."

보수주의자는 점괘에 대해 별로 맘에 들어 하지 않았다. 사실 '뇌천대장'은 기운의 상승을 암시하는 좋은 점괘였다.

안나가 정동의 앞에 앉았다.

"제 것도 볼 수 있어요?"

정동은 고개를 끄덕이며 산통을 가리켰다. 정동이 산통과 산가지를 만들며 점괘를 뽑아 점을 치는 이유는 사실 다 안나에게 자신의 재능 있음을 드러내고자 하는 마음에서였다. 하이퍼나 자유인 그리고 안나가 가지고 있는 재능에 비하여 너무 자신은 가진 것이 없고 보여줄 것이 없어 스스로 안타까웠기 때문이다.

보수주의자와 같은 방법으로 점을 쳐 각각의 산가지를 뽑아 나열하였다.

상괘(上卦)는 음효와 양효 그리고 다시 음효가 나타났다. 하괘(下卦)는 음효 다시 음효 그리고 양효가 나타났다.

차(次) 괘에 진(震) 괘가 점쳐졌다.

"수뢰둔(水雷屯)."

"태어나는 괴로움, 준(屯)은 막혀서 나아가기가 괴로운 것, 초록의 싹이 굳은 땅을 뚫고 나오지 못하는 상태를 나타낸다. 안으로는 젊고 싱싱한 생명력을 가지면서도 충분히 뻗어 나갈 수가 없는 것이다."

안나의 표정이 좋지 않다.

"구름이 자욱하게 덮여서 천둥이 울리나 아직 비가 되어 만물을 적시기에 이르지는 못하였다."

정동의 점괘가 마음에 안 들었는지 안나는 다시 점을 쳐달라고 졸랐다.

"그건 안 됩니다."

"점서법(占書法)이라는 것이 있습니다. 첫째, 점을 쳐야 할 문제에 대해서는 점치기 전에 충분히 고찰을 해두어야 합니다. 좌전(左傳)에 의하면 '점으로써 의심을 결단을 내려 한다. 의심치 않을 바엔 무엇 때문에 점을 치겠는가'라고 했듯이 힘을 기울여 생각지 않고 안일하게 역점으로 해결하려는 자는 결코 점을 살릴 수가 없는 것입니다. 두 번째, 같은 것을 두 번 점쳐서는 안 됩니다. 역(易)에 묻는 것은 최후의 결단을 내리기 위한 것입니다. 점친 결과가 마음에 들지 않는다는 것은 점단(占斷)이 어떻든, 자신이 이미 결정한 방법으로 하고 싶어 하는 마음이 있기 때문입니다. 그렇다면 처음부터 점칠 필요가 없습니다. 재차 점을 친다는 것은 역점을 모독하는 것입니다. 모독하면 절대 역경은 알려주지 않습니다. 세 번째, 부정한 일을 점쳐서는 안 됩니다. 남에게 해를 가하는 부정한 일을 점쳐서는 안 됩니다. 또 좌전(左傳)에 이르기를 '역(易)을 가지고 해가 될 것을 점쳐서는 안 된'라고 했습니다."

안나의 표정은 점점 더 먹구름에 비가 올 듯 흐려지고 싸늘한 바람마저 불어올 듯했다.

정동은 안나의 표정을 보고 안 되겠는지 이렇게 말했다.

"역경의 점은 귀신의 조화가 아닙니다. 역경에 나타난 길흉은 변할 수 없는 숙명으로서 주어진 것도 아니며, 마땅히 순종하고 따라야만 할 법칙을 나타내줌으로써 운명 개척의 노력을 촉진해주는 것입니다."

"역경은 점괘를 통해 현재 처한 상황에서 전화위복(轉禍爲福)을 바라는 역경의 道일 뿐입니다."

"주역에 이런 글귀가 씌어 있습니다. 순자(荀子)가 이르길, '역(易)에 능(能)하면 점을 칠 이유가 없다.' 변화에 잘 적응하고 대처한다면 점을 칠 필요가 없다는 말입니다. 지금 이 시대는 하루가 다르게 세상이 변하고 있습니다. 이런 시대에 우리가 깊이 생각해야 할 것은 변화에 대응하는 자세가 아닐까 합니다."

　　　　　　　　　　민주주의 대혼란의 시작

오만 원권의 연상점괘(連想占卦)

안나는 정동의 말을 시큰둥하게 듣는 둥 마는 둥 하더니 자리를 박차고 떠나려 했다. 정동은 조금 당황스러웠지만, 순간 뇌리를 스치는 번뜩이는 생각이 있었다. 과거 자신이 느꼈던 오만 원권에 대한 묘한 암시가…

"대신 제가 재미있는 점괘를 하나 말씀하겠습니다. 그러기 전에 먼저 역경에 대한 깊은 이해를 돕고자 간략하게 설명하겠습니다."

"역경의 말은 하나의 암시입니다. 사람은 그 '암시'에서 자유로운 연상(連想)을 일으켜 자기가 지닌 문제를 생각하고 해결하려는 노력에 그 의미가 있습니다. 그래야만 비로소 역경을 자신의 처지와 환경에 적용할 수 있는 것입니다."

"지금부터 제가 말씀드리고자 하는 것은 개인의 점괘가 아닌 확장된 개념으로 한 나라의 상황을 역경에 적용하여 나타난 역점의 의미를 풀어낸 것입니다."

"이천구년 유월 우리나라 최고 고액권인 오만 원권이 발행되었습니다. 그 오만 원권 도안에 여성이 주인공이 되었습니다. 우리나라 최고 고액권에 여성이 주인공이 되었을 때 여성 대통령의 탄생을 의미했다고 할 수 있습니다. 다음, 글자는 뜻을 담는 그릇이라고 할 수 있습니다. 특히 한글은 그 글자에 담을 수 있는 여러 가지 뜻의 한자어를 가지고 있다는 장점이 있습니다. 오만 원에서 오만의 뜻 한자는 五와 萬을 담습니다. 하지만 오만이라는 글자는 또 다른 뜻을 담을 수도 있는 그릇입니다. 바로 오만(傲慢)이라는 부정적 의미의 글자를 담을 수도 있다는 말입니다. 즉, 오만(傲慢)한 여성 대통령이 탄생한다는 의미가 담겨 있다는 것입니다."

주변에서는 단원 식구들이 모여 정동의 말에 귀 기울이고 있었다.

"이천십이년 우리나라 헌정 사상 최초의 여성 대통령이 탄생합니다. 이천십칠년 여성 대통령은 국정 농단으로 탄핵되어 대통령직에서 물러났습니다. 결국, 최고 고액권의 등장에서 연상점술(連想占術)을 이용해 여성 대통령의 출현, 그리고 부정적인 임기 종료를 알 수 있다는 말입니다."

단원의 식구들은 긍정도 부정도 아닌 모호한 표정을 지으며 그 자리를 하나씩 떴다. 그 주위에는 이미 안나는 사라지고 없었다.

그러나 다음 날부터 정동은 단원 식구들에게 '정 도령'이라는 별칭으로 불리게 되었다.

민주주의 대혼란의 시작

안나와의 첫 번째 산책

정동은 룩셈부르크에서 장기를 두고는 가뿐한 마음으로 나오는데 기타 소리와 팝송을 감미롭게 부르는 소리에 이끌려 중앙 홀로 나왔다. 안나가 기타를 치며 팝송을 부르고 있었다. 'Over the Rainbow'였다. 정동이 안나의 앞에 앉자 안나의 표정은 조금은 쑥스러운 듯 웃으며 튕기는 기타 줄로 시선을 옮겼다. 그녀는 'Over the Rainbow'가 마지막 곡이었는지 기타를 들고 자리에서 일어나 단원 식구들에게 인사를 했다. 그들은 웃으며 박수로 화답했다. 정동은 안나가 연주하던 곳을 함께 정리해주고는 안나와 산책하러 연옥동 밖으로 나갔다. 겨울 추위에 그녀는 트렌치코트의 허리띠를 조였다. 가슴 앞으로 팔짱을 끼고는 잔뜩 움츠려 숙이고 바람을 맞으며 걸었다. 정동도 무척 추운지 겨울 점퍼를 입고도 귀를 감싸며 걸었다. 연옥동(煉獄洞)과 월천동(月天洞)을 품은 도덕산을 지나 수달산으로 향하려 할 때였다. 안나가 말했다.

"반대로 걸어볼래요."

안나는 그렇게 말하고는 도덕산 줄기를 따라 내려갔다. 정동도 그녀를 따라 걷다가 바로 앞 풍광에 놀랐다. 도덕산(道德山) 밑으로 진달래가 커다란 꽃밭을 이루고 있었다. 그 주위로는 작은 분지를 형성하고 있어 기온은 삼월 중순의 날씨로 따듯했다. 그 위에 할아버지께서 묻힌 노송이 보였다.

"어떻게 이 한겨울에 진달래가 피어 있을까요?"

"저도 정확하게 설명하기는 어렵군요."

"제가 들은 건 저 명륜산(明倫山) 속에 숨겨진 명천동(明天洞)에 계신 세 분의 생명 에너지를 통해 이루어진 진달래꽃밭이라는군요."

"그런데 왜 하필 진달래꽃일까요?"

"현세에 사는 모든 백성과 가장 닮았다고 할까요."

"진달래는 한자어 은사(隱辭)로는 眞達來라 쓰기도 합니다. 그 뜻을 살리면 '진리를 깨달은 자 세상에 온다.' 현인(賢人)들의 기원이겠죠."

"저도 『의식 혁명』을 읽어서 조금 이해가 갑니다. '한 사람의 초인(超人)이 만인의 부덕(不德)을 상쇄할 수 있다'라는 이론 말입니다."

"날 때부터 깨달은 사람이 어디 있겠습니까?"

"그래요, 지금 현세에서는 자본주의 논리 때문에 리(利)에 너무 치중되어 있습니다. 과거 성인들에 의하면 '인과 예가 아니면 보지도 말라' 했고 '잡서(雜書)를 가까이하면 자신을 돌볼 수 없다' 했는데 지금 우리가 서적이라고 가까이하는 대부분이 양서(良書)라고 할 수는 없으니 말입니다."

정동은 안나의 말을 들으며 자신의 지난날을 회고하면서 깊게 공감하였다. 하지만 안나의 생각이 옳다고 해도 지금 세상에서 그런

인과 예에 관한 논리가 얼마나 통할지 의문이 들었다.

정동은 진달래 동산에 안나와 앉아 있으니 마치 꿈속에 있는 듯했다. 그의 마음속에는 왠지 모를 두려움이 일어 머리가 주뼛 섰다. 안나는 정동의 모습을 보고는 갑자기 크게 웃었다. 정동은 얼굴을 붉히다 문득 '감성의 피아노'와 그녀와의 관계가 궁금해졌다.

"'감성의 피아노'와는 친분이 깊은가요?"

"사실 '감성의 피아노'는 제 언니예요."

"원래 제 언니는 피아노를 전공하고 '쇼팽 피아노 콩쿠르'에서 우승하면서 명성을 얻었어요. 그 유명세가 부담되고 힘들었는지 갑자기 신앙에 깊이 빠졌습니다. 처음에는 우리 가족들도 언니의 모습을 충분히 공감하고 이해했는데 돌연 언니가 유학 생활을 했던 독일로 건너가서 독일 국적을 취득해 정착해 살았어요. 가족들은 한국 생활보다 독일에서 유학 생활을 해서 그곳이 더 편한가 보다, 그렇게 이해하고 있었어요. 그런데 그게 아니었어요. 언니는 독일에서 생활하면서 독일 프란치스코회 수도원에 들어가 수녀가 되었어요. 수녀복을 입은 언니 모습을 처음 봤을 때 그 충격은 정말 컸어요. 어머니는 그 모습을 보고 쓰러져 병원 생활을 하기도 했으니까요. 사실 언니가 피아노 전공을 하면서 유학 생활 동안 뒷바라지를 한 거며 '쇼팽 피아노 콩쿠르'에서 우승할 때까지 엄마의 마음고생은 이만저만한 것이 아니었으니까요. 하지만 언니는 더 이상 부모님의 그늘에 있는 어린아이가 아니었어요. 제 눈에는 언니가 수녀복을 입고 있는 게 이상하게도 낯설지 않았어요. 그러던 어느 날 언니는 잠시 집으로 돌아왔는데 수녀복을 입고 있지 않았어요. 이미 언니에 대한 기대를 잃은 가족들은 그 모습에도 무덤덤했어요. 그 후 언니는 여기 단원(丹院)에서 생활하게 되었어요. 언니 덕분에 저도 이곳을 알게 되었고요."

"'감성의 피아노'께서 피아노 연주를 하면 왠지 모를 깊은 마음의 치유를 느끼게 되는데 지금 생각해보니 그분의 신앙의 깊이와 연관된 듯하군요."

"그러면 '이성의 窓'에 관해서는 조금이라도 알고 있는 내용이 있으신가요."

정동은 안나가 '감성의 피아노'와 친자매이니 단원에 대해 깊은 연관성을 갖고 있다는 생각이 들었다.

"'이성의 窓' 그분은 전문의 과정을 지나 정신과 의사로 여러 환자와 함께하면서 신비주의에 깊은 영감을 받은 듯합니다."

"혹시 명천동에 계신 세 분에 관해서…"

"제가 알기로는 명천동(明天洞)에 계신 분은 세 분이지만 여러 종교 종파에서 깊은 깨달음을 얻은 분들은 가끔 이곳을 방문한다고 들었습니다. 명천동에 계신 세 분도 그분들과 친분을 쌓고 함께 교류하는 듯합니다. 단태정신문화연구원은 폐쇄된 곳이 아닙니다. 먼저 인연이 있는 분들에게 사랑과 기쁨의 에너지 끌개장을 이용해 깨달은 분들과 동승(同乘)할 수 있도록 도움을 주고 세상에 평화에 이바지하는 곳이죠."

정동은 안나가 단원에 대해 깊이 이해하고 있는 것이 신기했지만 현실에 맞지 않게 너무 거창하다는 생각을 했다.

"그만 들어갈까요."

안나는 먼저 일어나면서 정동에게 그렇게 말했다.

연옥동(煉獄洞)은 진달래 동산에서 몇 걸음 되지 않았다. 정동이 산책할 때 보지 못했던 건 연옥동의 형태 때문이었다. 연옥동의 문에서 나오면 바로 수달산이 보이고 의식적으로 연옥동을 돌아서 보면 마치 깊은 낭떠러지처럼 보이는 착시 때문이었다.

하이퍼와 '이성의 窓'

연옥동에 돌아와 몸을 녹일 생각으로 찻집에 들어갔다. 찻집에서는 하이퍼가 혼자 차를 마시고 있었다. 안나는 웃으며 하이퍼 곁에 앉았다. 정동은 그 맞은편에 앉아 차를 시켰다.

"어디를 다녀왔어?"

하이퍼에게 정동은 안나와 함께 진달래 동산에 갔다 온 것을 숨기고 싶었다. 그러나 안나는 아무 일도 아니라는 듯 말했다.

"진달래 동산에 다녀왔어요."

"어떻게 진달래 동산으로 갈 수 있었지."

"제가 여기 연옥동에서 생활한 시간이 얼만데요."

하이퍼는 가볍게 웃고는 차를 마셨다. 정동은 문득 안나가 처음 연옥동에 오는 날 '이성의 창'과 '하이퍼'가 한참을 이야기 나누던 것이 생각이 났다.

"그런데 안나가 처음 오는 날 '이성의 창'과는 무슨 말씀을 나누셨나요."

'하이퍼'는 왠지 내키지 않는 표정을 지으면서도 답을 했다.

"내 개인적인 일이라 말을 꺼내기가 조금 난처하지만, 자네가 물으니 답을 하지."

"내가 왜 '하이퍼'라는 별칭을 가졌는지는 알고 있나?"

"글쎄요 '하이퍼'라는 어감이 뭔가 '더 뛰어난' 그런 느낌이 있어서…"

"하이퍼는 'hypomania' 즉 경조증을 의미하지. 사실 '이성의 창' 께서 나에게 많은 도움을 주셨지."

정동은 하이퍼의 말을 듣자 더 많은 궁금증이 생겼다. 하이퍼는 정동의 표정을 보며 말했다.

"'이성의 창'께서 혁신적으로 뇌 활동에서 호르몬 불균형으로 폭주하는 코드를 찾아냈고 감소시켰지. 그분의 도움으로 내 생각과 행동이 정제되었다고 할 수 있지."

"물론 그 밖에도 참선이나 기도 생활 그리고 운동의 습관, 꾸준한 독서도 도움이 되었다고 할 수 있고."

정동은 고개를 끄덕였지만 그저 '하이퍼'의 재능만 부러울 뿐이었다.

정동은 생시원(牲施園)에 들어가 담배를 꺼내 물었다. 담배를 급하게 한 모금 빨아 뱉어냈다. 연기는 넓게 피져 나무줄기와 잎 사이로 스며들었다. 먼발치에 청정주의자가 나무를 쓰다듬으며 나뭇잎의 먼지를 작은 손수건으로 털어내고 있는 것이 보였다. 생시원(牲施園)은 항상 청정주의자가 도맡아 관리했는데 담배 연기는 환기가 잘 되는 시설을 가지고 있어 쉽게 사라지고 청정주의자의 솔선수범을 보아온 단원 식구들은 침 한번 쉽게 뱉지 않았으며 담배 외 다른 음료수를 들고 들어오지도 않았다. 단지 작은 깡통에 꽁초만 조심스럽게 버렸고 담뱃재도 각자가 정리했다. 생시(牲施)라는 뜻도 '인디언들의 기원 의식'과 의미가 상통했다. 청정주의자는 전통 한복을 입고 있었는데 항상 두루마기를 걸치고 있었다. 머리는 검고 조금 짧아서 젊어 보였고 한복의 테가 날렵한 몸매의 그에게 잘 어울렸다. 청정주의자는 정동을 지나쳐 생시원을 나갔다. 분명 밖으로 산책을 나선 듯했다. 정동은 담배를 비벼 끄고는 청정주의자를 따라나섰다.

민주주의 대혼란의 시작

청정주의자 2

청정주의자는 연옥동의 입구를 지나 밖으로 나섰다. 정동은 조심스럽게 그를 따라갔다. 청정주의자는 도덕산을 지나 수달산으로 접어들었다. 날씨는 다행히 겨울 날씨치고는 춥지 않았다. 청정주의자는 두루마기를 펄럭이며 산길을 오르다가 수달산에 흐르는 계곡을 바라보더니 조심스럽게 내려섰다. 마침 작은 고라니 한 마리가 계곡 주위에 있었는데 청정주의자를 보고도 그 자리를 떠나지 않았다. 마치 청정주의자가 기르고 있는 강아지처럼 청정주의자에게 다가섰다.

"다루야, 왜 혼자 있느냐?"

그러자 고라니들의 가족들인지 커다란 고라니 두 마리와 작은 고라니 두 마리가 숲속에서 나왔다.

"목이 마른 게로구나."

계곡은 그 깊은 속까지 겨울 추위에 이미 꽝꽝 얼어 있었다. 청정주의자는 계곡 줄기를 살폈다. 계곡은 몇 갈래로 나누어져 있었는데 그중 조금 얕은 냇물을 살피더니 차가운 얼음 바닥에 조심스럽게 손을 대었다.

"손위풍(巽爲風)!"

계곡의 작은 줄기인 냇물이 청정주의자가 손을 대자 봄눈이 녹듯 얼음이 녹으면서 물줄기를 만들었다. 청정주의자는 허리를 펴면서 일어섰다. 그러자 고라니 가족은 청정주의자를 한번 쳐다보더니 고개를 숙여 물을 마시기 시작했다. 청정주의자는 계곡을 따라 오르기 시작했다. 명륜산 자락에 다다르자 나뭇가지에 한두 마리의 산새가 날아와 앉더니 제법 많은 새가 날아와 앉았다.

청정주의자는 작은 소리로 휘파람을 부는 듯했는데 그 소리는 마치 계곡물이 흐르듯 맑게 느껴졌고 산새의 작은 지저귐이 이어지는 것 같았다. 산새들이 날아들기 시작했다. 청정주의자는 손바닥을 펼쳤는데 손바닥에는 흰 쌀알이 있었다. 겨울 산에 새들에게 먹이가 부족할까 걱정되어 챙겨 가지고 다니는 듯했다. 청정주의자는 계곡을 올라 산길을 타기 시작했다. 분명 정동의 인기척을 느꼈을 터인데도 아랑곳하지 않고 그저 산을 오르기만 했다. 청정주의자는 명천동이 있는 명륜산 산 중턱에 앉아 그 아래로 내려다보이는 경관을 바라보고 있었다. 정동은 그의 옆에 앉았다. 그 산들은 사실 유명산(有名山)이 아니기에 인적이 드물고 한적한 곳이었다. 도덕산, 수달산, 명륜산의 이름도 단원에서 내려오는 이름들이지 실제로 불리는 이름은 아니었다. 하지만 명륜산 중턱에서는 저 멀리 산허리를 돌아 흐르는 북한강과 남한강이 만나는 두물머리가 보이고 인적이 드물어 산속에 신령한 나무들과 꽃들 그리고 산짐승들이 많이 살고 있어 살아있는 산이라는 느낌을 주었다.

서로 말이 없이 앉아 있는데도 불편한 느낌이 들지 않았다. 그를 갑자기 쫓아와서 겨울 점퍼를 입지 못하고 청바지에 흰 스웨터만

　　　　　　　　민주주의 대혼란의 시작

걸치고 있는데 오히려 봄볕 따스한 기운이 그 둘을 감싼 듯 평온하고 아늑했다. 청정주의자의 얼굴을 보니 동안(童顔)의 얼굴에는 어울리지 않는 인자한 표정을 짓고 있었다.

'괜찮다.'

어디선가 무슨 소리가 들리는 듯했다. 청정주의자의 목소리인지 확인하고자 그의 표정을 살폈지만, 그는 멀리 보이는 경치에 시선을 빼앗겨 있는 듯했다.

'괜찮다.'

정동은 그저 가만히 그 목소리에 집중했다.

'뭐가 괜찮단 말입니까?'

'네 맘 다 안다.'

정동은 왠지 모를 뭉클함에 가슴이 먹먹해졌다.

'뭘, 도대체 뭘 다 안다는 겁니까?'

정적 속에서 정동은 지난날들이 떠올랐다. 변변히 잘하는 것 없고 어눌한 정동의 옛 모습이. 할아버지께서 떠나시고 부모님도 형에게만 관심을 가져 마음 둘 그곳 없어 방황하던 날들, 시(詩)를 짓고 신춘문예에 응모하고 낙선하고, 당선자들을 시샘하고, 오를 수 없는 산봉우리 같던 당선작들의 작품에 절망하던 나날들. 지금까지 소설에 관심을 두고 스스로 작품을 완성하려고 노력하던 나날들. 그리고 부동산 갭투자. 이 모든 게 가족들에게 사랑받고자 몸부림치던 모습들이었음을.

정동은 고개를 숙이고 울고 있었다. 옆에 있던 청정주의자는 그 자리에 없었다.

'이제 어찌해야 합니까? 어쩌란 말이냐고요.'

"바람이 부는군요…"

"바람은 계절을 보내고 다른 계절을 불러온답니다."

"머물러 있고 싶어도 그리할 수 없는 게 자연의 이치라 할 수 있겠죠."

"그러니 놓아버리세요. 바람이 데리고 갈 수 있도록. 걱정이든 미련(未練)이든."

청정주의자는 어느새 그 옆에 서서 무덤덤한 표정으로 말을 건네고 있었다.

정동은 청정주의자의 말에 조금 위로를 느낄 수 있었지만, 이곳을 떠나 다시 현세에 돌아갈 것을 생각하니 너무 막연하기만 했다.

"말씀은 감사하나 당장 여길 떠나면 살아갈 길이 막막하기만 합니다. 이미 벌여놓은 것도 정리하지 못했고 하루하루 입에 풀칠하기도 어려운 실정이구요."

청정주의자는 정동의 말을 듣고 조금 심각한 표정으로 이야기했다.

"무항산(無恒産), 인무항심(因無恒心).' 생활의 안정을 유지할 수 있는 고정적인 수입이 없는 것은, 그것을 유지하려는 변함없는 마음이 없기 때문입니다."

註 -
무항산(無恒産), 인무항심(因無恒心): 맹자가 주장한 유교적 경제
원리

민주주의 대혼란의 시작

정동은 그 의미는 이미 알고 있었지만, 그것을 삶에 실천 방향으로 삼지는 않았었다.

"생활을 위해서는 꾸준한 노력이 필요하겠지요. 사람들은 많은 재력을 갖고 싶어 하는데 돈은 물과 같아서 갈증을 풀기 위해서는 작은 샘물에 물 한 바가지면 족할 것입니다. 물이 많아 강을 이룰 수 있는 재력이 있다 해도 어찌 샘에서 솟아나는 물과 같겠습니까. 사람들을 위해 배를 띄울 수 있을 만큼의 강물 같은 재력이 필요하다면 모를까. 자신의 삶을 위해 필요한 돈이라면 날마다 찾아 떠올 수 있는 샘물이면 족할 것입니다. 초로새가 숲속 깊은 곳에 둥지를 틀어도 필요한 것은 나뭇가지 하나면 충분한 법입니다."

정동이 청정주의자와 함께 연옥동을 향해 걸어가는데 청정주의자가 지나치다 우연히 매화나무에 손길이 닿았는데 매화가 피어올랐다. 청정주의자는 고개를 돌려 매화를 바라보았고 정동도 꽃을 보았다. 주변에 눈꽃이 피어 있는 풍경 속에서 매화꽃은 더욱 그윽하고 아름다워 보였다. 하지만 청정주의자는 매화가 추위 속에 피어난 것을 보고 당황하면서 마음 아파하며 매화에 다가가 손을 대자 꽃잎이 천천히 꽃망울 속으로 숨듯 오므라들었다.

"어찌 꽃이 피었으며 그 꽃이 핀 것에 마음 아파하는 이유는 무엇인가요."

"정동 님께 다 말씀드릴 수는 없습니다만 꽃이 겨울에 피었으니 여린 꽃잎은 추위에 얼마나 아리고 쓰리겠습니까. 또 그 마음이 없었다면 매화가 피어나지도 않았겠지요."

정동은 청정주의자의 말을 듣고 전율을 느꼈다.

정동은 연옥동에 돌아오자마자 대도서관으로 향했다. 그리고 『의식 혁명』을 찾아 읽기 시작했다.

기쁨으로 가는 열쇠는 자신의 생명을 포함하는 전 생명에 대한 무조건적 친절이다. 우리는 그것을 가리켜 연민이라고 한다. 연민 없이는 인간 노력에서 그 어떤 유의미한 것은 거의 성취되지 않는다. 더욱 큰 맥락에서 환자는 자신과 타인 모두를 향한 연민의 힘을 불러일으키기 전까지는 진실로 낫거나 근본적으로 치유될 수 없다. 그리고 자신과 타인 모두에게 연민을 갖게 된 지점에서, 치유된 이는 치유하는 이가 될 수도 있다.

책을 읽다가 다시 한 문장에 눈길이 갔다.

인류 역사 전체에서 모든 위대한 스승들은 어떤 언어로든, 어느 시대에든, 한 가지를 반복해서 가르쳤을 뿐이었다. 모두가 말한 것은 단순히 이것이다. 즉, 강한 끌개장을 위해 약한 끌개장을 포기하라.

그리고는 책을 덮으려는데 또 한 구절이 눈에 들어왔다.

사람은 사랑할수록 더 많이 사랑할 수 있다는 발견이다.

민주주의 대혼란의 시작

카드를 숨기는 하이퍼

정동은 대도서관을 나와 룩셈부르크로 갔다. 여느 때와 같이 하이퍼는 다른 단원 식구들과 게임을 하고 있었다. 이번에는 포커를 치고 있었다. 정동도 잠시 기다리다 한 사람이 자리를 뜨자 그 자리에 앉았다.

"저에게도 카드 돌려주세요."

하이퍼는 웃으며 말했다.

"자네가 포커를 친 적이 있나?"

"여기는 대부분 '풀 배팅'에 '삥' 십만으로 알고 있는데요?"

정동은 대답하고는 받은 패 중에서 한 장을 내려놓았다. 스페이드 7이었다. 정동이 들고 있는 두 장 모두 스페이드였다. 스페이드 플러쉬 메이드가 될 확률이 높았다. 그러나 플러쉬는 포 풀(같은 그림으로 넉 장)에서도 같은 그림 한 장이 들어오지 않아 포 풀에서 말라버리는 경우도 허다했다. 함께 포커를 치는 단원 식구는 하이퍼, 정동까지 모두 다섯이었다. 다음에 들어온 카드는 하트 7이었다. 정동의 액면은 원 페어가 만들어졌다. 플러쉬를 숨기고 원 페어나 투 페어를 들고 있는 것처럼 연기할 수 있는 카드를 들었다.

"오십만."

"콜."

"콜."

"콜."

"이백만."

단원 식구 세 명은 콜을 불렀고 하이퍼가 이백만을 다시 배팅했다.

"사백만."

"콜."

"콜."

정동은 사백만을 배팅했고 원 페어를 들고 있던 단원 식구와 투페어를 들고 있던 단원 식구는 패를 덮었다. 그중 시청인 1이 자리에서 일어났다.

시청인 1은 중앙 홀에서 항상 스크린을 보는데 열중해서 단원 식구들이 부르는 별칭이다.

키가 큰 사람을 시청인 1, 키가 작은 사람을 시청인 2라고 불렀다.

"저는 그만 일어납니다."

"이번 게임은 판이 점점 커질 것 같아서."

그 말을 듣자 시청인 2가 패를 덮고 일어났다.

"나도 그만 일어나겠소."

"게임은 재미로 해야 한다는 것이 내 철칙이라."

진보주의자는 K 원 페어, 그리고 하이퍼가 가지고 있는 패는 다이아몬드 10과 J를 가지고 있었다.

민주주의 대혼란의 시작

"오백만!"

"콜!"

"천만!"

하이퍼가 다시 천만을 배팅했다.

"콜."

"콜."

진보주의자가 K를 한 장 더 받아 K 쓰리 풀이 되었다.

정동은 스페이드 3 카드가 들어왔다. 그리고 하이퍼에게는 다이아몬드 Q가 들어왔다.

"삼천!"

"콜!"

"오천!"

하이퍼는 오천을 다시 배팅했다. 현재 진보주의자의 패에 이미 K가 석 장이 들어왔기 때문에 나머지 K 카드가 하이퍼에게 돌아갈 확률은 적어졌다. 하이퍼는 스트레이트를 메이드하기도 어려운 상황이 되었다.

"콜!"

"콜!"

패를 돌리자 카드는 각각 진보주의자에게 스페이드 9, 정동의 카드는 다이아몬드 3, 하이퍼에게 다이아몬드 9가 들어왔다.

"오천!"

"콜!"

"일억!"

한 장의 카드만 남긴 상황에서 현재 가장 불리한 패를 쥐고 있는 사람은 정동이었다. 스페이드가 들어와도 진보주의자가 풀하우스가 된다면 지게 되는 것이고 만일 하이퍼가 플러쉬가 된다면 정동은 다이아몬드 큐보다 높은 숫자를 가지고 있어야 한다. 하이퍼가 스트레이트 플러쉬를 가지고 있다면 게임은 그대로 하이퍼의 완승으로 끝나게 만다. 문제는 판돈인데 정동은 현재 이억 원이 조금 넘는 돈을 가지고 있었다. 즉, 배팅할 돈도 얼마 남지 않았다는 뜻이다.

"콜!"

"콜!"

마지막 카드를 각각 받았다.

"일억."

"콜!"

"이억!"

정동이 받은 카드는 스페이드 에이스였다. 하지만 아직 상대들의 패를 알 수 없었고 에이스 플러쉬를 쥐고 있다고 해도 안심을 할 수 없는 상황이었다.

"콜!"

"올인!"

정동은 나머지 이천만 원을 밀어 넣었다. 만약 이 판에서 지게 된다면 그는 별수 없이 무일푼으로 연옥동(煉獄洞)을 나가야 했다.

"좋고, 그렇다면 이억 배팅은 없던 거로 합시다. 일억, 콜!"

진보주의자는 쉽게 수긍을 했다.

민주주의 대혼란의 시작

그렇게 되면 정동은 판돈을 모두 잃어도 다시 이천만 원은 남아 연옥동(煉獄洞)에서 생활하기에는 충분했다. 그러나 하이퍼의 주장은 게임 규정을 어기는 예의 없는 태도였다. 평소 같으면 있을 수 없는 일이었고 정동을 배려하려고 했던 하이퍼의 행동이 오히려 정동을 자극하였다.

"아닙니다. 게임 규정을 어기면서까지 그럴 필요 없습니다."

그러나 판의 분위기는 이미 식어 있었다. 진보주의자는 이렇게 말했다.

"일억 배팅에서 마무리 지읍시다. 사실 일억 배팅도 룩셈부르크에서는 좀처럼 거의 없는 일입니다."

"알겠습니다."

그렇게 말하며 정동은 패를 열었다. 에이스 탑 스페이드 플러쉬였다.

진보주의자는 패를 폈는데 다행히 풀하우스를 만들지 못했다.

"쓰리 풀입니다. 패가 한 장만 제대로 붙어주면 되는데…."

하이퍼는 말했다.

"자네가 이겼어. 축하하네."

그렇게 말하면서 하이퍼는 다이아몬드 K를 다이아몬드 Q 뒤에 숨기면서 패를 보여주고는 앞에 있는 카드와 섞어버렸다.

"안타깝게 되었어. 플러쉬 Q 탑이었네."

하이퍼는 다이아몬드 K를 가지고 있었기 때문에, 다이아몬드 스트레이트 플러쉬였다. 정동은 꿈에도 생각할 수 없는 상황이었다.

'내가 하이퍼를 이겼다!'

정동은 원금의 열 배의 돈으로 불렸으니 다시 통과의례를 통해 천동(天洞)으로 승동(昇洞)할 기회도 생기게 되었다.

하이퍼는 정동이 얻은 기회에 대해 자기 일처럼 기뻐했다.

"정말 축하해."

"연옥동(煉獄洞)에서 승동(昇洞)에 대한 통과의례를 경험하는 건 이번이 처음이지. 단원에 처음 입문하면서 겪었던 통과의례와는 많이 다를 거야."

정동은 하이퍼의 이야기를 듣고 승동(昇洞)에 대한 통과의례에 대한 지원 의사를 알리기 위해 베네딕도를 찾아갔다.

"여기 서류가 있습니다. 빈칸을 다 채우신 후 저에게 다시 제출하세요."

서류를 보니 몇 가지 질문이 있었다.

첫 번째, 연옥동에서 경험한 것 중 가장 기억이 남는 일 세 가지를 쓰세요.

두 번째, 연옥동에서 가장 친한 단원 식구 세 명을 쓰세요.

세 번째, 연옥동 해우소를 입장한 횟수와 이유를 쓰세요.

네 번째, 천동(天洞)에 승동(昇洞) 하고자 하는 이유를 쓰세요.

다른 질문은 쉽게 기록할 수 있는데 세 번째 질문 때문에 걱정이 들었다. 아직 해우소에 입소하지 않았기 때문이다. 물론 단원 식구들에게 화를 내거나 언어폭력 등을 사용해서 문제를 일으킨 적은 없었다. 하지만 해우소를 입소하는 것은, 자성(自省)하는 태도와 관계가 있었다. 초봄에 단원에 들어와서 깊은 겨울이 찾아왔을 만큼 시간이 지났는데 그동안 해우소를 한 번도 들어가지 않았다는 것은 분명 문제가 있었다.

정동의 두 번째 통과의례(通過儀禮)

하이퍼나 자유인 그리고 안나에게 묻고 싶었지만, 왠지 이번 서류에 대해서는 도움을 받고 싶지 않았다. 서류에 대한 질문 내용을 기록하기 위해 대도서관으로 들어갔다. 조금 떨어진 곳에 책을 보며 앉아 있는 자유인을 보았다. 정동은 가볍게 인사를 하고는 다른 자리에 앉아 천천히 다시 한번 서류를 읽어 내려갔다. 잠시 고민을 하다가 생각했다.

'천동(天洞)에 승동(昇洞)을 못 하면 어때.'

사실 그랬다. 정동은 지금 자금으로 이곳에서 천국과 같은 생활을 할 수 있었다. 정동은 서류에 생각나는 대로 기록을 하고는 베네딕도 수도자에게 제출하였다.

다음 날, 정동을 부르는 소리에 중앙 홀로 나갔더니 세 분의 수도자께서 정동을 기다리고 있었다.

"정동 님, 저희 앞으로 오셔서 무릎을 꿇으십시오."

정동은 수도자들 앞에 가서 무릎을 꿇었다. 세 분의 수도자들은 모두 두 손을 뻗어 정동의 머리 위에 얹고는 각자의 종교에 맞는 기도를 하였다. 단원 식구들은 그들의 모습을 보자 모두 자리를 비

민주주의 대혼란의 시작

켜주었다.

"이제 저 계단으로 내려가 처음에 방문하셨던 단원의 입구 앞에서 계십시오."

단원 식구들은 산책하러 갈 때 가끔 사용하는 계단이다. 그 계단 말고도 산책하러 나가는 문은 있었기 때문에 잘 사용하지는 않았다. 정동은 계단을 내려가면서 처음 단원에 방문했을 때 보았던 계단이 바로 이 계단이라는 생각이 들었다.

계단을 내려갔더니, 안내실에서 기다리고 있었다. 그들은 모두 백색 정장을 하고 있었다. 그런 그들의 모습을 보니 왠지 기시감이 들었다.

"방법은 전과 같이 복도를 지나시면 알게 될 것입니다."
그러면서 처음과 같이 수첩 하나를 건넸다.

"통과의례를 통해 천동(天洞)으로 승동(昇洞) 하시길 기원합니다."
정동은 왠지 긴장되었다. 먼저 수첩을 펼쳤다.

'육에서 나온 것은 육이요, 영혼에서 나온 것은 영이다.'
'어떻게 사는 삶이 가장 올바른 삶인가, 인간은 죽어서 어디로 가며 또 무엇을 버리고 무엇을 가지고 가야 하는가?'

수첩에 있는 내용은 지금 정동에게는 전혀 도움이 되지 않는 내용이었다.

'어디로 가야 할지를 가르쳐주어야지!'

정동은 수첩을 집어 던지고 싶었다. 정동은 일단 보이는 대로 오른쪽 복도로 들어갔다. 복도를 따라 들어갔더니 아래로 내려가는 계단이 보였다.

'저번에는 분명 아래로 내려가는 계단을 보지 못했는데.'

그 앞에서 망설이던 정동은 다시 복도 밖으로 나가려고 하다가 생각했다.

'처음과 같을 수는 없을 거야.'

정동은 천천히 아래로 내려갔다. 어두운 계단을 내려가자 커다란 철문이 나왔고 정동은 그 철문을 밀고 들어갔다. 철문의 무게만 생각하다가 철문 위에 쓰여 있는 글을 보지 못했다.

정의가 높으신 내 창조주를 움직여,

나는 영원히 살아 있으니,

여기로 들어오는 너희는 모든 희망을 버려라.

철문으로 들어가자 눈이 부실 정도로 밝은 빛이 쏟아졌다.

빛이 쏟아져 나온 곳에는 세 명의 고귀한 분들이 계셨다.

그 세 분께서는 인자한 표정으로 정동을 대했다.

"어디서 오는 젊은이인가?"

정동은 당황스러웠다. 처음과 다른 통과의례 방식에 어떻게 대응을 해야 하는지 난감했다.

"내가 묻는 말이 그렇게 어렵던가?"

정동은 답변했다.

"아닙니다. 빛이 너무 밝아 당황했을 뿐입니다."

"빛? 금시초문인걸."

옆에 안경을 쓴 분이 대답했다.

"네, 세 분에게서 쏟아지는 빛이 너무 밝습니다."

"듣기는 좋은 말이군."

"그래, 자네는 지금 어디로 가는 중인가?"

"설마 우리를 만나러 온 건 아닐 테고."

"저도 잘 모릅니다. 세 분을 만나러 온 건지. 어쨌든 저는 이곳을 통과해야 합니다."

"이곳을 통과한다? 우리도 아직 저 끝에 어떤 길이 있는지 모르네. 우리가 알 수 있는 건 지나온 길들이지."

"지나온 길이요?"

"그래. 우리는 과거를 회상하고 지나간 그 길로만 매일 따라갈 수 있네."

"그렇군요."

"그렇다면 밝고 기쁨의 길이겠군요."

"그렇지 않네! 우리는 그 마지막에 사랑하는 사람들에게 하늘처럼 커다란 무게의 슬픔을 안겨줬기에 그 짐을 치울 수 없어 이 어두운 곳에서 우리와 같은 절망을 가진 사람들과 슬픔을 담보로 이곳에서 살아가고 있네."

"이곳이 어디인데요?"

"우리의 지혜로는 알 수 없네. 마지막 절망의 짐이 하늘에서 내려오는 참다운 지혜를 막고 있다네."

정동은 점차 그들이 누구인지 알 듯했다. 그분들은 정동이 존경했던 정치인들이었다. 선량했던 그들을 만나니 감개무량해서 그분들에게 넙죽 절을 하고는 말했다.

"이제야 어르신들을 알겠습니다."

"大鵬逆風飛 生魚逆水永, 큰 새는 바람을 거슬러 날고 살아 있는 물고기는 물을 거슬러 오른다. 대통령께서 말씀하신 내용을 보고 크게 깨달은 바가 있습니다."

진보 대통령은 정동을 흐뭇하게 바라보았다.

"무엇을 얻었다는 말인가."

"참새와 같이 작은 새는 순풍에 날고, 물에서 살지 않는 사람은 순리를 따른다."

"그건 누가 한 말이냐?"

"제가 한번 대통령을 쫓아 글을 지어봤습니다."

옆에 있던 진보당 국회의원께서 말씀하셨다.

"자네 농담이 걸작이네그려."

진보당 국회의원께서는 평소처럼 웃음으로 정동을 맞이했다.

갑자기 자신의 재치가 너무 지나치다고 생각이 들어 정동은 사과의 뜻으로 다시 고개를 숙였다.

진보 대통령께서 말씀하셨다.

민주주의 대혼란의 시작

"자네 갑자기 왜 표정이 어두워졌나?"

그러면서 대통령께서는 정동의 어깨를 따뜻하게 감싸주셨다.

인권 변호사 서울시장께서는 이렇게 말씀하셨다.

"자네가 슬퍼한다면 우리 모두 함께 슬퍼할 것이야. 슬픔은 언제나 함께한다면 반으로 줄어든다고 하지 않나."

하지만 정동은 세 분의 위로가 마음에는 왠지 차가운 벽에 부딪힌 것처럼 닿지 않았다. 그리고 그분들에게 쏟아지던 빛들도 점차 수그러져 사방이 어둠으로 가득 차 오고 있었다. 그분들께서 쏟아지는 빛은 마치 형광 인형에 담겼던 빛처럼 천천히 사그라지고 있었다.

이제는 눈이 필요 없을 정도로 사방은 어둠으로 가득 차올랐다. 정동은 길을 찾으려 했으나 보이지 않아 길을 찾을 수 없었다. 그때였다. 누군가 정동의 등을 두드리는 이가 있었다.

"형님! 저 모르시겠습니까? 저 몽포르 성 루도비꼬 마리아입니다. 형님께서 스스로 세례명을 지어주셨잖습니까."

"또, 제가 깊은 슬픔으로 침묵하고 있을 때 저를 위로하면서 잔에 술을 따라주셨잖습니까."

"그래, 자네가 누군지 이제 알겠네. 자네가 그리 떠나고 내 마음이 어땠는지 아나?"

"형님, 할 말이 없습니다."

"형님, 이러고 있으실 때가 아닙니다. 여기는 형님이 계실 곳이 아닙니다."

"이제야 내가 길을 잘못 든 것을 알았으나 여기서 벗어나야 할 길을 도통 알 수 없으니…"

"그래, 여기서 벗어날 수 있는 길을 안다는 말인가?"

"그렇다면 나뿐만 아니라 자네와 존경하는 저분들 모두 함께 가면 어떻겠는가?"

정동이 몽포르 성 루도비꼬 마리아의 얼굴을 쓰다듬었더니 손에 물기가 묻었다.

"저를 위해, 저분들을 위해 기도를 해주십시오."

"형님, 제 말을 들으셔야 합니다. 아직 육신이 살아 있어 이곳을 벗어나실 수 있는 겁니다. 눈을 감으십시오."

정동은 눈을 감았다.

"앞으로 다가올 날을 생각하십시오."

"여기 있는 영혼들은 과거만을 생각할 수 있어 여기를 벗어날 수 없는 것입니다."

정동은 앞으로 펼쳐질 희망찬 날들을 생각하기 시작했다. 그러자 정동의 가슴이 기쁨으로 가득 차올랐다.

정동은 자신의 방에서 깊은 잠에 빠져 있었다.

"이제 일어났나."

하이퍼가 정동의 머리맡에 있었다.

"자네에겐 안 된 일이지만 어쩌겠나?"

정동은 몽포르 성 루도비꼬 마리아의 외침이 귀에 쟁쟁하게 들리는 듯했다. 정동은 중앙 홀로 달려갔다. 그곳에는 세 분의 수도자가 앞에 있었다. 그중 한 분인 베네딕도 수도자는 서류를 들고 있

민주주의 대혼란의 시작

었다.

"정동 님께는 안타까운 일이지만, 통과의례에 대한 불허가 통지를 받았습니다."

정동은 아직 지금 어떤 상황인지 분간할 수 없었다.

"정동 님께서 어제 제출하셨던 천동(天洞)으로 승동(昇洞) 하는 통과의례 신청서에 대해 세 분의 심사위원들께서 불허가 판정을 내렸습니다. 앞으로 현재의 자금에서 다시 열 배를 불리거나 우리 수도자들이 정동 님에 대한 의견을 수렴하여 신청하는 경우에 다시 승동에 대한 통과의례 신청을 하실 수 있습니다. 물론 그때도 세 분 심사위원의 허가 통지를 받으셔야 합니다."

정동은 갑자기 몽포르 성 루도비꼬 마리아를 떠올리며 머리가 쭈뼛 섰다.

'내가 꿈을 꾼 거야? 떠난 몽포르 성 루도비꼬 마리아 덕분에 그곳에서 벗어난 거야?'

청문회 스타, 비운의 죽음

정동은 단정을 지을 수 없었다. 정동은 복잡한 마음을 안고 중앙 홀로 나왔다. 중앙 홀에 있는 스크린 앞에 앉자 갑자기 스크린에서 뉴스가 방송되기 시작했다. 1988년 11월 2일 헌정 사상 최초로 5공 비리 청문회가 시작됐다. 청문회의 핵심은 일해재단 비리와 광주 민주화 운동 진상조사, 언론 기관 통폐합 문제 등의 진상조사를 통한 부정부패의 척결이었다. 청문회는 생중계되어 수많은 국민을 TV 앞으로 모여들게 했다. 5공 비리 청문회는 막강한 권력을 휘두르던 독재자 전두환이 퇴임한 지 6개월도 지나지 않아 열렸다. 전두환은 국회에 출석해 증언이 아닌 일반적인 연설을 하는 데 그쳤다.

"본인은 통치권자로서 광주는 자위권 발동으로 진압 작전을 펼쳤을 뿐이다."

평화민주당 의원이 외쳤다.

"살인마 전두환!"

"이 살인마 전두환!"

분위기가 너무 혼란스럽다고 생각한 의원들은 그를 제지했다. 이런 틈을 타 전두환이 퇴장하려 하자 당시 초선 의원이었던 진보의

민주주의 대혼란의 시작

초석께서는 그의 명패를 집어 던졌다.

　방송을 보던 단원 식구들은 진보 대통령의 행동에 박수를 보내며 모두 묵힌 체증이 한 번에 내려가듯 시원해했다.

　화면이 바뀌면서 현대그룹 정주영 명예회장이 나와 뇌물 수수에 대해 청문회를 진행하는 장면이 나왔다.

　"증인 정주영 명예회장은 당시 정권에게 뇌물을 공여(供與)한 것이 사실입니까?"

　정주영 명예회장은 주저함이 없이 말했다.

　"칼자루를 들고 있는 사람들을 어찌 거절할 수 있었겠소."

　정주영 명예회장은 자신도 부당하고 억울한 피해자임을 주장했다.

　"명예회장께서는 자신도 피해자라고 주장하시는데 뇌물을 주고 기업에 유리한 사업을 지원받았을 것 아닙니까?"

　"명예회장께서는 많은 젊은이에게 존경과 신뢰를 한 몸에 받는 분이십니다. 그런 젊은이들에게 이번 사태에 대해서 부끄럽다고 생각하지 않으십니까?"

　정주영 명예회장은 잠시 고개를 숙이더니 답했다.

　"그 당시 용기를 내서 거절하지 못한 것에 대해서 국민께 사죄드립니다."

　초선 의원의 당당하고 강렬한 논리로 정주영 명예회장의 국민에 대한 사죄를 이끌어냈다.

　스크린은 그러면서 단상에 오른 진보의 초석을 비추었다.

경제인들과의 청문회가 끝나고 대부분 의원은 경제인들의 경제 발전을 위한 노력과 어려움에도 공감을 하는 터였다.

단상에서는 갑자기 열변을 토하는 초선의원을 비추었다.

"너희 자식 데려다가 죽이란 말이야! 춥고 배고프고 힘없는 노동자들 말고 바로 당신들 자식 데려다 현장에서 죽이면서 이 나라 경제를 발전시키란 말이야!"

스크린은 유독 오늘따라 진보 대통령에 대한 방송이 계속 쏟아졌다.

청문회 자리에는 초선 위원이 앉아 있었고 증인석에는 5·18 광주 민주화 운동 진상조사를 위해 당시의 공수특전단 사령관이 앉아 있었다.

"발포 명령을 누가 내렸습니까?"

"잘 모릅니다."

"그러니까 당시 광주 진압 작전에 최초 발포 명령을 내린 사람이 누구입니까?"

"잘 기억이 나지 않습니다."

"모든 질문에 기억이 나질 않는다니. 당신들의 발포로 수많은 젊은이가 생명을 잃었단 말이오."

"그러니까…"

민주주의 대혼란의 시작

"당신은 돌대가리요!"

진보 대통령의 말에는 강한 힘이 느껴졌다.
그때 얼굴이 벌겋게 상기된 보수주의자는 답했다.
"모든 말들이 너무 비약이 심하고 몰상식한 발언이었소!"

"이것 보시오! 이미 그분의 주장은 국민이 인정하고 역사의 한 페이지가 되었소!"

"안중근 의사의 '一日不讀書 口中生荊棘'도 모르시오."

"여기서 그 말이 왜 나옵니까?"
"하루라도 책을 읽지 않으면 입안에 가시가 돋는다."
"책을 읽지 않으면 거친 말이 쏟아진다는 말이오."

"그의 말은 안중근 의사께서 권총 한 자루로 우리 국민의 원한을 씻었듯이 비록 거친 말이긴 하나 그의 목소리는 광주 민주화 열사들의 원한을 씻을 수 있었소."

보수주의자는 그만 자리에서 일어나면서 이렇게 말했다.

"어찌 나라를 빼앗긴 시대에 의인(義人)과 함부로 비견할 수 있겠소."

정동은 스크린에서 자리를 뜨면서 그들의 주장보다 지금 스크린에 나오는 방송이 자신의 의식과 관계가 있다는 생각에 불안하고 안절부절못했다.

그때였다. 정동의 눈에 하이퍼와 자유인이 작은 도서관에서 토론하는 것을 보았다. 그들도 진보 대통령의 초선 시절의 활약상을 본 듯하다.

"보수와 진보는 특히 경제 문제에서 그 정책 기조가 갈립니다. 참여 정부 시절 대통령은 언행이 불일치한 정책들을 펼쳤습니다. 대통령 후보 시절 '서민의 눈물을 닦아주겠다' 하면서 양극화 문제에 깊이 관심을 두고 있었지만, 참여정부의 경제 노선은 신자유주의를 통한 자본 위기의 탈출이었습니다. 경제 정책 기조에 따라 참여정부 시절 비정규직이 전체 취업자의 60% 이상 늘었습니다. 진보 진영의 한미 FTA를 반대하는 것에 함께하지는 못할망정 무분별한 개방으로 사회 양극화는 더욱 심화되었습니다. 또한…"

하이퍼의 주장에 대해 자유인이 답했다.

"그분은 참된 민주주의를 보여준 진정한 국민들의 대통령이었소. 신자유주의에 대해 말씀하셨는데 그 이름은 어디서 나왔소? 대통령으로서 경제에 대한 정책을 펼치면서 부강한 나라를 생각하고 실천하는 것이 무엇이 잘못이냔 말이오. 서민들에 대한 정책이 미흡했다고 하나 감세론, 복지 정책, 민영화, 노동의 유연화, 노동에 대한 태도, 정부 혁신, 구조조정, 규제에 관한 정책 등 모든 것에 서민들을 위해 통합해서 바라보았던 대통령이오. 그래서 그분이 경제는 경제 하나만을 가지고 논할 수 없다 한 것이오."

하이퍼는 수긍도 긍정도 아닌 태도를 보이고 나서 다시 말을 이었다.

"그가 떠나고 난 뒤 모든 국민이 16대 대통령을 측은지심으로 안타까워했소."

"자신의 죄과가 무겁든 그렇지 않든 스스로 죄과를 인정하고 형벌을 받아들이는 것이 정치인으로서 책임 있는 자세요."

"어찌 자신의 목숨을 함부로 버린 이가 책임 있는 태도라 할 수 있겠소."

"내 의식으로는 삶에 가장 무책임한 행동이라고밖에 생각이 들지 않소."

"16대 대통령의 무책임한 결단으로 우리는 또 다른 훌륭한 정치인 두 명의 잘못된 판단을 지켜볼 수밖에 없었소."

갑자기 자유인이 흥분하여 말했다.

"이것 보시오!"

"그분의 선한 양심에 대해 땅에 발을 붙이고 서 있는 어느 누가 감히 함부로 평가할 수 있단 말이오!"

"하늘만은 그분의 뜻을 이해할 수 있을 것이오."

하이퍼가 말했다.

"하늘은 남을 해한 자보다 자신을 해한 자를 위해 더 많은 눈물을 흘릴 것이오."

자유인이 흥분하는 모습을 정동은 처음 보았다. 자유인은 흥분한 채로 해우소에 들어갔고 한동안 그를 볼 수 없었다.

하이퍼는 아직도 하고 싶은 말이 남았는지 정동을 바라보며 이렇게 말했다.

"임기를 마친 16대 대통령은 사실 큰 실수를 했어. 정치 9단이라고 자타가 공인했던 14대, 15대 대통령들의 임기 후 모습을 본받았어야 했어. 14대, 15대 대통령들이 임기 후 자신의 언행을 조심하지 않고 쉽게 발언을 하고 행동했다면 그 영향력은 16대 대통령의 정치력을 분명 넘어서고 사회에 큰 파장으로 작용을 했을 거야. 그러나 달리 정치 9단들이 아닌 거야. 임기 후 두 분은 모두 자신의 집에 칩거하다시피 하셨으니 큰 화를 당하지 않았던 거야. 16대 대통령은 임기 후 봉하마을에 터를 잡고 전 대통령으로서의 책무를 쉽게 벗어던졌던 게야. 결국 당시 정권에 많은 영향력을 행사했다는 것을 의식하지 못했던 게지. 수세에 몰린 당시 정권은 결국 자신의 정치 스승이었던 대통령에게 조언을 청했을 거고 결국 정치 스승은 심각히 엉킨 정치 문제들을 위해 한마디를 했겠지.

"거인이 되었다고 털어서 먼지가 안 나겠나? 먼지를 털다 보면 작아질 게다."

하이퍼는 유난히 진지한 얼굴로 계속 말을 이었다.

민주주의 대혼란의 시작

"이제라도 우리 국가를 위해, 책임 있는 정치인들의 판단을 위해, 그리고 국민들의 보다 밝은 미래를 위해, 그는 이제 '잊혀진 대통령'이 되어야 해."

감성의 피아노 3

갑자기 중앙 홀에서 피아노 소리가 들렸다. 분명 '감성의 피아노'의 연주 소리였다.

"형님, '감성의 피아노'께서 연옥동(煉獄洞)으로 내려오셨나 봐요."

"그래, '감성의 피아노'가 연옥동(煉獄洞)에서 불협화음이 심하게 들리니 분위기를 전환하기 위해 내려왔을 거야."

"먼저 가보게나."

"나도 금방 따라가겠네."

정동은 마음이 급해졌다. '감성의 피아노'의 모습을 볼 수 있다는 기대감으로 그는 중앙 홀로 달려갔다.

'감성의 피아노'가 연주하자 단원의 식구들은 그 주위를 빙 둘러서서 연주 소리를 듣고 있었다. 곡은 경쾌한 리듬으로 시작해서 점점 그 곡의 클라이맥스에 다가갈수록 '감성의 피아노'의 연주는 신들린 듯 피아노의 건반과 한 몸이 된 듯 열정적이었다. 그 옆에 안나가 있었지만 춤을 추지 않았다. 그 곡에 맞춰 율동을 하기가 어려웠기 때문이다. 안나도 피아노곡을 경청하는 데 만족하고 있는 듯했다.

민주주의 대혼란의 시작

첫 번째 곡은 '리스트 헝가리 광시곡 제2번'이었다. '감성의 피아노'는 쉴 짬도 없이 다음 곡에 몰입하기 시작했다. 오늘따라 유난히 연주곡들이 단원의 식구들을 몰아세우는 듯 멀리서 거대한 파도를 몰고 오는 듯 긴장시키면서 장쾌한 곡으로 연주를 계속하고 있었다. '바흐 신포니라 3번 BWV789' 모두 프로가 아니면 소화하기 어려운 곡들이었다. 주위를 둘러보니 '하이퍼'가 벽에 기대어 깊은 사색에 빠져 있는 모습이었다. 자유인은 해우소에서 아직 나오지 않았는지 보이지 않았다. 안나의 표정도 밝지 않았다. '감성의 피아노' 연주곡 때문인지는 알 수 없지만, 단원의 식구들 모두 연주를 듣는 표정이 어두웠다. 두 번째 피아노곡이 끝나고 다시 휘몰아치듯 세 번째 곡이 연주되기 시작했다. '감성의 피아노'의 이마는 땀에 분가루가 반사체가 되어 빛을 내고 있었다. 정동은 안나와 '감성의 피아노' 얼굴을 비교해보았다. 쉽게 둘이 자매라는 것을 알 수 없을 만큼 서로의 매력 포인트가 달랐다. '감성의 피아노'가 조금은 서구적인 마스크에 눈이 더 크게 드러난 전통적인 미인상이라 할 수 있었고 안나는 이목구비가 또렷하지만 앙증맞을 정도로 자그마해 보였고 눈은 작지는 않은 데다 쌍꺼풀이 없어 고전적인 느낌마저 들었다. 그러나 정동이 둘을 자세히 비교해보니 알 수 없는 미묘한 표정들에서 그녀들은 닮은 듯한 느낌을 주었다.

곡은 세 번째 연주로 들어갔다. 연주곡은 쇼팽 에뛰드 Op. 10, 12번 '혁명'이었다. 연주곡을 들으며 왠지 모르게 가슴이 벅차올랐다. 힘차고 강렬한 곡에 정동은 매료되어 연주곡을 넋을 잃고 듣고 있었다.

안나는 아쉬운 듯 자신의 무대가 아니라는 듯 가볍게 손을 뻗어 작게 돌고는 연주도 끝나지 않았는데 자신의 방으로 들어갔다. '감성의 피아노'는 세 곡이 끝나자 가볍게 단원 식구들에게 인사를 하고는 중앙 계단을 통해 연옥동(煉獄洞)을 나갔다. 주위에는 하이퍼도 보이지 않았고 안나도 보이지 않았다. 정동은 대도서관으로 향했다. 하이퍼는 그곳에서 책장에 기대어 서서 방금 꺼낸 책을 보고 있었다. 정동은 호기심에 그에게 다가갔다. 하이퍼가 들고 있는 책은 『짜라투스트라는 이렇게 말했다』였다. 책을 보니 형광펜으로 자를 대고 줄을 친 것 같았다. 그 아래는 다시 한번 같은 빛깔의 볼펜으로 두 줄을 그었다. 하이퍼는 첫 장부터 읽는 듯했는데 중요 부분에 줄을 친 것만을 읽어 내려가는지 금방 전체를 훑어나갔다. 그리고 상, 하 두 권으로 된 책 중 읽은 책은 책장에 다시 꽂고는 하권을 빼서 첫 장부터 다시 읽어 내려갔다.

정동이 옆에 서 있는데도 아랑곳하지 않고 책을 읽어 내려갔다. 정동은 주위의 책 중에 눈에 들어온 제목을 보았다. 브레히트의 시집 『살아남은 자의 슬픔』을 읽었다.

물론 나는 알고 있다.
오직 운이 좋았던 덕택에
나는 그 많은 친구보다 오래 살아남아 있다.
그러나 지난밤 꿈속에서
이 친구들이 나에 관하여 이야기하는 소리가 들려왔다.
'강한 자는 살아남는다.'

그러자 나는 자신이 미워졌다.

"자네 브레히트의 시집을 읽고 있군."

사실 하이퍼와 대도서관에서 함께 있었던 적은 없었다. 대부분 룩셈부르크에서 게임을 함께 할 뿐. 잠시 뒤 자유인이 대도서관에 들어왔다.

자유인을 먼발치서 보고는 하이퍼가 먼저 가볍게 묵례하였다. 자유인도 화답하듯 묵례를 하고는 책장에서 책을 꺼내 읽기 시작했다.

자유인이 대도서관에서 책을 읽고 있는 모습은 너무 당연하고 자연스러워 보였다. 하이퍼가 책을 들고 있는 것이 낯설 뿐.

"그동안 나도 너무 책과 거리를 둔 것 같군."

그러면서『짜라투스트라는 이렇게 말했다』상, 하권을 독서 카드에 기재하고는 도서관을 나섰다. 정동은 자리를 옮겨 자유인에게 다가갔다.

"차를 한잔하시겠어요."

자유인은 가볍게 웃으며 정동과 함께 다실(茶室)로 들어가 정담을 나누었다.

"혹시 하이퍼와 무슨 일 있었어요."

"아니네, 토론하다 보면 그럴 수도 있지만 내가 조금 흥분을 한 것 같아서."

"그랬군요. '감성의 피아노'께서 내려오셔서 피아노 연주를 했습니다."

"나도 해우소에서 들었네. 곡들이 조금 무거운 듯했는데."

"그래서 안나도 피아노 앞으로 나와 춤을 추기 어려웠나 봐요. 결국 곡이 다 끝나지도 않았는데 자기 방으로 들어갔으니."

"어찌 되었든 내 추측에 단원에서 여러 가지 일들이 생길 것 같군."

"'감성의 피아노'의 곡은 현재 분위기를 전환시키는 것에도 의미가 있지만 앞으로 일어날 여러 가지 문제들에 대한 전조라고도 할 수 있어서."

민주주의 대혼란의 시작

안나의 키스

정동은 자유인의 말이 조금 이해가 되지 않았지만, 오늘 하루 벌어진 여러 가지 일들을 보면서 많은 생각을 하게 되었다.

그때였다. 자운 선사가 자유인을 찾아왔다.

"여기 계셨군요. 단원 식구 한 분이 새로 오셔서 소개해 드릴까 해서 왔습니다."

자운 선사 뒤에 있던 신입은 자유인을 보더니 인사를 하였다.

"말씀 많이 들었습니다."

그의 얼굴을 보니 왠지 낯익은 느낌이 들었다. 자유인도 그를 아는 듯했다.

"혹시 프로기사 아닙니까?"

"예, 한판 잘 즐기고 어찌하다 보니 단원에 들어오게 되었습니다."

정동은 갑자기 하이퍼가 생각이 났다. 물론 프로기사와 대국은 지금과는 다르겠지만 말이다.

"혹시 하이퍼 님과도 인사를 나누었나요."

정동은 자운 선사께 여쭈었다.

"아니요, 이제 그분께도 소개를 드려야죠."

자운 선사가 그에게 말했다.

"여기 단원에 또 다른 터줏대감이 한 분 계시는데 그리로 갑시다."

자운 선사와 프로기사는 하이퍼와 인사를 나누기 위해 지혜의 관을 나섰다.

정동은 하이퍼와 프로기사의 바둑 대국을 기대하고 있었다. 그런 기대를 하는 건 다른 단원 식구들도 마찬가지였다.

"하이퍼가 이번에도 예전 규정을 그대로 고수할까?"

"이 사람아, 상대는 프로기사일세. 그것도 이름만 대면 누구나 알 수 있는 유명 프로기사일세. 이번에는 승패가 관건일 뿐이라고."

"그러면 누가 이길 것 같나? 당연히 하이퍼가 이기겠지."

"이 사람 단원에서만 생활하고 있으니 정말 우물 안 개구리일세 그려."

"그러면! 내기를 걸자고!"

단원 식구들은 내기에 모두 참여를 했다. 프로기사 vs 하이퍼 대국은 6:4의 비율로 내기를 건 사람들로 갈렸다.

프로기사는 그런 단원 식구들의 기대를 아는지 모르는지 은퇴식을 마치고 홀가분한 마음으로 연옥동에서 벗어나 자주 산책을 나섰다. 연옥동에 돌아올 때는 청정주의자와 웃으면서 들어오곤 했다.

중앙 홀에서는 피아노 소리가 들려왔다. '감성의 피아노'가 연옥동으로 방문하여 연주하고 있나 생각하며 다가가 보았더니 하이퍼의 피아노 연주 소리였다. 곡은 'the prayer'였고 연주에 맞추어 안

민주주의 대혼란의 시작

나가 클래식 기타를 치며 노래를 하기 시작했다. 단원 식구들은 안나의 목소리에 작은 탄성을 치기도 했다. 그들은 눈빛을 서로 주고받으며 밝게 웃기도 했다. 노래가 끝나고 안나의 기타 연주가 시작되었다.

하이퍼가 'if only'를 부르기 시작했다. 안드레아 보첼리와는 그 분위기와 음성이 달랐지만 분명 남성적인 매력이 담겨 있었고 하이퍼의 재능을 다시 한번 발견하는 무대였다. 정동은 안나와 함께 있는 하이퍼에 괜한 시기심마저 들었다.

'내가 왜 이러지. 하이퍼는 그런 사람이 아니야.'

노래를 듣는 단원 식구뿐만이 아니라 방금 산책을 다녀온 청정주의자도 프로기사도 하이퍼의 음성에 취해 들떠 있는 듯 보였다.

'if only'가 끝나자 단원 식구들이 손뼉을 쳤다. 하지만 안나와 하이퍼의 피아노와 기타 연주가 끝나고 하이퍼의 피아노에 맞추어 안나가 살짝 상체를 하이퍼에 기대며 다시 다른 곡이 시작되었다.

'time to say goodbye'였다.

노래가 시작되자 안나의 표정은 분명 헤어지는 연인의 슬픈 표정 그대로였다. 단원 식구 중에는 눈을 감고 노래에 취해 있는 이들도 있었다. 그러나 정동은 그녀의 모습에서 하이퍼에 대한 감정을 그대로 느낄 수 있었다.

안나는 정말 하이퍼에 연정을 가진 것이 분명했다.

Time to say goodbye

Horizons are never far

Would I have to find them alone

이 부분을 부르며 안나는 하이퍼를 가슴으로 안았다.

하이퍼는 그런 안나의 동작에 피아노를 멈추고 일어나 서로 기대며 무반주로 노래를 이어 나갔으며 안나는 눈물을 글썽이며 하이퍼와 키스를 나누었다.

정동은 이해할 수 없었다. 노래를 들을 때마다 안드레아 보첼리가 함께 부르는 여성 가수와 함께 포옹하며 입 맞추는 것은 보았지만 그것은 서양 문화 속에서 충분히 자연스러운 모습이었지만 안나와 하이퍼는 서양인이 아니지 않은가.

정동은 노래가 끝나는 모습을 보지도 않고 흥분한 채로 해우소로 들어가버렸다.

해우소 안에서도 노래가 끝났는지 함성과 함께 박수 소리가 요란하게 들렸다. 정동은 해우소에 들어갈 만큼 흥분해서 한 행동도 언성도 없었지만, 자신만의 안나와 하이퍼의 태도에 대한 항변을 보여주고 싶었다. 정동은 흥분 상태에서 작은 화식 변기 옆에 있는 철제 침대에 팔베개를 하고 누웠다.
'안나는 내가 그녀에게 보여준 감정을 아직 느끼지 못했을까?'

정동은 안나와 함께 앉아 이야기 나누던 진달래 동산을 생각했다. 안나가 음식이 나오기 전에 메이크업을 고치다가 정동의 눈길에 쑥스러워 웃으며 어깨를 가볍게 밀던 때를 생각했다. 안나의 춤에 매료되어 서 있던 모습을 거리 공연이 끝나고 다가와 '벼락 맞은 대추나무 같다'라며 웃으면서 내게 안기던 안나를 생각했다. 정동은 혼자 생각에 슬며시 미소를 지었다. 정동은 해우소에 들어온 것이 처음이었다. 해우소가 불교에서는 변소를 가르치는 미화된 용어이면서 解憂所, 즉 근심을 푸는 곳이라는 뜻이 있었다. 연옥동에서는 흥분해서 언성이 높아지거나 행동이 지나치면 스스로 자신의 잘못을 성찰하기 위해 들어왔다. 그러나 이곳 단원 식구 중에는 실수하고도 해우소에 들어가지 않는 경우도 종종 있었다. 물론 수도자들이 주의 깊게 살핀다 해도 연옥동에서 마땅한 처벌을 할 수 있는 경우가 없어서 자신의 판단에 맡길 뿐 다른 방법은 없었다. 유독 보수주의자의 경우 자주 흥분하고 언성을 높이며 때로는 심한 행동이 따르는 예도 있었지만 스스로 해우소에 간 경우는 한 번도 없었다.

정동은 해우소를 살펴보았다. 변기는 화식 변기였다. 재래식 변기를 수세식으로 바꿔 놓은 모양이라 간이침대가 아니면 정말 작은 화장실이라고 해도 상관없을 법했다. 변기와 간이침대 그 외 작은 책 한 권 놓여 있지 않았다.

하지만 이상히도 해우소에 있는 동안 마음은 점점 안정이 되고 편해졌다. '점심 한 끼만 굶고 나가봐야지.' 그리 생각하고 정동은 오랜만에 마음 편히 잠이 들었다.

하지만 정동이 눈을 뜰 때는 벌써 저녁때가 지나 있었다. 정동은 해우소를 나왔다. 해우소 앞에는 안나가 벽에 기댄 채 서 있었다. 정동은 자신을 기다린 안나를 보니 마음이 들떴다. 안나는 정동을 보더니 말했다.

"정동 님은 몰라요. 정말 아무것도 모른다고요!"

그 말만 남기고 자리를 떠났다.
정동은 그런 안나를 또한 이해할 수 없었다.

'해우소에 있는 동안 때를 놓쳤으니 같이 밥이나 먹자고 할 일이지.'

프로기사 vs 하이퍼, 바둑 대국

정동은 혼자 식당에 가서 여러 가지를 시켜놓고 걸신들린 사람처럼 음식을 먹어댔다. 옆 식당에서는 프로기사와 자운 선사가 함께 식사하고 있었다.

"단원 식구들이 기사님과 하이퍼와의 대국을 무척 기대하고 있습니다."

"그렇습니까, 사실 저는 은퇴를 하고 잠시 쉬고 싶습니다."

프로기사는 단원 식구들 분위기에 전혀 관심이 없어 보였다.

"프로기사님과 견준다는 건 말이 안 되지만 하이퍼 그분의 존재 감이 그만큼 이곳에서는 다재다능의 천재로 알려져서. 그런 데다 가 특히 바둑을 둘 때는 1급도 석 점을 깔고 접바둑을 두고 있습니 다. 상대는 무조건 선수를 잡고 덤은 여섯 집 반으로 반호(半戶)를 계산합니다. 이에 더해 하이퍼는 반집 승을 하지 않으면 판돈을 받 지 않는 걸로 유명합니다."

자운 선사의 말을 듣고는 프로기사는 하이퍼의 자만이 지나치다 는 생각이 들었다. 그런 상대일수록 대국에서는 실수가 많은 법이 라고 바둑기사는 생각했다. 그렇지만 프로기사는 이미 호승심이 생겨 그와의 대국을 마음먹고 있었다.

하이퍼가 오랜만에 정동을 찾아왔다.

"이보게, 정 도령. 점괘를 봐줄 수 없겠나?"

하이퍼는 정동에 점괘를 봐달라는 말을 하지 않았었다. 정동이 인용한 적이 있듯 순자(荀子)가 말하길 '역에 능하면 점을 칠 이유가 없다'라고 하지 않았는가. 그만큼 하이퍼도 프로기사와의 대국에 신경을 쓰고 있다는 방증일 것이다.

"그러지요."

정동은 자신의 방에서 세 개의 산통과 산가지를 가지고 왔다. 세 개의 산가지를 하이퍼가 뽑았다.

"하늘과 땅과 사람과."

다시 세 개의 산가지를 뽑아 정렬했다.

상괘는 양효만 세 개가 뽑혔다. 건(乾)괘였다.

하괘는 양효와 음효 다시 양효가 뽑혔다. 리(離)괘였다.

"천화동인(天火同人)."

"아주 좋은 점괘를 뽑으셨습니다. '화천대유(火天大有)'와 함께 가장 좋은 점괘지요. 구별을 한다면 천화동인(天火同人)은 정치를 하고자 하는 사람에게 가장 좋은 점괘이고 화천대유(火天大有)는 사업을 하는 사람에게 가장 좋은 괘입니다. 하지만 어떠한 점괘라 하더라도 그 시기와 사람의 운명에 순응해야 긍정적 힘을 발휘할 수 있는 것입니다. 그러면 하이퍼 님께는 어떤 운세를 가져다줄지 한번 봅시다."

민주주의 대혼란의 시작

"문을 나와 널리 동지를 구한다. 누가 탓할 것인가. 허물은 없다. 동지와 더불어 나아가고 싶다. 그러나 방해하는 자가 많다. 자기 자신도 타협을 싫어하기 때문에 처음에는 고독으로 말미암아 울부짖는다. 그러나 최후에는 즐거움이 찾아올 것이다. 방해하는 자는 대군을 움직여서 이를 쳐부수고 동지와 함께 결합할 수가 있다. 연애운에서는, 경쟁자가 많고 또 직장 내에서 연애가 많을 때이다. 여행과 이전에 대해서는, 혼자 하는 여행은 좋지 못한 때이다."

하이퍼는 잠시 심각한 표정을 짓더니 말했다.

"하하. 역시 자네는 반풍수, 선무당인 것 같으이."

하이퍼는 평소와 달리 정동을 비아냥거리며 자리를 떴다. 정동의 눈에도 하이퍼는 평소와 달랐다. 그러나 그의 비아냥거림이 정동의 마음에는 울화로 쌓여만 갔다. 하이퍼는 그 자리에서 바로 프로기사를 찾아가 대국을 신청했다.

"나와 대국을 한판 하겠소."

프로기사는 중앙 홀에서 자운 선사와 정담을 나누고 있었다. 주변에 있던 단원 식구들은 호기심 가득한 표정으로 그들의 대화를 지켜보았다.

"그럽시다."

둘은 자리를 옮겨 바둑판 앞에 마주 보고 앉았다. 하이퍼가 말했다.

"판돈을 얼마를 거시겠소."

프로기사는 가벼운 웃음을 지으면서 말했다.

"제가 가지고 온 돈이 삼억입니다."

"그래요? 제가 요즘 경기가 안 좋아 현재 남아 있는 돈이 그 정도입니다. 그러면 판돈을 삼억으로 합시다."

하이퍼는 선수를 양보하지 않고 돌을 쥐었다.

"홀."

하이퍼의 손안에는 한 개의 돌을 쥐고 있었다.

"덤은 여섯 점 반으로 합니다."

프로기사와 하이퍼는 모두 바둑판을 내려다보고 있었다.

그들은 먼 우주 속에서 아직 별이 생기지 않은 태초의 하늘을 내려다보는 신들과 같았다. 시간과 공간은 프로기사의 착수와 함께 창조될 것이다.

프로기사는 좌상 화점에 첫수를 두었다. 하이퍼는 우상 화점에 바로 착수를 하였다. 날카로운 비수를 벼리듯이 프로기사는 소목을 두었다.

하이퍼는 邊 화점을 두었다. 프로기사는 상대의 좌상 귀에 착수했다.

하이퍼는 방금 둔 좌상귀 아래 삼삼을 두었다. 프로기사는 좌변 화점에 날일 자로 내리면서 좌상 귀의 수를 이었다. 바둑은 일반적인 장고가 없이 속기로 이루어졌다. 하이퍼가 정동과 장기를 둘 때와 마찬가지로 매우 빠른 착수를 했고, 프로기사도 쉽게 바둑돌을 이어 착수했기 때문이다.

九年而大妙라 하지 않는가. 어쩌면 바둑판 위에 361개의 교차점을 한눈에 파악했다는 듯이 서로의 착수에 반응하여 손을 움직였다. 호수(好手)가 나오면 기수(奇手)로 대응하고 강수(强手)로 판을 흔들라치면 오히려 정수(正手)를 두어 판을 안정시켰다. 계속 프로기사는 선수를 놓치지 않고 몰아세웠다. 하지만 하이퍼의 방어는 그의 앞 수를 대비하는 귀수(鬼手)를 보였다. 유선이후 유후이선(有先而後 有後而先) 선수인 줄 알았던 것이 후수가 되고 후수로 보였던 수가 선수가 되기도 했다. 귀는 실리를, 중앙은 세력과 변화를 상징한다. 귀를 두껍게 유지하며 하이퍼는 실리를, 프로기사는 중앙을 차지하며 세력과 변화의 형세를 통해 바둑 전체의 분위기를 장악해나가고 있었다.

註 -

구년이대묘(九年而大妙): 인생의 삶과 죽음을 터득하는 입신의 경지에 이르러 바둑을 얼핏 보아도 급소를 알 수 있는 시기.

프로기사는 바둑판의 형세와 실리를 계산했다.

'유수부쟁선(流水不爭先), 그래, 흐르는 물이 앞을 다투지 않듯 그렇게 나아가면 된다.'

프로기사는 자신이 살던 푸른 바다가 넘실대는 섬을 생각했다. 거대한 파도의 아가리에 던지는 조약돌은 물을 가르지도 파문을 일으키지도 않고 그냥 사라졌다. 몇 번을 반복해서 던져도 마찬가지였다.

실리를 위해 귀에 몰입하던 하이퍼는 점점 날카롭게 중앙에서 응수 타전이 들어갔다. 프로기사는 중앙에 거대하게 펼쳐져 있는 대마를 이어 나가며 탄탄한 세력으로 유지했다. 하이퍼는 대마를 유지하려는 돌을 교묘히 흔들어댔다. 프로기사의 머릿속으로 파도의 아가리에 던졌던 윤기 나는 흑석이 바둑판을 채우며 전체 자신이 가진 집을 계산해나갔다. 하이퍼는 봄에 핀 하얀 매화 잎들이 떨어져 바둑판을 덮었고 꽃잎 사이의 집들이 눈에 선했다. 이제 그들의 한 수 한 수는 신과 인간의 경지를 구분하게 될 것이다.

"바둑은 인생을 많이 닮았습니다. 두 집이 살지 못하면 거대한 대마도 의미가 없으니 말입니다."

프로기사의 중앙을 차지하던 대마는 좌상귀에서 집을 만들지 못하고 바닷가에 아름답게 쌓은 대궐이 작은 파도에 무너지듯 좌변이 흔들리면서 무너지고 말았다.

'내가 불계패를 당하다니.'

파도에 실려 갔다 돌아온 부표처럼 넋을 잃고 바둑판을 보고 있는 프로기사에게 하이퍼는 말했다.

"반호(半戶) 승이 아니니 돈은 받지 않겠습니다."

하이퍼는 프로기사의 망연자실한 모습을 뒤로한 채 자리에서 일어났다.

"무유정법(無有定法)이라 했나, 나도 내가 이길 줄 몰랐으니."

註 -
무유정법(無有定法): 불교의 금강경에 나와 있는 말로 그 뜻은 '정해진 법이란 본래 없다.'

프로기사는 다음 날 새벽 연옥동에서 나와 잠시 진달래 동산을 둘러보았다.

'겨울에 진달래가 핀 곳이 있다니, 내가 이곳에 대해, 그리고 하이퍼와의 대국에 관해 사람들에게 전해도 분명 믿지 않을 것이다.'

"그래, 나는 잠시 한바탕 꿈을 꾼 거야."

프로기사는 천천히 연옥동과 월천동이 숨어 있는 도덕산(道德山) 자락을 내려갔다.

하이퍼와 프로기사의 대국을 구경하기 위해 '이성의 창'이 연옥동에 잠시 방문했었다. 자유인과 잠시 이야기를 하고 대국이 하이퍼의 승으로 끝나는 모습을 지켜보고는 차트를 들고 다시 연옥동에서 나와 월천동으로 올랐다. 연옥동을 나서면서 '이성의 창'은 무언가 바닥에 떨어뜨렸다. 정동은 '이성의 창'을 불렀지만 듣지 못했다.

정동은 프린트물을 살폈다.

청정주의자: SLC 6A 4. inhibitory

하이퍼: COMA(val 158 Met) exclamatory

자유인: dorp gold locks zone.

…

안나: chorea

…

정동: ego-protective maneuver

註 -

SLC 6A 4: 세로토닌 수송체 유전자이며 영성과 예술적 행위와 상관관계가 있는 몽상 상태 유전, 신경전달물질.

COMA(val 158 Met): 전전두엽 피질의 도파민양을 조절하는 유전자, 인지적 유연성이 높으며, 과제 전환이 용이하고 창의력이 높은 신경전달물질의 특정 버전

dorp. gold locks zone.: 도파민 수용체의 안정 상태

chorea: 무도병

ego-protective maneuver: 자존심 보호 술책

inhibitory: 억제성

excitatory: 흥분성

촛불 시위와 대통령의 운명

안나를 찾으면 하이퍼 곁에서 쉽게 볼 수 있었다. 하이퍼는 단원의 다른 여자 식구들에게도 인기가 많았고 농담이나 신체 접촉을 쉽게 생각했다. 하이퍼는 안나도 그들 중의 한 명이라 생각하는 듯했는데 안나는 그게 아니었다. 하이퍼를 따르는 정도가 아니라 연옥동에서 온종일 그와 함께 있으려 들었고 하이퍼가 오히려 조금 부담을 느끼는 듯했다. 정동은 하이퍼와 거리를 두고 싶어도 안나와 가까이 있으려면 하이퍼와 같이 있어야 했다. 정동이 중앙 홀 스크린에 가까이 앉자 스크린에서는 뉴스가 흘러나왔다. 광화문 광장에 수많은 사람이 촛불을 들고 대통령 하야를 외치고 있었다.

스크린에 나오는 뉴스를 보면서 하필 왜 지금 이 시점에서 광화문 촛불 시위 장면이 나오는지가 더 궁금하였다.

"연옥동에 있는 스크린은 어떤 원리로 방송을 내보내는지 모르겠습니다."

안나가 나서며 말했다.

"저도 처음에 중앙 홀에 있는 스크린에서 내 생각과 연관된 뉴스가 나오는 게 신기하고 무척 당황스러웠어요. 하지만 개인 사적인 생각과 연관되어 있다고 말하기가 어려운 게 지난 뉴스에 대해 과연 누구의 뉴런과 시냅스의 영향을 받아 방송되는지 알 수가 없죠. 만일 내 생각과 같은 다큐멘터리가 방송된다면 쉽게 연관성을 찾을 수 있지만, 뉴스라는 것이 개인의 생각에 관계되었다고 판단 내리기가 어렵거든요. 이것을 심리학적으로 우물 효과라고 하나. 예를 들어 무속인이 점을 치러온 사람에게 말하는 것이 점점 깊게 들어갈수록 상관관계가 만들어지는 것처럼 말이죠. 그리고 유튜브 채널을 관리하는 AI 인공지능이 연옥동 전체 시스템을 관리한다고 하니 스크린에 나오는 방송에 대해 너무 정동 님과 연관 지어서 생각 안 해도 될 겁니다."

중앙 홀에 촛불 시위 현장이 방송되자 단원 식구들도 관심들을 보였다.

"그래, 국민들의 단합된 의지가 국정 농단에 대한 책임을 분명히 하면서 한 나라의 대통령이라도 함부로 권력을 남용할 수 없다는 것을 보여주는 쾌거였지."

"일제 탄압에 대해 비폭력으로 저항했던 3·1 운동의 DNA가 우리 국민들의 핏속에 간직되어 있는 것이 분명하다니까."

단원 식구들의 대화 속에 자유인도 끼어서 함께 이야기하기 시작했다.

"민주주의라는 말은 그리스어 demokratia에서 나왔습니다. demo는 바로 '국민'이라는 뜻이고, kratos는 '지배'라는 뜻이니까

　　　　　　　　　　　　　　민주주의 대혼란의 시작

민주주의란 '국민의 지배'라는 뜻입니다."

"그 말은 물론 일리 있고, 합당하오."

하이퍼는 그들의 말에 제동을 걸듯 조금 큰 목소리로 말을 내뱉었다.

"한국처럼 강력한 중앙 집권 체제에서 대통령의 권력은 여러 분야에 그 영향력이 미치기에 분명 그에 합당한 책임이 존재해야 합니다. 그러나 그 넓은 범위에서 현실은 분명 모순과 불합리가 존재할 것입니다. 정치적 책임 문제를 거론하기 시작한다면 역대 대통령 중에 누가 그 문제에서 잘못이 없다고 할 수 있겠소."

진보주의자는 하이퍼의 말을 끊었다.
"과거 모든 대통령이 국정 농단을 한 건 아니지 않소."
"우리 대통령 중 몇 명이나 대통령 임기를 마치고 국민의 심판을 피할 수 있었다고 생각하오."
진보주의자는 답이 없었다. 하이퍼가 답을 했다.

"단 두 분이요."

"진보의 초석이라고 할 수 있는 대통령의 죽음도 국민들의 지나친 관심에서 비롯되었다고 할 수 있소."

"역대 모든 대통령의 정책을 평가한다는 것은 국가의 정치 발전을 위해 필요할지 모르오. 하지만 한 개인이 국가의 대통령이 된다는 것은 개인의 명예를 넘어 그 시대, 그 환경 속에 녹아 있는 역사적 의미가 분명 존재하오. 결국, 어떤 시기의 대통령이라 해도 그 시대를 나타내는 시금석이라는 말이오."

"대한민국의 촛불 시위는 분명 시대를 앞서는 민중들의 강력한 힘이오. 그러나 태극기를 든 손들을 바라보면서 그들을 시대에 뒤처진 적폐로만 내모는 이분법적 사고는 결국 정치 안에 포함된 모순만을 드러낼 뿐이오. 한쪽이 옳고 다른 한쪽은 부당한 것이 아니오. 모두 다 생각의 차이와 삶의 경험 속에 다듬어진 자신만의 기준이 다를 뿐이오. 자신의 목소리를 높인 후에는 침묵하고 다른 사람들의 목소리에 귀 기울일 수 있어야 하오."

"그것이 어쩌면 정치보다 중요한 일이라고 할 수 있습니다. 정치보다 화목한 가정을 지켜나가는 것이 먼저이기 때문입니다. 서로를 존중하며 자녀들은 부모 세대들이 뼈를 깎는 노력으로 대한민국의 경제 성장을 이루어냈다는 자긍심을 존중하고 부모님들은 저성장 경제 상황 속에 지쳐가는 자녀들의 고충을 이해한다면 현재 정치적 문제인 여러 요인도 해결할 방안이 마련될 수 있을 거라 생각합니다."

진보주의자는 아직 미련이 남은 듯 말했다.

"현실에는 분명 모순과 불합리가 존재합니다. 그러나 대통령의 국정 운영 전반적인 평가 기준은 객관적이고 구체적인 기반을 갖추고 있어야 합니다. 오랜 시간이 흐르지 않았지만 많은 국민이 16대 대통령의 진보적이고 국민 중심적인 정책들에 높은 점수를 주는 것은 이런 국민들의 생각이 바탕이 되어 있기 때문입니다."

"물론 국민들의 강력한 지지를 통해 정치적으로 비주류였던 핸디캡에도 불구하고 당선을 차지했던 16대 대통령은 분명 몇 대를 앞서는 시대 정신이 있었던 건 사실이오. 하지만 결국 시대정신이 현실 정치에 바로 장착되기에는 사회적 혼란이 야기되는 것은 당연한 지도 모르오. 우리는 그 진보 대통령의 정신을 현실 정치 속에 안착할 수 있도록 여유를 갖고 기다려야 하오."

하이퍼는 자신의 의견을 피력하며 진보주의자의 의견에 동조했다.

"그분은 우리 곁에 없지만, 그분의 정신은 우리 가운데 살아 있습니다."

진보주의자의 말에 보수주의자가 답했다.

"16대 대통령이 떠난 후에 그분의 정신 운운하는데 어찌 살아생전에는 그분 홀로 외로운 처지에 있을 때 힘을 보태지 않았소?"

진보주의자는 할 말을 잊었다.

"그분을 지키지 못한 것이 실로 한스럽소."

"나는 당신들이 그분의 죽음을 이용해 정치적 이윤만 차지하려는 것으로 보이오."

보수주의자는 진보주의자의 폐부를 찌르는 말을 내뱉고는 그 자리를 떠났다. 진보주의자는 무언가 할 이야기가 남아 있는 듯했으나 그도 그냥 자리를 떠났다.

연옥동(煉獄洞)의 분위기는 점점 더 불협화음이 가득 차올랐다.

이럴 때 '감성의 피아노'께서 내려오셔서 피아노 연주라도 하면 분위기가 호전되겠지만 그럴 조짐은 없어 보였다. 정동은 룩셈부르크에 가서 진보주의자와 함께 당구 몇 게임을 쳤다.

다음 날이었다. 아침에 일어나 생시원에 가서 담배를 한 대 태우려고 할 때 누군가 담배를 입에 문 채 신문을 펴보고 있는 사람을 보았다. 처음 보는 얼굴이었다. 오늘 새로 들어온 단원 식구인 듯했는데 이미 하이퍼와 자유인과는 인사를 나눈 듯했다. 정동은 오늘 유난히 늦게 일어났기에 그를 처음 본 것이다.

'가만, 얇은 금테 안경 속에 냉철한 저 눈빛, 어디서 많이 본 듯한데…'

정동은 담배를 다 태우고 자유인을 찾았다. 자유인은 개방도서관에서 신문을 펼쳐 보고 있었다.

"오늘 새로운 단원 식구가 온 것 같은데요."

"자네도 인사했나. 자운 선사께서 모시고 왔는데 나도 많이 놀랐네."

"역시 제가 짐작한 분이 맞군요."

"그래, 만일 정치를 하셨다면 입신(立身)을 넘어서 입언(立言)의 경지에 오르신 분이라고 할 수 있지."

"그래, 그분은 정말 말이 바로 선 분이라고 할 수 있네."

"하지만, 그분은…"

정동은 자유인이 그렇게까지 인정하고 있는데 자기 생각을 말했다가는 자유인의 면박만 들을 것 같아 그만두었다.

민주주의 대혼란의 시작

그 후로 유명 앵커와 자유인이 함께 있는 모습을 자주 보게 되었다.

"결국, 민주주의는 아테네에서 시작된 민주정체를 형태로 하고 프랑스 혁명에 내포된 사상으로 뼈와 살을 갖게 되는 것 같습니다."

"이런 배경 속에서 민주주의에 대한 문제점과 해결책을 생각해볼 수 있습니다."

"그렇습니다. 플라톤과 아리스토텔레스의 저서를 펼쳐 보면 새로이 느껴지는 것들이 많이 있습니다."

"먼저 아리스토텔레스가 올바른 정체라고 말하는 귀족정체와 혼합정체가 있습니다. 귀족정체와 혼합정체를 비교하면 안정면에서 귀족정체가 훨씬 불안정하다고 합니다. 변질하면 과두정체 와 민주정체로 탈바꿈하기 쉽다고도 하네요."

자유인과 유명 앵커는 개방도서관에서 국가론과 몇 가지 서적을 꺼내놓고 토론을 이어가고 있었다.

"여기서 귀족정체는 지금 현실 정치에서 국회를 생각하면 이해하기가 쉽겠군요. 과두정치는 독재정체를, 혼합정체는 물론 그 당시에는 문제가 많았겠지만, 지금의 민주주의와 가장 유사하겠군요."

"그렇습니다. 하지만 이 책들은 기원전 시대의 것들이니 여러 가지를 염두에 두고 비교해야 할 것 같습니다."

귀족정체는 과두정체의 성격이 강해 귀족들이 쉽게 욕심을 부릴 수 있다. 이런 특성 때문에 귀족정체가 절제와 자제를 통해서 체제의 안정을 유지하기란 쉽지 않다. 반대로 민주정체에서는 부자들을 아껴주어야 한다. 그들의 재산은 재분배라는 위협으로부터 안전하게 보호되어야 하며 수익도 재분배라는 위협으로부터 안전하게 보호해야 한다.

"여기서 보면 당시는 민중들의 과격한 모습을 볼 수도 있습니다."

민중의 의지가 법보다 우월한 민주정체에서 민중 선동가들은 늘 국가를 둘로 나누어 부자들에 맞서 전쟁을 전개한다. 그들이 취해야 할 올바른 태도는 그와는 정반대로 늘 부자들의 이익을 대변한다고 말해야 한다는 것이다.

민주정체에서 변혁이 일어나는 이유는 주로 민중 선동가들의 '무절제' 때문이다. 이런 방종은 두 가지 형태를 보인다.

첫째, 민중 선동가들은 때때로 부자들을 개별적으로 무고함으로써 그들이 공동의 적에 대응하여 단결하도록 만든다….

둘째, 민중 선동가들은 대중들이 부자들에게 맞서도록 선동함으로써 부자들은 하나의 계급으로 공격한다. 민중 선동가에 의한 이런 행동은 자주 발견되는 사례이다. 때때로 민중 선동가들은 '민중의 환심'을 얻기 위해 귀족들을 박해함으로써 그들을 단결하게 만든다. 또한, 귀족들에게 과도한 공적 의무를 지우고 그들의 재산을 빼앗아서 나눠 가지거나 그들의 수입에 타격을 가할 의도로 피해를 줌으로써 귀족들이 단결하도록 만들기도 한다. 때때로 민중 선동가들은 부유한 시민들의 재산을

민주주의 대혼란의 시작

몰수할 목적으로 무고하기도 한다.

자유인은 유명 앵커와 함께 책을 읽고는 말했다.

"민주주의에서도 이런 폐단은 충분히 있을 수 있습니다. 정치인
들이 대중들의 인기에 쉽게 영합하기 위해 하는 행동들이라고 볼
수 있습니다. 특히 요즈음 정치인들은 먼저 방송에 자신의 이름을
알리고 국민에게 아부하듯 정책을 펼치기도 하니 말입니다."

유명 앵커가 답했다.

"그런 정치인들의 행태를 대중영합주의라고 하지요. 하지만 국민
에게 유리한 정책을 시행하는 것에는 장단점이 분명 있소."

페인주의(공유제 배당)

"청년 배당도 사실 토머스 페인이 주장한 '공유제 배당'을 접목했다고 할 수 있습니다. 하지만 청년 배당이 문제가 된 것은 '페인주의'가 공동으로 소유한 자연 재산에서 나오는 수입으로 '국가 기금'을 만들어 분배한다는 것인데 청년 배당은 단순히 시에서 받은 세금에서 분배함으로써 배분에도 공정성이 떨어지고 배당을 계속 유지할 수 없다는 문제가 나타날 수밖에 없었습니다. 하지만 민주노총도 이러한 주장을 펼치는 것을 보면 정부에서 깊이 있게 생각해 볼 문제라고 봅니다."

자유인은 유명 앵커에게 다시 물었다.

"'페인주의'가 현실 정치에서 정책으로 펼쳐지고 그 후 긍정적으로 계속 국민에게 배당이 돌아가는 사례가 있습니까?"

"물론 있습니다. 가장 성공적인 예가 제이 해먼드 전 알래스카 주지사의 '알래스카 영구기금'이 있습니다. 알래스카 원유 생산에서 나오는 수익으로 시민들에게 매년 배당을 주는 것입니다."

"실제 주민들이 받는 배당금은 얼마나 됩니까?"

"매년 1인당 천 달러 정도를 받으니 4인 가족이라면 4천 달러가

넘습니다. 2008년에는 1인당 3,269달러를 받았다고 하네요."

"정말 부러운 정책이군요."

"그렇습니다. 하지만 제이 해먼드 전 알래스카 주지사가 '페인주의'를 깊게 인식한 것은 아닙니다. 정치인으로서 탁월한 감각을 갖고 있었다고 할 수 있죠. '페인주의'를 창시한 토머스 페인은 미국 독립 전쟁과 프랑스 혁명에 가담하는 등 당시 뛰어난 계몽사상가 중 한 명이었습니다. 가난을 직접 경험한 그는 모든 분배 방식에서 불합리한 조건들을 인식하고는 자연 재산에서 나오는 수입을 분배할 방법을 창안하여 '국가에서 관리하면서 21세가 넘은 모든 남녀에게 매년 15파운드를, 55세 넘은 사람에게는 10파운드를 주자고 주장했다. 오늘날 기준으로 대략 환산하면 각각 1만 7,500달러와 1만 1,670달러쯤 된다.'"

"블루마블에서 은행에서 처음 돈을 받고 출발선에 도착하면 다시 은행에서 돈을 받는 것과 같습니다."

자유인은 시민 배당에 관한 정책에 매우 흡족해했다.

"지금 우리나라 현실에서는 쉽지 않겠지요."

"그렇지 않습니다. 우리나라에도 그와 비슷한 배당들이 있습니다. 국민 기본소득도 그런 유사 방법이라 할 수 있고요."

"하지만 '페인주의'에서 생각해볼 것은 공유재를 이용하는 것입니다."

"공유재라 하면 탄소 총량제도 하나의 예가 될 수 있겠습니다."

"그렇습니다."

"하지만 지금 현재 그런 정책을 시행하기에는 많이 늦은 감이 있습니다."

"그렇지가 않…."

정동은 갑자기 유명 앵커의 말을 끊어놓고는 자신의 의견을 이야기하기 시작했다.

"북한은 지하자원이 많다고 들었습니다. 하지만 북한은 기술력이 부족해서 자원을 캐낼 엄두도 내질 못하고 있다고 들었습니다. 만일 통일이 되면 지하자원이라는 공유재를 이용하여 국민에게 배당을 준다면 경제적 빈곤에 시달리는 북한인들에게도 많은 도움이 될 것입니다."

"정 도령의 말씀에도 충분히 공감합니다. 제가 듣기로 북유럽 공산 국가들이 자유주의로 노선을 바꾸고 당시 소련의 지배하에서 벗어날 당시 북한이 서방 국가들에 차관을 들여 자원을 생산하려 했다고 들었습니다. 그러나 그 당시 천연자원의 가격이 폭락하는 바람에 결국 차관을 갚지 못하고 채무불이행 국가로 낙인만 찍혀 있다고 들었습니다. 그 채무가 대한민국의 정상회담 등의 긍정적 이슈가 생길 때마다 가격이 폭등한다고 들었습니다. 그 채권을 가격이 비싸지 않을 때 우리나라가 미리 사놓는 것도 하나의 방편이 겠지요."

"민주주의에 관한 토론에서 시작해서 이제는 통일 문제까지 생각하게 되었군요. 우리 이러지 말고 점심이라도 같이 먹고 생각해봅시다."

유명 앵커의 등장으로 자유인은 여러 사안에 대해 함께 생각하고 토론할 수 있는 벗이 생긴 듯했다. 정동은 점점 자유인과도 그리고 호형호제했던 하이퍼와도 거리가 생기기 시작했다.

생활관에 갔을 때였다. 유명 앵커와 자유인과 정동은 한식을 먹기 위해 한식집으로 걸어갔다. 한식집 안에는 안나와 하이퍼 그리고 정치위원이 먼저 식사를 하고 있었다. 정동은 안나를 보니 반가웠지만, 하이퍼와 함께 식사하는 모습에 조금 불쾌한 기분이 들었다. 하이퍼는 정동의 표정을 보더니 인사도 없이 식사를 계속했다.

유명 앵커가 식당 문을 열고 들어가자 정치위원이 먼저 반갑게 인사를 했다.

"이게 누구야! 최근 들어 영 소식이 없다고 동료들이 난리더니 여기 와 있었네그려."

"아닙니다. 오늘 아침에서야 이곳에 처음 들어왔는걸요."

"어쨌든 반가우이."

정치위원은 그렇게 인사를 하고는 하이퍼 옆에 앉아 남은 식사를 계속했다.

점심을 먹다 말고 유명 앵커가 말했다.

"점심을 먹고 우리 통일에 관해 한번 깊이 생각하고 토론해봅시다."

정동은 유명 앵커와 함께할 수 있다는 것과 자신이 통일에 대해 생각해본 것을 검증할 수 있는 자리가 될 거라는 생각에 마음이 들떴다.

정동은 들뜬 마음에 다 비비지도 않은 돌솥비빔밥을 꾸역꾸역 먹기 시작했다.

한반도 통일에 대한 의지

식당을 나서려는데 정치위원이 다가와서 말했다.

"어디들 가시는가? 나도 같이 가면 안 되겠나."

유명 앵커가 주저하고 있는데 자유인이 답했다.

"통일에 대해서 의견을 나누려는데 함께하시겠어요?"

"통일, 한민족으로 태어나서 통일에 대해 한 번 생각하지 않은 사람이 어디 있겠나."

"좋습니다. 따라오시죠."

그리고는 개방도서관에 가서 서로 가까이 붙어 앉았다.

"으음, 한반도가 해방 이후 분단된 지 벌써 74년이 되었군요. 후삼국 시대가 45년이니까 그보다 더 오랜 기간이 흘렀습니다."

"참으로 긴 시간을 서로 다른 체제 속에서 살아왔습니다. 역사의 산증인들이었던 이산가족 1세대들이 세상을 떠난다면 한민족이라는 느낌은 점점 더 퇴색될 것입니다."

유명 앵커의 말을 듣고는 자유인은 다시 말을 꺼냈다.

"요즘 젊은 사람들은 통일에 관해 비판적인 시각으로만 바라보는 경향이 있습니다. 통일 비용에 관해서 생각한다면 조금 부담스러운

민주주의 대혼란의 시작

것은 사실이니까요. 통일 비용이 통일 직후 집중적으로 발생하기 때문에 결국 통일 비용을 자신들의 세대에서 부담하기를 꺼린다는 의미가 됩니다."

"하지만 통일의 편익을 살펴본다면 통일을 반대만 할 것은 아니라고 봅니다."

정동은 자신의 존재감을 드러내고 싶어서인지 목소리가 제법 컸다.

"경제적인 측면은 자원과 영토가 커지고 시장이 확대된다는 것입니다. 그리고 부차적이지만 어쩌면 이 땅에 살면서 가장 유의할 사항은 한반도의 평화 정착입니다. 또, 통일된다면 국가의 위상은 상상 이상으로 높아질 것이고요."

"한반도의 통일은 남한과 북한의 관점으로만 볼 수 없습니다. 특히 중국은 동북공정과 청사편수공정을 통해 북한의 지리적, 지정학적인 측면에서 중요한 경제적 배후 기지임을 드러내고 있습니다. 북한으로부터 원자재를 조달하고 바다로 나가는 항구로도 이용하고, 중국 제조업 상품의 판매 시장으로도 활용하려는 것입니다."

유명 앵커는 다른 국가들의 관점으로 통일을 이야기하기 시작했다.

"또, 만일 남한과 북한이 통일하게 된다면 경제적으로나 정치적으로 훨씬 선진화, 민주화된 통일 한국이 중국의 바로 옆에 들어서게 되니 그들로서는 바람직한 상황은 아니지요."

자유인이 나섰다.

"이제는 과거 18, 19세기의 민족 국가나 국민 국가 같은 관점에서 당위론적인 통일로 단순히 같은 민족이니까 하나의 공동체를 이뤄야 한다는 논리로는 더 설득력을 갖기 어렵습니다."

유명 앵커는 다시 말을 받았다.

"이미 세계는 정보 통신 기술의 발달을 매개로 국경 없는 경제의 시대로 접어들었으며, 이러한 추세는 향후 더욱 강화될 것입니다. 즉, 민족 혹은 국경을 기초로 형성되었던 경제 단위는 유럽연합(EU)이나 북미 자유무역협정(NAFTA) 등에서 보듯이 상호 이익의 창출을 위해서 새롭게 재편되고 있습니다."

"이러한 상황에서 남북한 간의 경제 공동체를 민족에 바탕을 두고 추진한다는 것은 외부의 시각에서는 시대 역행적으로 보일 수가 있는 것입니다. 또한, 민족 경제 공동체라는 용어는 중국에 거주하고 있는 조선족을 포함하는 것으로 해석될 수도 있다는 점에서 중국을 불필요하게 자극할 우려가 있습니다. 이상으로 볼 때 민족 경제 공동체라는 용어보다는 남북 경제 공동체라는 용어를 사용하는 것이 더욱 바람직할 것으로 생각됩니다."

"독일 통일도 경험적으로 보면 결국은 유럽 통합이라는 그 당시의 변화하는 유럽 질서 속에서 가능했던 것이 아닌가 생각합니다."

정치위원은 분위기에 익숙해졌는지 몇 마디 거들기 시작했다.

"독일 통일을 이야기할 때는 보통 영어 번역으로 reunification이란 단어를 많이 씁니다. 그런데 우리 경우에는 reunification이 아니라 unification도 새로운 세상, 새로운 질서, 새로운 번영을 위한 어떤 통일, 그러니까 단순히 분리되었던 것이 다시 결합하는 reunified가 아니라, 하나로 합해지면서 더 나은 데로 가기 위한 것

민주주의 대혼란의 시작

으로 개념을 규정해야 한다고 생각합니다."

정동은 통일 후의 긍정적인 면을 이야기하고 싶었다.

"통일되면 병사의 수를 줄일 수밖에 없죠. 구체적으로 삼국 통일 후에는 무기를 녹여서 농기구를 만들었다는 얘기가 나옵니다. 통일이 가져다주는 가장 일차적인 것은 평화, 즉 우리 내부와 외부의 평화입니다. 그런 평화는 분단과 남북 대립이 일으키는 외국과의 관계에서, 특히 주변 4강과의 관계에서 감수할 수밖에 없는 피동적 자세로 인한 유무형의 손실에서 벗어날 수 있게 합니다. 삼국 통일 전쟁 당시에도 마찬가지였으니까요."

자유인은 갑자기 심각한 얼굴로 말을 꺼냈다.

"문제는 현재 우리나라를 이끌어온 양당 사이에 통일에 관한 생각이 첨예하게 갈려 있다는 것입니다. 15대, 16대 정부 당시 햇볕정책을 내세워 북한에 경제적 지원을 강화했다면 17대, 18대 정부에서는 햇볕정책을 비판하고 반대하였고 특히 18대 정부는 개성공단에 투입된 업체들을 철수시키는 초강수를 쓰기도 했습니다."

유명 앵커도 자유인의 말에 공감한다는 듯 말했다.

"문제는 보수 정당에서 바라보는 북한에 대한 인식입니다. 미국 네오콘에서는 북한 당국이 인민을 굶겨 죽이면서 핵무기를 개발한 불량국가라는 것입니다. 보수 정당 또한 같은 관점으로 북한을 인식하고 통일 또한 그런 인식에서 생각하고 있습니다."

유명 앵커도 자유인의 말에 공감한다는 듯 답했다.

"통일을 바란다면 여야를 떠나서 점차 남북 경협에 대한 네트워크를 구성해나가야 합니다. 보수당의 인식은 물론 개선되어야 합니다. 이에 더하여 햇볕정책을 계속 지속하기 위해서는 북한에 지원되는 경제적인 측면도 서로 간의 상호 이익을 추구하는 상생의 길을 찾아야 합니다. 전력 제공, 설비 개보수 등을 해주는 대신 북한 항구의 사용료 인하, 3통 문제의 해결, 임금 직불 등 우리 측 애로사항의 해결을 북쪽에 요구합니다. 또한, 돌발적인 사건이 생겨도 사업이 지속해서 운영될 수 있습니다. 당연히 북한 경제 발전에도 도움이 되고, 남북 경협에 참여하는 우리 기업에도 도움이 됩니다. 북한에 지원한 것은 남북 경협을 추진하면 자연스레 남북 경협의 네트워크가 형성됩니다. 그렇게 점차 확대되면서 북한 기업, 북한 주민과의 접촉면도 넓어집니다. 통일이란 것은 결국 남북 양쪽의 주민이 통일을 원하고 받아들여야 하는데, 이런 과정에서 북한 주민들의 인심을 얻을 수도 있습니다."

자유인이 마무리하듯이 말했다.

"통일을 바란다면 먼저 여야를 떠나 그리고 지역 간의 대립이나 세대 간의 갈등을 넘어서 함께 국가의 경제적 성장과 평화적인 한반도를 생각하고 구체적인 방안들을 모색해야 합니다."

정동은 갑자기 가슴 속에 무엇인가 뜨거운 것이 올라오는 듯했다.

"독일은 2차대전의 전범 국가이기에 징벌적인 분단이었습니다. 하지만 한반도는 일제 치하에서 벗어난 직후 세계 열강들의 이권과 연결되었기에 우리 민족에게는 억울한 분단이라 할 수 있습니다."

"독일이 통일하고 베트남도 통일을 이루었습니다. 세계에 분단된 국가는 이제 우리 민족 하나뿐입니다. 통일은 반드시 이루어내야 할 역사적 사명이기도 합니다."

"정 도령님 말씀이 맞습니다. 인제 그만 일어나시죠."

정동은 아직도 마음이 답답했다. 정동은 혼잣말하듯 생각했다.

'유대인들이 자국의 땅을 되찾기 위해 경제적 지원을 아끼지 않으며 외교적인 노력에 온 힘을 기울였듯이, 독일이 자국의 통일을 위해 외교에 능력 있는 한 사람을 18년간 외교 수장으로 일임하면서 미국과 소련을 설득할 수 있도록 심혈을 기울였듯이, 우리도 이제는 통일에 대해 더욱 간절한 마음이 필요하단 말이야.'

참고 -
「12시간의 통일 이야기」 參考, 引用

대기업의 비리

정동은 중앙 홀 스크린 앞에 앉아 신문을 펴들었다. 신문은 '대기업 관계자들 입을 열기 시작했다'로 시작하는 내용이었다. 그 순간 다시 스크린이 켜지고 국정 농단과 관련된 청문회가 열렸다. 대기업 총수들이 대부분 나와 질의에 답변하고 있었다.

"당시 대통령과 직접 독대를 하고 K스포츠재단에 수백억을 출연한 것이 사실입니까?"

"청와대의 요청을 거절하기가 어려운 점이 있습니다."

"검찰이 두고 있는 혐의대로 대통령에겐 제삼자 뇌물죄가 성립되고, K스포츠재단에 출연했다면 뇌물공여죄가 적용됩니다. 알고 있습니까?"

"의원님, 재단 출연의 강제성은 시인하지만, 대가성은 아닙니다."

청문회는 계속 의원들의 호통과 대기업 총수들의 모르쇠로 일관되었다.

제1야당 의원은 질의가 계속되자 청문회 자리에서 조금 색다른 모습을 보이기 시작했다.

"증인은 계속 모른다, 모른다로 일관하고 있는데 그런 능력을 갖

민주주의 대혼란의 시작

추고 대기업을 어떻게 이끌어간단 말입니까?"

다른 대기업 총수보다 젊은 부회장은 답했다.

"송구스럽습니다."

"이것 보세요, 당신이 대기업 총수라도 나보다 한참 나이가 어린 것 같은데 태도가 너무 건방지잖아요!"

젊은 부회장은 고개를 숙이며 말했다.

"그것 또한 제 불찰입니다. 죄송합니다."

연옥동 중앙 홀에서 스크린 정면에 선 채로 팔짱을 끼고 바라보던 단원 식구 중 한 사람이 말했다.

"저분은 장자의 '망지사 목계(望之似 木鷄)'를 실천하는 것입니다. 저 기업 초대 회장은 동양 고전을 손에서 놓지 않았다고 들었습니다. 저분들의 가계(家系)는 동양 고전을 통해 자신의 인성을 닦는 가풍(家風)을 지켜나가는 듯합니다. 그리고 청문회 자리에서 나이를 왜 따지고 있습니까. 저것도 국민에게 청문회에서 자신을 드러내고 싶어 하는 쇼맨십 아닙니까. 너무 저급합니다."

註 -

망지사 목계(望之似 木鷄): 다른 닭들이 기세를 올려도 동요를 하지 않는다는 뜻

진보주의자는 이렇게 말했다.

"이것 보시오. 국정 농단 청문회를 보면서 어찌 그런 말이 나옵니까."

"이번 청문회뿐만이 아니라 5공 청문회 당시와 변한 것이 하나도 없지 않습니까? 저 일류 대기업 부회장에 대해서는 상속 문제를 해결하기 위한 삼성물산, 제일모직 인수합병 등의 의혹도 제기되었습니다. 하지만 대기업 일류 변호사들을 동원해서 법적인 문제를 해결했다고 합니다. 저들이 그렇게 문제를 해결해나가는 게 어디 어제 오늘의 문제입니까. 말이 나와서 하는 이야기인데 어찌 저 기업만 노동조합이 없습니까. 그래놓고 근로자의 문제를 해결하지 않고 덮어버리고 마는 일이 비일비재 합니다. 그런데 당신은 지금 누구를 두둔한다는 말입니까?"

대기업 부회장을 두둔하는 사람은 사실 그 기업 부장까지 올랐지만 명예퇴직을 당했다. 하지만 그는 엘리트 대기업에서 일했다는 자부심이 대단했다. 그래서 단원 식구들은 그를 엘리트 명예라 불렀다.

엘리트 명예는 계속 말을 이었다.

"거목이 자라면 그 밑에 독버섯이 생길 수도 있는 법이오!"

"그리고 만일 저 대기업들이 존재하지 않았다면 대한민국이 어찌 지금처럼 경제 발전을 이룰 수 있었고, 그 수많은 젊은 인재들이 어디서 자신의 이상을 펼치며 생활을 영위해나갈 수 있었냐는 말이오!"

엘리트 명예는 그렇게 호통을 치면서 갑자기 해우소에 들어가 문을 쾅 닫았다. 아마도 자신의 명예를 존중하기 위한 태도인 듯했다. 그런 모습을 보니 목소리를 높일 때가 많지만 해우소에는 한 번도 들어가지 않은 보수주의자보다는 낫다고 생각이 들었다.

민주주의 대혼란의 시작

안나의 점괘

"정 도령님!"

안나가 나를 부르는 소리였다. 항상 정동 님이라고 불렀는데….

"저 점괘를 좀 봐주세요. 그리고 애정운도."

"좋습니다. 시일이 지났으니 어디 운세도 변했는지 봅시다."

이 연옥동이 아무리 넓다 해도 한 공간인데 이렇게 안나와 단둘이 만날 기회가 없다는 게 너무 서운했다. 오랜만에 안나와 단둘이 마주할 수 있다는 데 만족해야 했다. 사실 내가 점괘를 봐주겠다고 말한 것도 안나와 만날 기회를 만들기 위해서였다.

정동은 주역 책과 산통, 산가지를 준비했다. 침대와 작은 책장이 전부인 작은 공간이라 안나와 침대에 앉으니 꽉 찬 느낌이었다. 사실 이성과 자신의 방에서 함께하는 것은 허용되지 않았다. 수도자들을 피해 몰래 함께 한 공간에 있으니 더욱 친밀도가 높아지는 것 같았다. 안나를 바로 앞에서 보니 안나가 오히려 먼저 얼굴이 발그레해졌다.

"내 얼굴에 뭐라도 묻었나요?"

"아니, 그냥 오랜만에 보는 얼굴이라…."

"어쨌든 시작하시죠."

정동은 산가지가 각각 여섯 개씩 꽂혀 있는 산통 세 개를 안나 앞에 두었다. 안나는 신중하게 각각 한 개씩 뽑아서는 하나의 괘를 만들었다.

"하늘과 땅과 사람과."

안나가 따라 했다.

"하늘과 땅과 사람과."

첫 번째 괘는 음효와 음효 가운데 양효가 있는 감괘(坎卦)였다.

"두 번째 괘도 똑같네요."

두 번째 괘도 마찬가지로 감괘(坎卦)가 나왔다.

"습감괘(習坎卦)입니다."

"습감괘는 겹겹이 둘러싸인 험한 곳이란 뜻입니다."

"물이 흘러도 그것을 채우지 못하고, 험한 일을 행하여도 그 신실성을 잃지 않습니다."

"위험에 빠져 고생한다. 쉽사리 헤어날 수 없으나, 진지하게 노력하면 조금은 길이 열린다."

"대체로 험한 자연은 사람들이 거기에 잘 올라갈 수 없고, 험한 땅에는 산과 냇물이, 언덕들이 있다."

"그래서 무슨 뜻이냐고요."

"남자를 사귀려거든 한 사람을 사귀고 험한 산속에 있으니 그를 귀하게 여기라. 뭐 그런 뜻 아니겠어요."

"정 도령님도 이곳에서 오랫동안 계시더니 변죽만 늘었군요."

안나는 그리 말하고는 다시 자리를 떴다. 정동은 안나와 오랜 시

민주주의 대혼란의 시작

간을 함께하고 싶었는데 너무 허무하게 자리를 뜨려 했다.

"오랜만에 같이 산책이라도…."

안나는 뒤돌아서 가려 하다가 정동의 표정을 보더니 웃었다.

"하하하, 집에 키우던 강아지가 내가 집을 나서려면 꼭 그런 표정을 지었는데."

"그래요, 하지만 점심때가 되었으니 밥이라도 먹고 갈까요?"

"제가 살게요."

"그거 농담이죠, 여기 생리를 모르는 것도 아니고."

안나와 정동이 간 곳은 한식집이었다.

"뭘 드실래요. 주문이라도 그럼 제가 해드릴게요."

"정 도령님은 그래서 재미가 없는 거예요. 같은 맥락의 농담이 이어지니 물리잖요."

"아니, 안나 님께 제가 해드릴 것이 없어서."

"아무것도 필요 없어요."

안나의 말은 그저 평범한 일상어인데도 정동의 마음에 생채기를 냈다.

"그러면 정동 님이 드시고 싶은 걸 저도 같이 주문할게요."

정동은 망설이지 않고 외쳤다.

"돌솥비빔밥!"

"하하하, 정동 님은 이 단원 식구 중에 가장 단순할지도 모르겠는데요."

"그래요, 저도 돌솥비빔밥 먹을게요."

안나의 말에 정동은 쉽게 밝아졌다가 짙은 구름에 해를 가리듯 어두워졌다.

'내가 왜 이러지.'

뜨거운 돌솥에 붙어 있는 밥이 타는 소리와 함께 그들 앞에 돌솥이 놓였다. 김이 피어오르면서 반숙으로 익은 달걀의 노른자 위에 살짝 뿌려진 참기름 냄새가 고소했다. 그들은 말없이 숟가락질을 하기에 바빴다.

금방 돌솥에 있는 비빔밥을 다 먹고 눌어붙은 누룽지를 긁으며 서로는 눈길이 마주쳤다.

"하하하, 정 도령님과 함께 돌솥비빔밥을 먹으니까 더 맛있는 거 같은데요."

'안나에게 처음으로 칭찬을 받았다.'

민주주의 대혼란의 시작

안나와의 두 번째 산책

안나와 정동은 두꺼운 겨울 점퍼를 입고 연옥동을 나섰다. 눈 속에 덮인 산책길은 너무 아름다웠다. 눈을 밟으며 안나는 정동을 따랐다. 정동은 도덕산을 지나 꽝꽝 언 계곡 아래로 내려갔다. 정동은 계곡이 흘렀던 물길 위의 얼음에 손바닥을 대고 외쳤다.

"손위풍!"

정동은 일어서며 고개를 갸웃하면서 언 계곡물을 바라봤다.

"뭐 하세요?"

"사실 저번 산책길에 청정주의자가 했던 주문을 따라 한 거예요."

"그때는 얼음이 녹아 계곡에 작은 물길이 생기더라고요."

"그것은 청정주의자 님께서 영적 에너지를 쓰셨기 때문일 거예요."

"영적 에너지요?"

"사실 나도 잘 모르지만 이미 그분은 에고를 넘어서 신성(神性)에 가까운 분이라고 들었습니다."

"그래서 같은 동작 같은 주문을 해도 통하지 않았던 거군요."

"그래요, 여기 정동 님께서 오신 것은 천연(天緣)이라는 건 아시죠."

"그러니 정동 님도 그분처럼 에고를 넘어서 신성(神性)에 다가갈 수 있다고 봅니다."

"제가 어찌하면 그럴 수 있을까요?"

"이 수준에 이르는 길은 사랑과 시비, 분별하지 않는 용서를 하나의 생활 양식으로 수용하는 것입니다. 모든 사람, 모든 것, 모든 사건에 예외를 두지 않는 무조건적 친절을 베푸는 것을 말합니다. 설령 누군가 내게 '나쁜 짓'을 했다고 하더라도, 내게는 여전히 반응을 선택하고 분노를 놓아 보낼 자유가 있다고 봅니다. 일단 그렇게 하는 데 몰두하면, 지각이 진화하면서 보다 온건해진 세계를 경험하게 됩니다."

정동은 안나가 『의식 혁명』에 있는 내용을 이야기한다는 것을 알았다. 그러나 그녀의 입에서 나온 말들은 다시 새로운 느낌으로 정동에게 다가왔다.

"그렇게 실천하기는 쉽지 않겠는데요. 일단 화를 내면 안 되겠네요."
"그래요, 연옥동에 해우소가 있는 것도 더욱 온건한 세상을 경험할 기회를 제공하는 것이고요."

"다음은 사랑에 대한 깊은 통찰이 필요해요. 사랑은 부정성을 공격하기보다는 그것을 재맥락화함으로써 친절로 베풀 수 있습니다. 신기한 건, 사랑은 사랑할수록 더 많이 사랑할 수 있다는 걸 느끼게 된다는 것이죠."

"그러면 계속 싸움이 일어나면 먼저 꼬리를 내리라는 말 아닙니까?"

안나는 웃으며 답했다.

"이긴다고 해서 어떤 보상을 받아본 적이 있나요?"

"남을 이기는 것은 만족감을 가져올 수 있지만, 자신을 이기는 것은 기쁨을 가질 수 있어요."

"실용적 편의를 위해 원칙을 어기는 것은 막대한 힘을 포기하는 일임을 기억해야 합니다. 힘과 지각은 손에 손을 잡고 간다는 것도 잊지 마시고요."

안나와 대화를 하면서 벌써 명륜산을 올랐다. 명륜산에 오르니 멀리 두물머리가 보였다.

"두물머리가 보이는군요."

"이곳에서 보는 두물머리는 참으로 아름답군요."

"정말 알음답습니다."

안나는 아름답다는 말을 '앎'으로 바꿔 말했다.

"그게 무슨 말입니까?"

"'아름답다'는 '알음답다'의 은사(隱辭)입니다. 알음, 앎답다. '아는 만큼 보인다.' 그리고 '배움에 걸맞은 태도'를 뜻하기도 합니다. '사랑하면 알게 되고 그때 보이는 것은 전과 같지 않다'라는 말을 들어보셨어요? 그것과 맥이 닿는 의미입니다."

"우리 한민족의 역사에는 우리가 알지 못하는 여러 가지 놀라운 점들이 있습니다. 한민족의 역사 대부분이 침략자들의 분서(焚書)로 잃어버린 부분이 많으니까요."

"전설에 의하면 한민족에게 나타난 하느님께서 세상 만물의 이름을 먼저 창조된 천사들이 아니라 사람들에게 지어보라 하셨다는군요. 그 후, 하늘, 땅, 물, 산, 꽃, 별 등의 이름이 생겼고 세상 만물을 사랑하고 알아가는 사랑과 지혜에 한민족은 깊은 의미를 두었습니다. 사실 그 이름을 알면 세상의 이치도 알게 된다는 창조설에 기인합니다. '아름답다'라는 은사(隱辭)라고 했는데 은사(隱辭)란 우리가 쉽게 쓰는데 그 뜻은 잘 모르는 것들을 말해요. 어울림이라든 단어도 '語울림', 즉 말이 거칠지 않아야 듣기 좋게 울릴 것 아닙니까. 그런 말들이 잘 섞여서 듣기 좋은 화음과 같다는 뜻이죠. 실제로 사용할 때는 서로 잘 섞이고 조화롭다는 뜻으로 쓰입니다. 예를 들어 '새'라는 건 하늘과 땅 사이를 뜻합니다."

"무슨 얘긴지 잘…."

민주주의 대혼란의 시작

"하늘과 땅 사이, 새."

정동은 뜬금없이 말했다.

"나도 그런 은사(隱辭)를 아는 것 같아요. '못 찾겠다, 꾀꼬리'에서 꾀꼬리요."

"꾀꼬리가 새 이름이기도 하지만 '꾀의 꼬리'를 의미하기도 하거든요."

안나는 신기하다는 듯 말했다.

"꾀꼬리는 어디서 알게 되었나요?"

"할아버지께서 제게 말씀하신 거예요."

"사실 저 두물머리에도 돌아가신 할아버지와 추억이 있습니다. 그리고 이곳 단원 근처의 할아버지께서 묻히신 노송도 가까이 있고요."

"할아버지요. 혹시 할아버지 함자가 어떻게 되시는데요?"

"나라, 정(鄭), 천(天)자를 쓰십니다."

정동이 할아버지 함자를 말하니 안나는 놀란 표정을 지었다. 잠시 생각에 잠겼던 안나가 말했다.

"그랬군요. 정동 님께서는 할아버님에 대해 잘 모르시나 봐요?"

"그분이 이곳 단태정신문화연구원의 명천동, 삼초인(參超人) 중 한 분으로 계셨던 분입니다."

"할아버지께서요?"

"그렇습니다."

"저는 그것도 모르고 참…."

"이곳 단원은 어떻게 생겼나요?"

"사실 정확한 내용은 아니지만, 예전 동학에서부터 창시가 된 걸로 알고 있어요."

"그 후에는 일제 강점기 때 천도교, 천주교, 개신교 각각 뜻있는 분들께서 함께 이곳에 터를 닦은 걸로 알고 있어요. 하지만 자세한 것은 저도 잘 몰라요."

안나와 정동은 천천히 명륜산을 내려갔다.

"천동에는 어떻게 들어갈 수 있나요."

"천동의 문은 생체 에너지에 반응하게 되어 있어요. 그리고 문도 자연석이나 흙 속에 있어 전혀 찾을 수도 없고요."

"방법은 정동 님의 의식의 높이를 올려 천동에 계신 분들과 교류하게 된다면 가능하겠네요."

"그래요, 저번 산책길에는 이상한 노인을 한 분 뵀었는데?"

"그래요?"

"그 노인은 할아버지께서 묻혀 계신 노송 앞에서 저를 기다리고 있었어요."

"정동 님을 어떻게 알고요?"

"그러니까 이상한 노인이라고 하죠."

"돌아가신 할아버지를 위해서 막걸리와 황태포를 가지고 갔는데 대뜸 그걸 내놓으라는 거에요."

"그래서 드렸어요?"

"네, 그분이 이러시더라고요. 이놈아! 산 사람이 중요하지 떠난 사람이 중하냐."

민주주의 대혼란의 시작

"그렇게 드시고는 나중에 보자 하시더니 사라지셨어요. 그리고 어느 날 산책길에 그렇게 다시 만나게 되었던 거예요."

"정말 그냥 이상한 노인 아니에요? 주변 작은 마을에서 온."

"그런데 조금 특이한 것이 산책길에 그 노인을 처음엔 보질 못했어요. 주변 경치와 너무 가깝게 친화되어 있어서."

"으음, 그러면 분명 그분은 천동에 계신 분이 맞을 거예요."

"하여튼 사실 그분에게 많은 도움을 받았어요."

"어떤 도움을요?"

"제게 조언을 하셨어요."

"어떤 내용이었어요?"

"그게 평범한 말이 아니라서 잘 기억이…."

"그랬군요."

"그래요, 어쨌든 정동 님은 분명 이곳과도 깊은 인연이 있는 게 분명해요."

정동이 당황한 표정을 짓자 안나가 말했다.

"가끔 운이 좋아 연(緣)이 닿으면 이 산책길에서 그분들을 뵙기도 한다는 이야기를 들었어요. 그분들을 만나면 깨달음에 많은 도움을 받을 수 있다고 했는데."

"오늘은 운이 좋지 않네요. 그분들을 볼 수 없으니."

"그래요."

'그분들도 안나와 나만의 데이트를 망치고 싶지는 않으셨겠지.'

'그려 이놈아!'

어디선가 그런 소리가 들리는 듯했다. 정동은 할아버지께서 명천동에 계셨다고 하니 더욱 이곳에 친근감을 느끼게 되었다.

그리고 천동(天洞)에 대한 호기심이 강하게 일었다. 월천동(月天洞)에 올랐던 자유인, 하이퍼 그리고 수도자들, 수천동(水天洞)에까지 올라갔던 청정주의자 그분들에 대해 생각을 해보니 일반인과는 다른 뛰어난 면들이 다시 인식되었다. 안나가 이야기한 '무조건적 친절', '시비 분별하지 않는 용서', '보다 온건한 세계'에 대해서 마음속 깊이 간직했다.

'나도 천동(天洞)으로 승동(昇洞)할 수 있도록 분발해야겠다.'

민주주의 대혼란의 시작

입언(立言)의 경지, 유명 앵커

아침이 되자 하루를 시작하는 중요한 의식과 같이 유명 앵커는 신문을 들고 생시원(牲施園)에 가서 담배를 입에 물고는 신문을 펼쳤다. 옆에 있는 시청인 1에게 말했다.

"불 좀 빌립시다."

"아니, 생시원에서 한 번도 뵌 적이 없는데 오늘은 어쩐 일입니까?"

"아 예, 저는 아침에만 신문을 보면서 담배를 한 대 피우고 그 후에는 담배를 피우지 않습니다."

"그러시구나, 역시 뭔가 달라도 우리와는 참 다르군요."

"아닙니다. 그저 습관일 뿐입니다."

유명 앵커는 담배 한 대를 피우면서 문득 식물 잎사귀를 하얀 천으로 닦고 있는 청정주의자를 보았다. 봄이 가까이 왔지만 아직은 겨울이라 밖에 날씨가 무척 추웠으므로 생시원의 온실도 조금은 온도가 떨어져 있었다. 하지만 명자나무 꽃은 금방 피어날 것처럼 꽃망울이 잔뜩 부풀려 있었다. 청정주의자는 그 꽃의 향기를 맡고는 부드럽게 꽃망울을 쓰다듬었다. 그때 명자나무 꽃 몇 송이가 꽃망울을 터뜨렸다. 청정주의자는 피어난 꽃잎을 부드럽게 매만지며 친구와 덕담을 하듯 말했다.

"이제 봄을 말하고 싶은 게로구나."

그러자 명자나무 꽃망울이 서로 화답하듯 꽃망울을 터뜨리더니 온 나무에 꽃이 활짝 피었다. 주변에 있던 보랏빛 크로커스도 활짝 피어났다. 순간 청정주의자 주변에 봄이 온 것처럼 화사하게 꽃들이 피었다.

유명 앵커는 꽃들이 갑자기 피어나는 모습을 보고 물고 있던 담배를 떨어뜨렸다. 유명 앵커는 청정주의자에 대한 소문을 익히 들었지만 이렇게 자신이 보는 앞에서 이적에 가까운 일을 행하는 청정주의자에 대해 경이(驚異)를 느꼈다.

유명 앵커는 자신이 떨어뜨렸던 담배를 손으로 비벼 끄고는 작은 깡통에 넣었다. 유명 앵커는 다시 한번 생시원(牲施園)을 둘러보았다. 흡연실로 이용하면서도 여느 식물원보다 더 청정하고 깨끗함을 유지할 수 있는 이유를 이제야 알 것 같았다. 왜 다른 연옥동 단원 식구들이 생시원을 아끼듯 사용하는지를 느끼면서 다시 한번 청정주의자의 모습을 그의 눈 속에 담았다.

"사람 위에 사람 없다더니 그것이 아니었구나!"

유명 앵커는 중앙도서관에 자유인을 만나러 갔다. 자유인과 정동은 함께 다실에서 이야기를 나누고 있었다.

"여기들 계셨군요."

"어떻게, 이곳 생활에서 불편한 것은 없습니까?"

"뭐, 휴양지로 놀러 온 것은 아니니까요. 그럭저럭 생활할 만합니다."

정동 같은 경우는 부동산 투자로 경제적인 어려움을 겪다가 이곳에 왔으니 불편할 것이 없었다. 그러나 경제적인 여유를 가지고 살던 사람에게는 이곳이 답답하고 불편할 수도 있을 것이었다. 하지만 이곳에 익숙해지면 천동(天洞)에 대한 궁금증과 정신적인 성장에 관심을 끌게 되고 자신을 되돌아보는 계기를 갖게 마련이었다.

"청정주의자는 도대체 어떤 분인가요?"

"혹시 그분이 어떤 이적(異蹟)을 보이던가요."

"네, 생시원에서."

"저희도 그분에 대해서 다 이해할 수는 없습니다. 이천동(二天洞)에 계신 분인데 잠시 이곳 연옥동에서 생활하고 계신다는 것뿐."

"여기 중앙도서관에는 정신세계와 영성에 관련 서적을 많이 보유하고 있으니 스스로 공부해보는 것도 좋을 듯합니다."

다실의 통창으로 하이퍼가 중앙도서관으로 들어오는 것이 보였다. 그의 손에는 책이 들려 있었다. 독서 열람 카드에 반납을 기록하고 서재에서 책을 찾는 듯했다. 정동은 안나와의 관계 때문에 하이퍼와 거리를 두고 있지만, 자유인은 그런 사실에 대해 전혀 눈치를 채지 못하고 하이퍼를 불렀다. 하이퍼는 묵례하고 서재에서 꺼낸 책에 눈길을 돌렸다.

"요즘 하이퍼 님께서 도서관에 자주 오시네요."

정동은 서재로 자주 오는 하이퍼에 대한 궁금증을 드러냈다.

"정 도령님이 오해하고 계시군요. 하이퍼는 원래 책을 곁에 두지 않으면 마음이 불편했던 사람입니다. 사실 미국 아이비리그에서 유학할 시기에 정신적인 충격을 받고 생긴 문제 때문에 정신병동에서 생활을 하기도 했습니다. 거기서 '이성의 창'을 만났고 그분에게 많은 도움을 받아 일반인은 상상할 수 없는 'rapid cyclers'로 재맥락화되었던 것이구요."

정동은 잠자코 있다가 왠지 하이퍼에게 미안스러움을 느꼈다. 안나와의 관계도 사실 하이퍼가 잘못한 부분은 없다고 할 수 있었다. 안나의 감정이고 자신의 질투일 뿐이었다. 정동은 다실에 나가 하이퍼에게 다가갔다.

"어, 자네도 와 있었나."

"저기 유명 앵커와 자유인이 카페에 있습니다. 자리를 옮기시는 게…."

하이퍼가 답했다.

"그래? 같이 가보세나."

카페에는 4인 테이블 세 개와 창가에 붙어있는 1인 테이블이 몇 개 있었다.

하이퍼가 카페에 오자 자유인이 말했다.

"그렇지 않아도 자네에 관해 이야기하던 참이었네."

"나에 대해 뭐 할 얘기가 있나. 여기 모든 대중이 다 알고 있는 유명 앵커가 계시는데."

"허명(虛名)에 지나지 않습니다."

하이퍼는 자리에 앉자마자 유명 앵커에게 물었다.

"정녕 그렇게 생각하십니까?"

민주주의 대혼란의 시작

유명 앵커는 조금 놀란 듯 자유인을 보았다.

"자네 또 무슨 말이 하고 싶은 건가?"

"그저 누구나 알고 있는 사실에 대해 궁금증이 일어 그럴 뿐이네."

"제가 방송에 대해서는 잘 몰라 여쭙습니다. 아나운서와 앵커가 다른 게 무엇입니까?"

"자네가 지금 그걸 몰라서 그러나?"

"제가 알기로는 아나운서는 정해진 뉴스를 방송을 통해 알리는 역할을 하고 앵커는 취재되어 온 원고를 기초로 최종적인 정리를 하는 뉴스캐스터를 의미한다고 들었습니다."

유명 앵커 vs 하이퍼

"그렇다면 방송 경력이 오래되고 정치적이고 시사적인 내용에 깊은 지식을 가지고 있다면 대중의 심리를 자극하고 정치적 분쟁의 소지를 명확하게 파악하여 원고를 정리해서 방송할 수도 있다는 이야기가 됩니다."

앵커에 대한 하이퍼의 단순한 정의가 유명 앵커에게는 갑자기 자신의 목을 향해 날아드는 비수처럼 서늘하게 느껴졌다.

"도대체 무슨 말을 하려는 거요."

"먼저 묻습니다. 국회의원의 불체포 특권, 면책 특권이 있습니다."

"알고 계십니까?"

유명 앵커와 자유인은 하이퍼가 갑작스럽게 질문을 퍼부어대는 이유를 알 수 없었다. 하지만 분명 유명 앵커에 대한 예의가 아니란 생각에 자유인이 하이퍼를 제지하려고 하자 유명 앵커가 말했다.

"그냥 두십시오. 하이퍼 님께서 의문을 가진 것은 제가 충분히 풀어줄 수 있습니다."

유명 앵커가 달리 유명 앵커가 아니었다.

민주주의 대혼란의 시작

대선 후보 정치인들을 향해 촌철살인의 언행을 구사하던 입신(立身)을 넘어선 입언(立言)에 이른 '말이 바로 선 자'가 아닌가.

"국회의원의 불체포 특권, 면책 특권 모두 군사 정부 시절에 만들어진 것으로 알고 있소만."

하이퍼가 국회의 특권을 말한 의도는 그것이 아니었다.

"현재 대한민국 국회의원의 특권은 선진적이고 진보한 나라에 비교할 때 지나친 특혜라 할 수 있습니다."

"물론 관점에 따라 그리 바라볼 수도 있습니다. 하지만 국회의원의 면책 특권과 불체포 특권은 국회에서 직무상 행한 발언과 표결에 관해 국회 밖에서 책임을 지지 않는 특권이고 불체포 특권은 현행범이 아닌 한 회기 중 국회의 동의 없이 체포 또는 구금되지 않고 회기 전에 체포 또는 구금된 때에 국회 요구가 있으면 회기 중에 석방되는 특권이다. 헌법 제11조의 '법 앞의 평등 원리'의 예외를 인정한 이런 특권들이 주어진 것은 국민의 대표인 국회의원이 자주성, 독립성을 확보해야 헌법상 권한을 적절히 행사할 수 있기 때문입니다."

"제가 국회의원의 특권을 이야기한 것은 공직에 있는 특별한 신분으로 헌법에 따라 보호받을 필요가 있음을 말하고자 한 것입니다. 대통령은 더욱 말할 필요가 있겠습니까."

"내가 방송에 보도한 내용은 분명 사실에 입각한 청와대의 불법적인 사건을 쟁점화한 것이오."

"제가 보기에는 임기 말기에 흔하게 조성되는 대통령에 대한 불신이었소. 예시 A와 예시 B만 다를 뿐. 정권마다 존재했던 비리와 불법적인 대통령 측근들의 문제들이었소…. 결혼도 하지 않은 여성 대통령은 고립된 상태에서 측근에 대한 의지가 비상식적으로 보였을 뿐이오."

"제가 오랫동안 방송을 하면서 바라본 정치 문제에서 가장 심각한 문제라 할 수 있는 사안이었소."

"대의의 민주주의가 직면한 국민을 보호하지 않는 국가, 특권과 비리를 일삼는 권력. 부의 대물림을 통한 차별적인 부의 분극화, 정보 권력의 남용 등 대한민국 민주주의의 총체적 난국이었습니다."

"촛불은 한국 민주주의가 살아 있음을 증명한 역사적 사건이었소. 국민 주권을 규정한 헌법이 성문화한 문서에 머무르지 않고 국민들의 구체적인 현실 정치제도로 실현된 정치공동체가 미래로 나아가는 지침이었소."

"시대마다 혼란은 존재했습니다. 하지만 그 혼란 속에 긍정적인 신호를 찾아내는 이가 지혜로운 것입니다."

"세상을 혼란으로 바라본 자가 더 큰 혼란을 야기(惹起)하는 것이오."

민주주의 대혼란의 시작

"내가 방송을 한 내용이 심각한 문제가 아니었다면 어떻게 그 많은 백성이 함께 촛불을 들었다는 말이오."

"앵커께서는 늦가을 바짝 마른 풀 위에 작은 불씨를 던진 것입니다. 그것이 꺼지지 않는 거대한 산불이 되는 데는 별로 오랜 시간도 공도 필요 없었던 것입니다. 지역감정이 또 불쏘시개가 되었고 세대 간의 갈등은 다시 기름이 되어 불을 더욱 키웠습니다. 하지만 조금만 인내를 갖고 겨울이 오길 기다렸다면 그 겨울 동안 땅속에 움트는 새로운 풀들의 싹, 나무의 뿌리가 습기를 모으고 빨아 봄이 오면 풀들은 다시 새순이 돋고 파릇하게 풀이 자라 오르는 것입니다. 그러나 화재로 소실된 숲은 치유하려면 분명 많은 시간이 필요한 것입니다."

"앵커께서는 방송 후에 일어난 여러 가지 사건에 대한 책임감을 느끼고 있습니까?"

"방송인들은 오랜 기간 방송 활동을 하면서 자신의 편집된 원고, 논평으로 시청자들에게 강력한 영향력을 행사할 거라는 것을 분명 오랜 경험을 토대로 피부로 느끼고 있을 것입니다."

"결국, 국민이 선출한 두 명의 대통령이 구속되었으며 전국적인 세대 간의 갈등과 슬픔이 증폭된 이 현실을 어찌 외면할 수 있겠습니까."

"커다란 산불이 온 산야를 불태웠는데 작은 불씨를 일으킨 사람은 작은 불씨를 일으킨 죄밖에 없다고 할 수 있습니까."

"작은 그 불씨는 '나라다운 나라'에 대한 관심을 국민에게 일깨우기 위한 몸부림이었소. 그리고 그로 인한 촛불 혁명은 진정한 공화정을 구현하려는 국민들의 공민 의식과 애국심으로 무장한 비폭력 평화 축제였소. 내가 죄가 있다면 전 정권들의 '제왕적 대통령'들을 합헌적으로 파면할 수 있도록 진실을 근거로 대통령의 부정과 부패를 방송으로 국민에게 알렸을 뿐이오."

"그렇다면 왜 일 년도 채 남지 않은 임기 동안을 기다리지 못하셨습니까?"

"대통령을 선거를 통해 심판할 수는 없었느냔 말입니다."

"국가가 계속 존재하고 유지하기 위해서는 공동체에 대한 믿음이 필요합니다. 연인원 천만 명이 넘는 시민들이 자발적으로 광장으로 나아가 절대 다수가 민주 공화정을 현실화한 역사적 사실이 되었습니다."

하이퍼는 유명 앵커의 주장에 동의하지 않았다.

"절대 다수라 해도 정의를 담보할 수 없는 법이오!"

민주주의 대혼란의 시작

"국민의 여론, 민중의 힘을 운운하고 있지만, 당신은 분명 당신이 생각하는 올바른 세상이 있었던 것이고 그것을 실현할 수 있는 정당에 대한 지원을 아끼지 않고 헌신하려 노력했을 뿐이오. 결국, 민주주의를 위한 당신의 순수한 열정이 아닌 마음에 들지 않는 당 대통령을 몰아내는 데 온갖 노력을 다했을 뿐이오. 오랫동안 갈고 닦은 방송의 힘을 가지고 국민을 자극하면서까지 말이오."

"결국 '감을 따라고 나무에 올려보내고 아래서 나무를 흔든 격'일 뿐입니다."

유명 앵커가 말한 변증에 반박하는 하이퍼의 논리는 그답지 않게 왠지 허술한 느낌마저 들었다.

하이퍼는 스스로 자신의 패배를 인정하며 쓸쓸하게 해우소에 들어가 오랫동안 나오지 않았다.

안나의 끊어진 기타 줄

정동은 왠지 마음이 무거워졌다. 안나를 생각하면 하이퍼를 머릿속에 그리는 것만도 불뚝하게 감정이 북받치지만, 하이퍼가 진실하게 자신을 챙겼다는 것은 인정하지 않을 수 없기 때문이었다. 그렇다고 해우소에 들어간 하이퍼에게 위로를 해줄 수도 없었다. 자유인, 유명 앵커는 점심을 먹으러 가는지 생활관으로 가는 것이 보였다. 정동도 안나도 밥때가 됐지만, 점심에 관해서는 관심이 없는 듯 하이퍼가 있는 해우소 앞에 있는 긴 의자에 둘이 말없이 앉아 있었다. 안나의 눈에 클래식 기타가 눈에 들어왔다. 안나는 일어서더니 기타를 들고 피아노 의자에 앉았다. 기타를 조율하더니 가볍게 스트로크를 하자 기타의 음향 홀에 들어가 공명한 기타 소리가 연옥동에 울렸다. 안나는 무릎을 세워 기타를 얹고는 가녀린 왼손가락으로 피아노 건반을 누르듯 기타 현을 손가락을 움직이면서 오른손가락으로 아르페지오를 하며 연주하기 시작했다.

기타 소리가 중앙 홀에 울려 퍼지자 단원 식구들이 기타 연주곡을 듣기 위해 앞으로 다가오다가 기타 연주를 잠시 듣고는 바쁜 일정이 있는 듯 모두 자리를 떴다. 정동은 점심 식사 때라 그럴 거라

민주주의 대혼란의 시작

고 생각했다. 하지만 '감성의 피아노'가 연주를 할 때와 확연히 다른 분위기에 실망하지 않을 수 없었다. 안나는 주위를 의식하지 않고 기타 연주에 몰입하고 있었다. 정동은 안나가 입은 짙은 검은색 원피스가 마치 연주를 위해 준비한 연주복 같다는 생각을 하면서 긴 머리가 기타 현에 감겨 연주를 망칠까 걱정이 들었다. 곡은 타래가의 '눈물'이었다. 기타 선율이 다 끝나갈 즈음 "징" 하고 기타 줄이 끊어지면서 안나의 손등을 날카롭게 스쳐 지나갔다. 안나의 고운 손이 피로 붉어졌다. 안나는 순간 손을 감쌌고 기타는 바닥에 떨어졌다. 정동은 순간 놀라 안나에게 다가갔지만, 안나는 손을 감싸며 자신의 방으로 뛰어 들어갔다. 정동은 안나를 따라가고 싶었지만, 이성이 생활하는 숙소로 들어가는 것은 금지되어 있었다. 정동은 기타를 원래 있던 자리에 세워두고 베네딕도 수도사에게 사고를 전하고 자신의 숙소로 돌아왔다.

다음 날도 하이퍼는 해우소에서 나오지 않았다. 안나도 보이지 않았다. 정동은 중앙도서관에 자유인을 찾아갔다. 자유인은 중앙도서관에 없었다. 카페에도 없었으며 개방도서관에도 없었다. 그때 마침 생시원에서 나오는 유명 앵커를 보았다.

유명 앵커의 활약

"정 도령님, 저와 장기 한판 두실까요."

"그러죠."

정동은 유명 앵커와 룩셈부르크에 들어갔다. 룩셈부르크에 들어갔더니 자유인이 포커판에서 카드를 들고 있었다.

'자유인도 포커를 치는구나.'

정동은 유명 앵커와 장기판 앞에 앉았다.

"판돈은 얼마로 하면 될까요."

"천만 원으로 합시다."

천만 원도 판돈으로 걸기는 금액이 큰 편이었다. 이곳에 처음 입회하는 단원 식구들 대부분은 입회비 천만 원을 빼고 대부분 삼천만 원을 가지고 생활하기 때문이다. 하지만 이곳에 대해 잘 알고 들어오는 부류들이 있었는데 그들은 대개 부유한 편이라 십억 이상의 돈을 들고 들어왔다. 물론 입회할 때 가지고 들어온 돈의 열 배가 넘어야 천동(天洞)에 승동(昇洞)할 자격이 주어지는 것은 같은 조건이다.

유명 앵커도 분명 입회할 때 꽤 큰돈을 가지고 온 것이 분명했다.

"그런데 장기의 궁이 어떻게 '高'와 '唐'으로 되어 있습니까?"

"예, 민족성을 강조하는 장기판이라 그렇습니다."

정동은 간략히 설명하고 장기를 두었다.

장기는 정동이 쉽게 이겼다. 포(包)를 이용해 농포(弄包)를 하다 상(象)을 이용해 장(將)과 함께 차(車)를 걸었더니 쉽게 무너져 내리는 모습을 보였다.

정동은 자유인이 끼어 있는 포커판으로 갔다. 포커판에는 정치 위원과 보수주의자 그리고 자유인 이렇게 세 명이 포커를 치고 있었다.

정동은 함께 포커를 치기 위해 자유인의 옆자리에 앉았다.

"저도 함께하겠습니다."

유명 앵커가 포커판에 앉자 정치위원이 자리에서 일어나면서 말했다.

"저는 그만하겠습니다."

정동은 이상한 낌새를 느꼈다. 정치위원과 유명 앵커는 서로 잘 아는 사이 같았는데 정치위원이 자리를 피하는 모습을 보니 유명 앵커의 실력이 왠지 만만치가 않아 보였다. 포커판에서는 쉽게 자신의 생활비를 모두 탕진하는 경우가 많았기에 걱정이 되었다.

카드가 돌아가면서 아무도 입을 여는 사람이 없었다. 이미 포커 판은 선도 악도 없었고 적도 아군도 구별할 수 없는 아비규환의 세계이며 강한 패를 들고 있는 자에게는 찰나의 환락이 허용되는, 천국과 지옥을 오르내리는 무간도의 공간이었다.

"이런."

정동의 패에 7 카드가 네 장 모두 펼쳐져 있었다.

판돈은 이미 억대가 넘은 상태였다. 정동은 표정을 숨길 수가 없었고, 숨길 필요도 없었다. 카드는 마지막 히든만 남은 상태였다.

보수주의자가 말했다.

"이런 황당할 데가. 나도 10 쓰리 풀을 쥐고 있는데, 아쉽군."

"다행인 줄 아세요. 만약에 7 카드가 히든에 붙었으면 보수주의자 님은 몽땅 올인이에요."

보수주의자는 말없이 카드를 내렸다. 자유주의자는 이미 카드를 내린 상태였고 유명 앵커를 보니 스페이드 7 카드부터 J 카드까지 스트레이트 플러쉬 가능성이 있어 보였다. 하지만 스트레이트 플러쉬가 메이드되기는 확률적으로 어려웠다.

"오천만."

판돈이 일억이 넘는 상태에서 유명 앵커는 오천을 불렀다. 정동이 말했다.

"오천만 받고 이억."

유명 앵커는 바로 답했다.

"이억 받았습니다."

패가 돌아갔다. 정동은 자신의 패는 내려놓고 유명 앵커가 패를 받을 때부터 계속 그의 표정을 주시했다. 물론 이미 유명 앵커가 스티플을 잡았을 수도 있었다.

"육억."

유명 앵커는 풀 배팅을 했다.

정동은 당황스러웠다. 유명 앵커의 패가 확률적으로는 스트레이

민주주의 대혼란의 시작

트 플러쉬 패가 나오기 어렵다고는 하나 만에 하나 스트레이트 플러쉬가 뜬다면 자신의 현재 가지고 있는 자금 사억까지 전부 올인이었다.

'여기서 집중해서 따면 내 자금의 열 배가 되어 천동(天洞)에 승동(昇洞)할 기회가 주어진다.'

정동은 자신의 칩을 만지작거렸다. 그러면서 유명 앵커의 표정을 살폈다. 유명 앵커는 도대체 알 수 없는 패를 들고 그야말로 포커페이스를 유지했다.

'하이퍼가 있었다면 그의 표정만 보아도 상황을 살필 수 있는 건데…'

궁지에 몰리자 포커판에서 도움을 주던 하이퍼 생각이 났다.

'이대로 패를 접으면 현재 있는 자금 사억으로 다음 패를 기대할 수 있고 여기서 포커를 끝내면 연옥동에서 생활하기 충분한 돈이 남는다. 만약, 스트레이트 플러쉬가 뜨면 나는 지옥 같은 고시원 생활을 다시 해야 한다.'

시간을 많이 쓰자 보수주의자의 표정이 좋지 않았다. 정동은 다시 한번 유명 앵커의 표정을 보았다. 순간 은테 안경 너머 눈동자가 살짝 떨렸다.

정동은 눈동자의 떨림을 정동이 카드를 접을까 봐 걱정하는 시그널로 읽었다. 정동은 힘없이 카드를 내리면서 말했다.

"죽었습니다."

보수주의자가 말했다.

"젊은 사람이 죽기는 왜 죽어."

유명 앵커는 패를 펼쳐 보여주지 않고 카드를 섞었다.

"이억이 넘는 돈이 들어갔으면 패를 보여줄 만도 한데."

 정동의 말을 들었는지 못 들었는지 유명 앵커는 패를 섞는 데만 집중했다.

 정동은 그런 행동에 감정이 상했다.

 유명 앵커가 패를 돌렸다. 정동은 마음을 안정시키지 못한 채 패를 들고 고민하고 있었다.
 유명 앵커의 패는 공교롭게도 스페이드 액면 포가 상태였다. 보수주의자와 자유인은 패를 덮었다. 정동은 액면 K 원 페어에 K를 손에 한 장 들고 있었다.
 '상대가 플러쉬가 뜨더라도 풀하우스가 메이드된다면…'
 판돈은 일억이 조금 안 되는 상태였다.
 "팔천."
 "굿."
 '유명 앵커가 '굿'만 하는 걸 보니 아직 플러쉬 메이드가 안 된 상태야.'
 정동은 히든을 받는 순간 움찔했다. 풀하우스가 되지 않고 쓰리 풀에서 멈췄다. 다시 유명 앵커의 표정을 확인했다. 히든이 들어갔지만, 표정은 없었다. 정동은 생각했다.

'유명 앵커가 전 게임에는 스트레이트 플러쉬 패가 들어왔는지 모르지만, 이번에는 확인할 수 있다.'

"일억."

정동이 배팅했다.

"받고, 일억 오천 더."

유명 앵커의 배팅에 정동은 칩을 세서 일억 오천을 내며 자신의 패를 폈다.

"K, 쓰리 풀."

정동은 승리를 확신하고 있었다. 그러나 유명 앵커가 편 카드는 메이드된 스페이드 플러쉬였다.

자유인은 정동의 모습을 안타깝게 생각했다.

"자네 오늘은 그만하는 게 어때."

정동은 얼굴이 벌겋게 상기되어 있었다. 정동에게 남은 것은 이제 오천만 원이 조금 안 되는 돈이 전부였다. 물론 연옥동의 물가가 현실과는 달리 저렴했기에 그 돈으로도 생활하는 데는 문제가 없었다. 문제는 유명 앵커에게 당한 수모였다. 지금 가지고 있는 칩으로 카드를 다시 받기는 어려웠다. 감정을 삭이지 못한 채 하는 수 없이 유명 앵커를 한 번 노려보고는 자리를 털고 일어났다.

"오늘은 그만하겠습니다."

'그동안 포커판에서 돈을 잃지 않았던 건 어쩌면 하이퍼 덕분일지도 모르겠다.'

정동은 일어나 '룩셈부르크'를 나와 해우소 앞에서 잠시 두리번거리다가 자신의 방으로 들어갔다.

아침에 일어나 보니 안나는 해우소 앞에서 하이퍼를 기다리는 듯했다.

"아직도 하이퍼가 안 나왔군요."

"같이 밥이나 먹으러 갑시다."

정동은 안나에게 말을 했지만, 안나는 고개를 숙인 채 말을 듣지 않았다.

"하이퍼는 왜 해우소에서 나오지 않는 거야."

민주주의 대혼란의 시작

통과의례(通過儀禮)의 의미

　정동은 하는 수 없이 혼자 식사를 하러 갔다. 안나의 그런 모습은 정동의 질투심을 자극했고 점차 하이퍼에 대한 반감이 더욱 커졌다.

　하이퍼는 해우소에서 사흘 만에 나왔다. 하이퍼는 초췌해 보였고 왠지 전과 다른 분위기를 갖게 되었다. 하이퍼가 나오자 안나는 하이퍼를 데리고 식당에 가서 함께 식사했다. 그들은 사흘 만의 첫 끼였다. 정동은 안나와 하이퍼와 함께 있었지만, 그들에게 왠지 모를 거리감을 느꼈다. 아니, 안나도 하이퍼에게 그런 거리감을 느끼는 듯했다. 하이퍼는 그 이후 대부분의 시간 동안 도서관에서 책을 읽었다. 그가 들고 있는 서적은 니체가 쓴 『짜라투스트라는 이렇게 말했다』였다. 책에 몰입해 있는 모습에 다가가기가 어려웠다. 정동도 도서관 멀찍이서 책을 꺼내 읽었지만, 눈으로만 읽을 뿐 머릿속은 온통 안나에 관한 생각뿐이었다. 안나는 하이퍼 옆에 앉아 있지만, 그들 사이의 거리는 멀어 보였다.

　그런 나날들의 연속이었다. 같이 식사를 해도, 도서관에 함께 있어도 그들의 거리는 좁혀지지 않았다. 정동은 도서관에 있는 동안 단원(丹院)에서의 통과의례(通過儀禮) 중에 '이성의 창'께서 정동에게 건넨 프린트물에 적힌 문구를 의학 서적들을 통해 의미를 찾아냈다. 이제는 어떤 내용을 말하는 것인지 이해할 수 있었다.

Bipolar effective disorder. Similar status
양극성 정동 장애. 유사 상태

양극성 정동 장애: 기분이 들뜬 상태인 조증과 자신감이 크게 떨어지고 우울한 기분이 지속하는 우울증이 번갈아 가며 반복적으로 나타나는 정신장애의 일종이다. 흔히 조울증이라고 부르며, 줄여서 양극성 장애라고도 한다. 극단적으로 기분이 바뀌는 증상이 수시간 또는 수주, 수개월간 지속해서 나타난다….
조증이 나타날 때는 지나치게 기분이 좋아져 잠을 자지 않아도 피곤함을 느끼지 못하고 평소보다 말이 많아지기도 한다. 특히 조증이 악화할 경우 타인과 다툼이 잦아지고 공격적 성향을 나타내 폭력 사고 위험이 커지며, 환각이나 망상 증세가 나타나기도 한다. 반면 우울증이 나타날 때는 자주 짜증이나 화를 내며, 죄책감이나 자괴감에 빠지고, 집중력 저하 현상이 나타난다. 특히 우울증이 악화하면 자살 시도를 하기도 한다….

의학 서적을 읽어 내려가던 정동은 자신의 증상과 비교를 하였다. '가만, 내가 만약 조울증이라면 나는 계속 우울증 상태만 지속하고 있다는 말인데, 그렇다면 하이퍼는 항상 조증 상태만 있다는 거

민주주의 대혼란의 시작

고. 하이퍼는 hypomania, 즉 경조증 상태에서 이성의 창의 도움으로 혁신적으로 뇌 활동이 호르몬 불균형으로 폭주하는 코드를 찾아냈고 감소시켰다고 했단 말이야. 그 후로, 하이퍼의 생각과 행동이 정제되었다고 들었어.'

'그리고 나는 양극성 정동 장애가 아니라 유사 상태라고…'

정동은 '이성의 창'이 전해준 프린트물을 깊이 생각하고 긍정적인 답을 찾아냈다. 하지만 중요한 것은 자신을 정제할 수 있는 습관과 환경이었다.

정동은 다음으로 클래식에 관계된 서적들을 살폈다.

CAPRICIOUS

기분을 들뜨게 하는, 환상적인 그리고 변덕스러움의 뜻이 담겨 있다.

'일상적이고 단조로운 삶 속에서 환상적이고 기분을 들뜨게 하는 흥분을 느끼기가 쉽지 않을 것이다. 사랑에 빠지지 않고서는…. 그 사랑에 빠지면 대부분 변덕스러운 여인의 감정을 조율하기가 쉽지 않은 것도 그렇고. '감성의 피아노'는 내가 사랑에 빠질 것을 예견했을까. 아니면 쉽게 사랑에 빠지는 사람이라고 인식했을까?'

정동은 'CAPRICCIOSO'로 연주되는 곡들을 듣기 위해 작은 음악실로 향해 갔다.

먼저 Mendelssohn의 Rondo capriccioso.

Saint Saneness Introduction and Rondo capriciousness는 피아노가 가볍게 시작되고 바이올린이 연주되기 시작했다. 곡을 들어보면 피아노와 바이올린이 대화하는 듯 느껴졌다. 피아노와 바이올린이라는 두 연인의 사랑 대화, 거칠고 때로는 감미롭고 다시 거친 사랑의 대화는 마지막 클라이맥스로 향해 갔다. 누가 주인공이라고 말할 수 없는 그런 곡이었다.

정동은 음악실을 나왔다. 도서관에 가서 '자각의 道'라는 명천동(明天洞)의 삼초인(參超人) 중 한 분의 도인(道人)께서 정동에 준 점괘를 한번 주역 책에서 정확히 확인하고 싶었기 때문이다. 도서관에 있는 주역에 관한 서적 몇 권을 선별하여 들고는 책상에 앉았다.

履. (乾上, 兌下) 천택이(天澤履: 호랑이 꼬리를 밟는다).
解說. 이(履)란 '밟는다, 실천한다'라는 뜻이 있다. 실천에는 항상 위험이 따른다. 그러나 위험을 두려워해서는 아무것도 할 수 없다. 호랑이 꼬리를 밟는 것 같은 위험 속에서 어찌 몸을 보전할 수 있겠는가. 이 괘는 강건하고 유익함을 나타내는 상괘의 乾에 유순함을 나타내는 兌가 따르고 있는 형이다. 윗사람이나 경험자의 말을 솔직히 받아들이고 선인(先人)의 경험으로부터 교훈을 찾아내는 마음가짐이 필요하다. 무턱대고 달리면 반드시 실패한다. 자기의 힘을 생각하고 착실하게 나아가면 처음에는 위험을 만나더라도 반드시 목적을 달성할 수가 있다.

민주주의 대혼란의 시작

사업은 상당한 위험 상태에 놓여 있을 때이다. 그 원인은 아래 위의 질서, 자기의 입장을 분명하게 하지 않고 착수했던 결과에 의하는 경우가 많다. 상대와 시비를 해봤자 이겨낼 수 없으므로 상대로부터 화해를 구하도록 이쪽에서 유도해나가는 것이 좋다.

단, 일은 지금부터 서서히 바빠져갈 때이다.

결혼은 그다지 좋은 괘는 아니다. 그러나 만일 여성이 상속자일 때 이 괘가 나왔다고 한다면, 혼인으로서는 나쁘지 않을 것이다.

여행과 이전은 여행 간 곳에서 곤란한 상태에 처하게 되는 때이다. 돈을 잃는 수도 있다.

정동은 점괘 내용을 확인하고는 잠깐 명상실에 가서 명상했다. 천동(天洞)에 있는 분들은 명상을 생활화한다니 그 명상을 한번 정동도 경험하고 싶었기 때문이다. 하지만 정동은 가부좌를 틀고 앉아 있는 동안 계속 잡념만이 머릿속을 메웠고 점차 안나에 대한 감정이 가슴에서부터 차올라 더는 가부좌를 틀고 앉아 있을 수도 없었다.

정동은 생시원(牲施園)으로 향했다. 생시원(牲施園) 안에는 봄꽃이 활짝 피어 있었다. 명자나무의 꽃이 연붉게 꽃망울을 터트렸고, 맞은편 매화도 화답하듯 하얀 꽃잎이 만개해 있었다. 생시원의 투명창 밖에는 개나리, 산수유, 꽃다지 등이 샛노랗게 피어 있었다.

청정주의자 3

'신기하단 말이야. 나는 봄이 왔는지도 모르고 있었는데, 꽃들은 어찌 그리 자신이 피어날 계절을 바로 알고 순응하는 걸까.'

그때였다. 매화나무 옆에서 갑작스럽게 청정주의자가 정동 앞에 나타났다. 청정주의자는 정동의 생각을 읽은 듯 수줍게 웃으며 말했다.

"정 도령께서 이제야 꽃들의 이야기를 귀담아들으실 줄 아시는군요."

정동은 청정주의자가 자신의 앞에 다가와 말을 붙인다는 것이 무척 감사했다.

"청정주의자께서 여기 계셨군요."

"봄이 오니 제 마음만 바쁘군요."

생시원(牲施園) 천정의 환풍 창을 통해 작은 새들이 날아들었다. 청정주의자 주변에 앉은 노랑 할미새는 청정주의자의 발치를 부리로 쪼고 있었다.

"그래, 너도 왔구나."

민주주의 대혼란의 시작

주머니에서 작은 쌀알을 꺼내 조금 흩뿌리니 작은 새들이 바쁘게 쪼기 시작했다. 생시원 주변의 새들이 어떻게 알았는지 환풍 창을 통해 계속 날아들어 왔다. 정동은 그런 작은 새들을 보면서 청정주의자의 얼굴을 바라보았다. 언제나 구김이 없이 맑은 얼굴을 보면서 자신의 처지에 생각이 미쳤다. 정동의 얼굴에는 갑자기 검은 구름이 낀 듯 수심이 가득했다.

"정 도령께서 갑자기 표정이 어두워지셨는데 무슨 걱정이라도 있으신가요."

"저는 항상 생각만 많고 걱정만 잔뜩 마음에 쌓아놓아서 이리 답답한 모습만 보이는군요."

"정 도령께서 워낙 정(情)이 많아 그러신 겁니다."

"걱정이란 巨情에서 나온 말입니다. 뜻을 빌리자면 정이 너무 커서 걱정을 많이 하게 되는 게지요."

"걱정이 어떻게 巨情에서 나온 말이란 걸 아셨습니까?"

"사실 한민족의 언어는 한글이 있기 전에 모두 한자로 그 뜻을 전하지 않았습니까. 글이란 원래 상자와 같아서 그곳에 의미를 담아 뜻을 이해하면 되는 것이지요."

정동은 그의 말을 건성으로 들으며 자신의 처지가 그저 답답할 뿐이었다.

"저는 뜻대로 되는 것이 하나도 없는 것 같습니다."

"청정주의자께서는 어찌 항상 자세 하나 흐트러지는 걸 볼 수 없으니 어찌 같은 사람으로서 이리 다른 모습을 하고 있을 수 있다는 말입니까?"

청정주의자는 말을 아끼는지 한동안 매화나무의 청정한 꽃잎들에 눈을 두고 있었다.

"사랑하면 알게 되고 그때 보이는 것은 전과 같지 않습니다."

"저도 사랑하는 사람이 있습니다. 그녀가 앞에 없어도 항상 그녀를 보는 듯하고 타인과 함께 있는 모습만 보아도 제 가슴이 찢어지는 듯 아픈데 이것이 사랑이 아니고 무엇입니까?"

"정 도령께서 사랑하게 되었다면, 무엇을 알게 되었습니까. 또 전과 달리 무엇이 새로워졌습니까?"

정동은 청정주의자의 말을 이해하려 노력했다.

"사랑은 연민(憐憫)에서 먼저 시작합니다. 그리고 그 사랑은 연대기성을 갖습니다. 사랑하는 한 사람에 매몰되어 있다면 그것은 집착이지 사랑이라 할 수 없습니다. 그 사람을 사랑해서 내 마음에 새로운 타인에 대한 인식이 생기고 타인의 약점을 이해하며 궁극적으로 그 사랑이 꽃과 나무들, 흐르는 냇물에까지 미칠 수 있을 때 사랑이라 하는 겁니다. 비로소 그때 사랑을 주는 것과 받는 것이 같음을 온 마음으로 알게 됩니다."

정동은 청정주의자의 말을 들으니 왠지 모르게 슬퍼졌다.

"숲을 보고 하늘을 보고 그리고 당신의 발치를 보십시오."

청정주의자는 저 들판에서 시작해 봄꽃 나무로 부는 너울 바람 처럼 생시원(牲施園)을 나갔다.
정동은 명자나무 꽃을 바라보며 얼굴을 붉혔다.

그때였다. 평소에 담배를 피우지 않아 생시원에 잘 들어오지 않 는 하이퍼가 들어와서는 말했다.
"자네를 찾았네. 자네에게 할 말이 있네."
정동은 하이퍼가 자신을 찾았다고 하는데 왠지 모를 복잡한 심 경에 정동은 하이퍼를 피하고 싶어 자리를 뜨려 했다.
"정동 자네. 자네가 내게 왜 이러는지는 알 것 같네. 하지만 내가 자네에게 잘못한 건 없네."

"내가 충고 하나만 하지."
"자네는 지금 센파에 빠져 있네. 센파에서 먼저 빠져나와야 하 네."

수천동인(水天洞人), 사무엘

　하이퍼는 정동에게 자신이 하고 싶은 말을 하고는 생시원을 나갔다. 정동도 생시원을 나섰다. 정동은 중앙 홀로 갔다. 그때였다. 천동(天洞)과 연결된 엘리베이터가 움직이며 내려오기 시작했다. 엘리베이터가 내려오는데 빛무리가 온 사방을 덮쳤다. 전기적 장치 때문인지 천동(天洞)에서 내려오고 있는 이인(異人)의 뇌의 뉴런과 시냅스 다발이 순간 주변의 물체에 전도되어 나타난 현상인지 알 수 없었다. 엘리베이터 문이 열리고 한 사내가 등장했다.

　"사무엘께서 여긴 어쩐 일이십니까?"

　하이퍼는 그 사내에게 물었다.

　"초인(超人)의 명어(明語)를 전달하고자 왔습니다."

　"어떤 말씀을 전하시게요."

　사무엘은 '룩셈부르크'로 향했다.

　사무엘과 하이퍼는 바둑판 앞에 마주 보고 앉았다.

　"승부는 전과 같습니다."

　"무엇을 거시겠습니까?"

　"현세에 있는 감천에 삼초인(參超人)의 밀지(密旨)를 전하는 것으로 하지요."

"저야 상관없지만…."

하이퍼는 선(先)을 가리지 않고 검은 돌을 잡았다. 하이퍼와 사무엘이 천동(天洞)에서 함께 있을 당시부터 내려온 그들만의 규정이 있는 듯 보였다. 연옥동(煉獄洞)에서는 전례가 없는 일이었지만 선수를 잡고도 오히려 기세에 눌리는 쪽은 하이퍼였다. 주변에 단원의 식구들과 '이성의 창'이 언제 왔는지 바둑판이 보이는 곳에서 팔짱을 끼고 심각한 표정으로 보고 있었다.

하이퍼는 좌상 화점에 첫 수를 두었다.

"현각은 요즘 어찌 지내시오."

"마리안느는 또…."

사무엘은 우상 화점에 흰 돌을 놓았다.

사무엘은 말없이 바둑을 두는 데만 몰입하며 집중하였다. 하이퍼는 사무엘의 얼굴에 바둑판이 있는 것처럼 사무엘의 얼굴을 응시하면서 가볍게 우상귀에 흑돌을 놓았다. 사무엘은 하이퍼의 수는 볼 필요도 없다는 듯 바로 좌상 화점에 바둑돌을 내려놓았다. 하이퍼는 좌상 하귀에 돌을 붙였다. 사무엘은 좌상 화점에서 이선 위로 바둑돌을 올렸다. 점차 그들은 승부를 위해 품속에 있는 날카로운 비수를 꺼낸 듯 공세에 치중하는 듯 보였다. 하지만 그들의 수는 귀수(鬼手)를 두는 것도, 강수(强手)로 판을 흔드는 것도 아니었다. 오히려 정수(正手)에 가까운 수들로 바둑판에 돌을 올려놓았다. 그들은 서로 상대가 바둑돌을 내려놓는 것에 반응하듯 매우 빠른 속기로 대국이 진행되었다. 바둑을 수담(手談)이라고 하는데 그들은 마치 검은색과 하얀색을 가지고 바둑판에 그림을 직조하듯 돌을 내려놓고 있었다. 처음에는 단원 식구들도 집중해서 대국을 보다가 금방 어지러운 형국에 흥미를 잃은 듯 보였다. 단지 무패의 신화를 가진 하이퍼가 천동(天洞)에서 내려온 사무엘이라는 자에게 무릎을 꿇을 것인가에 관심이 집중되어 있었다. 대국이 종반을 치달을 때가 되자 하이퍼는 속기가 조금 느려졌고 사무엘은 하이퍼의 수를 관망하였다. 붉은 꽃을 닮은 하이퍼의 흑돌 행로와 하얀 꽃잎을 닮은 사무엘의 백돌 행로가 바둑판 천지 사방에 얽혀 있어 대국은 가지각색의 꽃들이 핀 작은 분지에 새벽안개가 내려앉듯 희미하지만 아름답게 보였다.

하이퍼도 사무엘도 종반전까지 큰 변화를 만들지 못했다. 하지만 자신의 형세를 지키고 중앙의 세력을 탄탄히 보강하는 데 심혈을 기울였다.

사무엘이 마지막으로 매듭을 짓듯 이음새를 메우는 수를 두며 대국은 끝났다.

하이퍼는 이미 패배를 예감하는 듯했다. 단원 식구들 중 몇 사람이 계가가 끝나고 하이퍼가 반집 패를 당하자 작은 탄성을 내었다.

'프로기사를 이긴 하이퍼가 아닌가.'
'사무엘이란 자, 아니 천동(天洞)에 있는 자들은 어찌 그런 능력을 갖출 수 있다는 말인가.'

"제가 졌습니다."

민주주의 대혼란의 시작

사무엘이 반집 승을 거두었다. 사무엘은 일어나 외쳤다.

"판서(板書)!"

사무엘은 입술도 떼지 않은 것 같았는데 중후한 음성이 흘러나
왔다.

수도자 둘이 초록색 칠판을 밀고 들어왔다. 사무엘은 칠판에 흰
색 분필로 썼다.

"아는 자는 말이 없고 말하는 자는 알지 못한다."

판서가 끝나자 가벼운 걸음으로 연옥동(煉獄洞) 문을 나서며 천
동(天洞)으로 오르는 엘리베이터에 탔다. 다시 빛무리와 함께 엘리
베이터는 빠른 속도로 사라지듯 위로 올라갔다.

하이퍼는 판서(板書)를 보고 만족한 듯 웃음을 보이며 연옥동(煉
獄洞)의 문을 강하게 밀며 나갔다.

하이퍼가 떠난 후

안나는 하이퍼가 연옥동을 떠나는 모습을 보고 슬픔과 회한에 깊이 빠져 말없이 그녀의 방으로 걸어갔다. 하이퍼가 사라지자 정동도 마음의 갈피를 잡지 못했다. 후련하고 속 시원할 것 같았던 감정은 안나가 하이퍼를 그리워하는 모습에 더욱 시기심과 질투심이 불타올랐다. 안나는 점점 불안한 심경을 행동으로 노출하기 시작했고 그런 모습을 보는 정동은 더욱 모멸감과 수치심 같은 것이 마음속에서 가라앉지 않았다.

정동은 자유인이 있는 대도서관에서 책을 펼쳐 보았다. 맹자에 관한 서적을 꺼내놓았지만 눈에는 글자가 전혀 보이지 않았다. 안나에 관한 생각에 빠져 있었고 마음은 계속 흥분 상태에서 좌절감으로, 그리고 절망의 나락으로 떨어지는 양극성을 반복해 느꼈다.

정동은 자신이 펼쳐놓은 책이 무슨 책인지도 알지 못했다. 자유인은 정동이 걱정되었는지 정동에게 다가와서 말했다.

"자네 요즘 맹자에 관한 내용에 관심이 있나 보군."

"유덕혜술지자, 항존호진질(有德慧術知者, 恒存乎疢疾)."

"우아하고 훌륭한 품격과 고도로 뛰어난 능력을 갖춘 사람도 항상 곤궁과 고통을 가지고 있다."

"옛날 공자께서 전국을 돌아다니며 정치를 이룰 수 있는 나라를 찾아다니다가 제자들과 함께 당장 끼니조차 해결할 수 없는 지경에 이르자 제자 중 하나가 '군자가 어떻게 이런 곤궁한 상황에 놓일 수 있습니까' 하고 묻자 공자께서 '군자도 곤궁한 역경을 겪는다. 군자와 소인의 차이는 그 곤궁에 직면했을 때의 태도와 실천적인 노력에 달려 있다' 했습니다."

"어찌 곤란을 겪지 않는 사람이 있겠습니까. 먼저 타인의 힘든 모습에 안타까워하고 자신을 돌아본다면 그 곤란은 작아질 테지요."

"맹자의 고자(告子) 편에 이르길, 하늘이 사람에게 장차 큰일을 맡기려 할 때는 반드시 먼저 그 마음을 괴롭히고 그 몸을 지치게 하고 육체를 굶주리게 하며 또한 생활을 궁핍하게 하여서 하는 일마다 어긋나고 틀어지게 만든다. 이것은 그 마음을 두들겨서 참을성과 인내심을 길러주어 지금까지 할 수 없었던 어떠한 사명도 능히 감당할 수 있게 하기 위함이다."

"저하고 상관없는 말들입니다."

"그 상관은 하늘이 정할 일입니다."

정동은 그 자리에서 일어나 대도서관을 나가서 자기의 방으로 향했다. 잠시 눈이라도 붙이면 나을 것 같았다.

하지만 나폴레옹처럼 단기 수면 유전자가 생성되었는지 정동은 좀처럼 잠을 잘 수가 없었다. 방에 들어갔다가도 잠시였다. 점심 먹고 방에 가서 두세 시간 정도 있었고 그 이후 나와서 밤새 대도서관에 있거나 룩셈부르크에서 시간을 보냈다. 그런 모습은 며칠이 지나도 변하지 않았다.

하이퍼가 사라지자 안나는 춤을 추지 않았고 기타에 가까이 가지도 않았다. 심리적으로 불안한지 자주 생시원에서 담배를 피우고 있었다. 그녀는 스크린이 있는 중앙 홀에 멍하니 앉아 있었다. 정동이 산책을 권해도 고개만 절레절레 흔들었고 창밖으로 풍경을 바라보며 때로는 눈물짓기까지 했다. 그런 모습을 볼 때마다 그녀가 안쓰럽기도 했지만 하이퍼에 대한 강한 적개심이 생겨 그녀에게 감정을 여과하지 못하고 그대로 표출하였고 말속에는 가시가 맺혀 있었다. 그녀는 점점 정동을 피하기 시작했고 정동은 그럴수록 더욱 안나에게 집착하게 되었다. 안나는 더 이상 정동에게 곁을 내주지 않았다. 그럴 때마다 정동은 나락으로 고꾸라지듯 좌절했고 연옥동(煉獄洞)에서 음주(飮酒)가 허용되지 않는 것에 불만을 호소했다. 그런 흥분된 모습이 자주 보였으며 그럴 때마다 자진 입실하던 해우소로 들어가지 않았다. 안나는 그런 정동의 모습에 더욱 거리를 두게 되는 악순환이 반복되었다.

정동이 투자한 주식은 하이퍼가 떠난 이후 관리가 되지 않았다. 정동은 가지고 있던 주식 모두를 매도하여 환전하였다. 정동은 환전한 돈을 가지고 룩셈부르크에서 게임을 했고 집중력이 약해진 정동은 이길 때보다 질 때가 많아졌다. 그런 상태에서 판을 키우는 것은 언제나 정동이었다. 삼천만 원의 열 배를 넘겨 천동(天洞) 승동(昇洞)의 기회까지 잡았던 정동이었지만 이제 그의 자금은 구멍 난 자루에서 흘러내리는 모래처럼 점차 사라지고 있었다.

하이퍼가 남긴 짜라투스트라

정동은 중앙도서관에서 책을 읽는 데 몰입하였다. 다행히도 정동의 가슴속에는 하이퍼가 안나를 차지해 심한 반감을 가지고 있을 뿐만 아니라 그가 닮고자 하는 롤모델로도 자리 잡고 있다는 점이었다. 정동은 문득 하이퍼가 주로 읽던 책을 살펴보고 싶은 욕구가 생겼다.

정동은 하이퍼가 주로 있던 자리에 가서 책을 살폈다.

'여기 있다!'

정동은 책을 꺼내 자리에 앉았다. 책은 크기가 작았다.

'짜라투스트라는 이렇게 말했다.'

정동은 책 앞에서 팔짱을 끼고 책 표지를 보며 생각했다.

'니체가 지었고 신은 죽었다. 그리고…'

더 이상 생각나는 것이 없었다. 정동은 책을 펼쳐 하이퍼가 형광펜으로 줄을 치고 그 아래 붉은 볼펜으로 두 줄을 그어 강조한 부분들을 읽어 내려갔다.

'모든 신은 죽었다. 이제 우리는 초인이 살기를 원한다. 이것이야

말로 위대한 정오에 갖는 최후의 의지가 되게 하라!'

'위대한 정오라니?'

'위대한 정오란, 인간이 자기의 행로 한복판인 동물과 초인의 중간에 서서, 저녁으로 향하는 자신의 여로를 자기의 최고의 희망으로서 축복할 시간이다. 그것은 새로운 아침으로 향하는 길이기 때문이다. 그때 몰락해 가는 자는 자기 자신을 축복할 것이다. 그는 초인을 향해 건너가고 있기 때문이다. 그리고 그의 인식의 태양은 정오에 머물러 있을 것이다.'

'정신이란 스스로 삶 속으로 파고 들어가는 삶이다.'

'정신은 육체의 투쟁과 승리의 전령이며, 동료이며, 메아리인 것이다.'

'일찌기 정신은 신이었다. 그다음에 정신은 인간이 되었다. 그리고 이제 정신은 천민으로 격화되었다.'

'모든 위대한 일들은 시장과 명성으로부터 멀리 떨어진 곳에서 일어난다. 이제까지 새로운 가치 창조자들은 시장과 명성으로부터 더 멀리 떨어진 곳에서 살아왔다.'

'삶은 계단을 필요로 하며, 계단과 그 계단을 오르려는 자들 사이

의 싸움을 필요로 한다. 삶은 올라가기를 원하며, 올라가면서 스스로를 초극하고자 한다.'

'인생은 환희(歡喜)의 샘물이다.'

'나의 형제여, 나의 눈물을 가지고서 그대의 고독 속으로 들어가라. 자신을 초극하여 창조하기를 원하며, 그리하여 멸망해가는 자를 나는 사랑한다.'

정동은 형광펜으로 줄을 친 부분을 읽고는 책을 덮으려 했다. 그때 책 속에서 A6 인덱스 카드가 바닥에 떨어졌다. 인덱스 카드에는 하이퍼가 적어 내려간 글귀가 있었다.

'초인이란 권력을 쥐고 세상을 지배하고 통치하는 위력의 소유자가 아니다. 초인이란 창조자의 마음을 가진 어린아이가 될 때 비로소 드러난다.'

'인간은 낙타가 되고 사자가 되며 그런 연후에 창조자의 마음을 가진 어린아이로 초인의 삶을 살아야 한다. 그러나 인간이 위대하다는 것은, 그의 삶이 하나의 다리일 뿐 목적은 아니기 때문이다.'

정동은 몇 번을 읽어도 혼란스러운 마음을 정리할 수 없었다. 단지 『의식 혁명』에 나온 글귀가 떠오를 뿐이었다.

민주주의 대혼란의 시작

'남을 이기는 것은 만족감을 가져오지만, 자신을 이기는 것은 기쁨을 가져온다.'

정동 vs 유명 앵커, 장기 대국

정동은 책을 서재에 다시 꽂고는 대도서관을 나왔다.

정동은 룩셈부르크로 향했다. 입구에 들어섰을 때 유명 앵커를 만났다. 정동은 유명 앵커에게 말했다.

"장기 한판 두시겠습니까."

"그러시지요."

정동과 유명 앵커는 장기판 앞에 마주 앉았다.

"판돈은 어떻게 하시겠습니까?"

정동은 유명 앵커와 장기를 두었을 당시 자신보다 실력이 한참 모자랐던 생각이 났다. 정동은 현재 가지고 있던 돈을 확인하였다. 딱 사천만 원이었다.

"사천만 원으로 합시다."

정동은 그렇게 판돈을 말하고는 유명 앵커에게 조금 미안한 생각이 들었다.

"그럽시다."

정동은 유명 앵커가 흔쾌히 승낙을 하니 더 이상 판돈을 바꿀 수 없다고 생각했다.

"먼저 선수를 두시지요."

유명 앵커는 정동이 선수를 양보하자 바로 졸을 우측으로 쓸었다.

게임이 계속되면서 정동은 조금 긴장이 되었다. 유명 앵커의 수가 전과는 다른 모습이었고 상당한 실력이 엿보였기 때문이다. 유명 앵커의 졸이 모두 오선 앞으로 올려져 정동을 상당히 압박해 들어갔다. 정동은 궁을 아래로 내려 보호하였고 반대로 유명 앵커는 중포(中包)를 세워 수비를 보강하고 때로는 농포(弄包) 공격으로 판을 흔들었다. 정동은 고개를 갸웃댔다. 유명 앵커가 말했다.

"궁을 楚와 漢으로 표시하지 않고 高, 唐으로 나타내는 것을 상희(象戲)라 하더군요."

"네, 그렇습니다."

"처음에는 당황스러웠습니다. 혹시 규칙이 조금 다를까 해서 여쭀던 것이니까요."

처음 그와 장기를 둘 때 유명 앵커가 묻는데도 구체적으로 답을 해주지 않았던 것이 생각나서 정동은 조금 난처한 기분이 들었다.

"검은 고양이이든 흰 고양이이든 쥐만 잘 잡으면 되는 것 아니겠습니까."

그러면서 원앙마 공격으로 붉은 기물 속으로 깊이 들어오는 모습에 정동은 허를 찔렸다. 원앙마(鴛鴦馬) 포진은 후 역습을 주무기로 삼고 있다.

'고수다.'

정동은 정신을 가다듬었다.

'먼저 승기를 잡아야 한다.'

'차장(車將)을 친다. 궁 내린다. 포장(包將) 친다. 포가 막는다…. 가운데 입궁 수?'

'포가 차를 씌운다. 차가 졸을 잡는다. 천궁을 대비하기 위해 마가 들어온다. 포가 상을 친다. 마가 막는다.'

'차가 병을 잡는다. 차가 차를 잡는다. 포가 차를 잡는다. 마가 졸을 치면서 차를 건다. 졸이 마를 잡는다…. 포장(包將) 외통수?'

정동은 몇 수를 내다보고 그 수를 다시 계산해본다. 이 장기 한 판이 정동의 생명줄과 관계되어 있다는 생각에 입은 바짝 마르고 등줄기에 서늘한 식은땀이 흐른다.

좌진 차 진출. 양차를 함께 세우며 병이 졸을 잡았다. 차가 차를 막고 마가 마를 잡는다. 정동은 귀 포로 안착. 차가 면으로 들어서면서 궁이 올라온다.

파란색의 상(象)이 병(兵)에 의해 떨어졌다. 정동이 앞선다. 유명 앵커의 실수가 많아졌다. 정동은 마를 하나 더 빼앗았다. 점수 차가 크게 벌어지자 정동은 전체적인 포석을 수비 형태로 바꾸었다. 궁을 다시 아래로 내리고 사를 중앙에서 막는다. 포를 궁의 옆에 둔다. 상이 중앙으로 나온다. 대차를 요구한다.

'차가 두 개 있으면 대국을 더 빨리 끝낼 수 있지만, 대차를 한다. 선수를 잡기 위한 고육지책(苦肉之策)이다. 이제 대국의 종반이다.'

각각 차를 하나씩 잃었고 파란 장기알은 마는 없고 상이 남았다. 붉은 장기알은 상은 없고 마가 하나 남았다. 기물 점수로는 마가 상보다 2점 앞선다. 그러나 장기 기물은 그 상대와 상황에 따라 활용도가 다르다. 유명 앵커의 원앙마 공격을 방어하다 보니 마를 먼저

민주주의 대혼란의 시작

공격한 결과이고, 정동은 상(象) 장기처럼 상을 활용하니 유명 앵커는 먼저 상의 기물을 잡았던 것이다.

포는 각각 하나씩 남았다. 모두 궁성에서 궁을 보호하고 있다. 파란 장기알은 사가 하나이고 붉은 장기알은 사가 모두 살아 있었다.

정동은 유명 앵커의 기물보다 많아서 공격을 하기에도 수비를 하기에도 유리한 상황이다.

'多算勝 少算不勝(승산이 많으면 이기고 승산이 적으면 이기지 못한다).'

'이미 이긴 게임이다.'

정동은 자신도 모르게 너무 일찍 승패를 속단하며 허점을 드러냈다.

중앙에 나온 상이 공격적으로 보여 정동의 신경을 자극했다. 정동은 포를 올려 상을 잡았다. 그러나 그 수는 유명 앵커가 패색이 짙자 궁여지책(窮餘之策)으로 낸 꼬임수였다. 궁성에 들어와 있던 졸이 중앙의 사를 먹으며 침투한다.

"장군."

사를 쓸어 대응한다. 정동은 순간 심한 착각에 빠져 있었다는 것을 깨달았다.

'상을 잡을 일이 아니었어.'

차가 아래로 내려왔다. 정동은 당황했다. 그대로 외통에 걸리고만 것이다. 정동은 정말 "악" 소리도 못 내고 자신의 생명줄을 잘라

버렸다.

유명 앵커는 판돈을 정리하고 말없이 일어나 룩셈부르크를 나갔다.

정동은 유명 앵커에게 장기 대국에서 패하면서 자신의 모든 자금을 잃게 되었다. 정동의 얼굴이 창백해졌다. 정동은 단원(丹院)을 떠나면 고시원에 갈 경비도 없었다.

정동은 비틀거리며 자신의 방으로 들어가 누웠다. 창밖에는 산비탈을 따라 벚꽃이 활짝 피어 있었다. 창밖으로 봄이 왔지만, 정동이 단원을 떠나서 현실로 돌아간다는 것은 벌거벗은 채 한겨울 혹한의 추위 속으로 내던져지는 것 같았다.

'이럴 줄 알았으면 점심이라도 먹고 룩셈부르크로 가는 건데.'

민주주의 대혼란의 시작

하이퍼의 청문회

정동은 이른 오후에 창밖을 보면서 하이퍼를 생각했다.

'하이퍼는 어디로 갔을까.'

하이퍼가 국회 청문회 증인석에 앉아 있었다.

국회의원은 그에게 날카로운 질문들을 쏟아냈다.

"저는 국회에 증인으로 나와 있는 것이 아닙니다. 대통령이 탄핵된 이후 국민의 한 사람으로서 정치권에 바라는 바를 청하기 위해이 자리에 나온 것입니다."

"국민들이 촛불을 든 것은 여야를 떠나 정치권에 대한 신뢰가 무너졌기 때문입니다."

"더 이상 국민에게 아부하여 민의를 얻고자 하는 국민을 기만하는 행위를 자제하고 국민을 선동하려는 목소리를 낮추고 다시 국민에게 정치권의 신뢰를 구축하고 정치권에 대한 국민의 의식을 쇄신할 때입니다. '수신제가치국평천하(修身齊家治國平天下)'라고 했습니다. 시대가 변해도 원리원칙은 같습니다. 자신을 낮추고 국민을 섬기는 자세로 덕을 쌓아야 할 때입니다."

그러면서 증인석에 앉아 있던 하이퍼는 자리에서 일어나 이어 말했다.

"국민들은 이번 사태를 통해 정치권에 대해 다시 한번 생각해봐야 합니다. 사무엘 스마일스는 정치를 개혁하고자 의사의 길을 접고 저널리스트로 활동하면서 최선을 다했습니다. 사무엘 스마일스는 결국 정치로는 세상을 바꾸지 못한다는 것을 깨닫고 국민 개개인의 자조를 위해 저술 활동을 하면서 국민을 계몽해나갔습니다. 그의 정신을 본받아야 합니다. 이제 우리는 각자의 자리를 지키고 자신의 역량을 키우고 정치권에 신뢰감을 갖고 정치인들을 존중하고 대통령을 존경하는 미풍양속으로 새로운 정치 문화를 정착해나가야 합니다. 깊은 어둠 속에 촛불은 세상을 밝히는 등불이 될 수 있습니다. 그러나 문제가 있을 때마다 촛불을 든다면 그 촛불은 반대로 세대 간의 갈등을 만들고 국민 서로 간에 분쟁의 씨앗이 될 수도 있는 것입니다. 결국, 반복되는 촛불 시위는 시대의 혼란을 초래할 수도 있다는 것입니다."

단원 식구들은 스크린에 나오는 하이퍼의 언변에 경탄했다. 삼삼오오 모여서 하이퍼를 응원하면서 환하게 웃으며 박수를 쳐댔다.

정동은 하이퍼의 목소리와 작은 행동에도 몸서리치면서 심한 불쾌감에 흥분하기 시작했고 결국 소리를 질렀다.

"안 돼!"

정동의 마지막 만찬

꿈이었다.

정동의 침대 커버는 그의 땀으로 흠뻑 젖어 있었다. 그는 침대에서 놀라 일어난 상태에서 아직도 하이퍼에 대한 심한 모멸감을 느껴 얼굴을 감쌌다. 정동은 자신의 방에서 도망치듯 밖으로 나갔다. 중앙 홀에는 기타를 치지는 않고 그저 만지작거리며 앉아 있는 안나가 보였다. 하지만 정동은 멀리 떨어져 앉아 머리를 감싸고만 있었다. 정동은 그 후 잠들 때마다 계속 악몽을 꾸었다. 그 때문에 정동은 자신의 방에 머무르는 것조차 싫어졌다. 밥을 먹지 못한 정동은 기진맥진한 상태로 고개를 숙인 채 마치 좀비처럼 연옥동(煉獄洞)을 배회했다. 단원 식구들은 정동을 외면하였다. 천 원 한 장이면 한 끼를 사줄 수도 있었다. 그러나 규정상 그것은 금지되어 있었다. 정동에게 밖의 현실은 지옥과도 같았다. 그러나 그가 굶은 지 사흘이 지나자, 천국이라 해도 음식을 먹지 못하니 지옥보다 못한 곳이 되고 말았다.

정동은 자신의 침대에 누워 창밖에 피어 있는 봄꽃들을 바라보았다.

"개나리, 히어리, 명자나무… 진달래."

"진달래!"

'그래, 연옥동을 나가는 거다. 그래, 나는 혼자가 아니다. 진달래가 있다. 저거라도 먹을 수 있다면…'

그때였다. 밖에서 안나의 목소리가 들렸다.

"정 도령님, 나와보세요."

허기는 연인에 대한 감정을 무디게 만들었고 안나가 부른다 해도 그녀에게도 별 뾰족한 수는 없었다. 정동은 다시 좀비처럼 천천히 밖으로 나왔다. 안나는 따라오라는 신호만 보이고 먼저 앞으로 걸어갔다. 정동이 한식당 앞에 다다르자 음식 냄새에 허기는 더욱 강하게 느껴졌다.

'마지막으로 나를 골탕 먹이려고 부른 거구나.'

정동은 힘없이 한식당에 들어섰다. 안나는 돌솥비빔밥 하나를 시켜놓았다. 안나가 시킨 돌솥비빔밥은 그녀의 앞에서 모락모락 김이 오르고 반숙된 달걀부침 노른자 위에 참기름과 고추장에 덮인 나물 등의 냄새가 정동의 허기진 배를 심하게 요동치게 하고 있었다.

안나는 가볍게 그를 보고 웃으며 미리 챙겨온 또 하나의 숟가락을 그에게 불쑥 내밀었다. 순간 정동의 눈에는 물기가 번지고 손이 떨리기 시작했다.

민주주의 대혼란의 시작

모두가 잠들어 있을 때 단태정신문화연구원을 나왔다. 아직 어두운 새벽에 고개를 들어 하늘을 보니 별 하나 없이 어두컴컴하기만 했다. 이제는 관에 들어가듯 끔찍했던 고시원 작은 방에도 정동은 돌아갈 수 없었다.

'나에게 희망이 있을까.'

갑자기 누군가가 정동의 귀에 대고 말하는 것 같았다.
'희망이 없는 자들만이 희망을 이야기한다.'
정동은 비참한 처지에 놓인 자신이 정말 한탄스러웠다. 정동은 가벼워진 배낭을 메고 산을 천천히 내려가기 시작했다.
걸음을 옮기려는데 배낭 주머니에서 동전 소리가 났다. 주머니에 손을 넣었다. 하얀 편지 봉투가 들어 있었다. 편지 봉투에는 작은 쪽지와 오만 원권 다발과 동전 몇 개가 들어 있었다.

'자네, 내 이럴 줄 알았네. 형이 주는 것이니 돈은 사양 말고 2020년 4월 1일 오후 6시 광화문 광장에서 봄세. -hypo-'

정동은 하이퍼의 편지를 보고 헛웃음이 나왔다.

'도대체 미워할 수 없는 인물이라니까.'

그때 하이퍼를 생각하자 문득 안나가 떠올랐다. 정동은 그런 자신이 우습게 느껴졌다.

'내가 그녀를 좋아했던 감정은 어쩌면 연옥동이라는 독특한 환경 때문에 나타난 현상은 아닐까.'

정동은 그러면서 현실에서 연인으로 발전하는 커플도 마찬가지라는 생각을 했다. 그들만의 독특한 환경 속에서 만들어진 감정이 서로가 서로에게 마음에 꽃을 피우게 하는 기적(奇蹟)을 만드는 것이다.

산 아래로 내려와 있던 정동 앞에 하루에 세 번 다니는 첫차가 섰다.

정동이 버스에 타자마자 버스 기사는 정동을 날카롭게 쩌려보았다.

"저기…"

버스 기사는 무언가 말을 하려다 주위를 둘러보니 정동 외에 승객이 없다는 걸 확인하고는 문을 닫고 출발하였다.

정동은 자리에 앉아서 생각에 잠겼다.

옛날 요순시대에 왕이 어느 날 한 농부를 만났는데, '그래 당신 생각에 요즘 정치는 어떠한 것 같소?' 묻자 '내 알 바 아니리. 아침에 일어나 밥을 먹고 밭을 갈아 내 식구들을 돌볼 수 있으니 정치가 어떠한들 무슨 상관이란 말이오.'

왕은 그 말에 흡족해하며 자신의 정치(政治)가 잘 이루어지고 있다고 생각했다.

이 시대에는 급변하는 정세 속에서 위의 예가 통하지 않는다고 생각하지만, 정치에 관심을 두고 관여할수록 스트레스와 불만이 더욱 커지는 것은 당연한 논리일 것이다. 하지만 아리스토텔레스의 정치학에 보면 다음과 같은 말이 있다.

정치에 관여하지 않는 인간은 들짐승이나 신일 것이다.

이런 명제가 있으니 정치(政治)는 한 단면으로만 판단할 수 없는 복합적인 연계성을 가지고 있다.

사실 민주주의라는 정치체제는 서양의 사고방식에서 나타난 것이다.

정치가 외향적으로는 민주주의 정치체제를 따르고 내부적으로는 동양의 인의(仁義)를 바탕으로 한 선비정신을 따른다면 현실은 더욱 살기 좋은 나라가 되지 않을까 생각했다.

버스가 양평역 앞에 섰다. 양평역에서 경의 중앙선을 탔다. 전철 안에는 사람들이 드문드문 자리에 앉아 있었는데, 모두 마스크를 쓰고 있었다.

'봄이라 황사 마스크를 썼구나.'

전철을 타고 용산에서 내렸다. 많은 인파가 모두 마스크를 쓰고 있었다. 정동은 낯선 상황 속에서 광화문으로 향했다. 정동은 생각했다. 전 국민이 촛불이 아닌 마스크 시위로 퍼포먼스를 변경했다고.

'나를 제외한 모든 사람들이 마스크를 쓰고 있구나.'

촛불 시위 이후 또 다른 퍼포먼스가 '무언의 항의' 그리고 모두 광장에 모여 있지 않고 자신들의 생활 전선에서 정치적 시위를 하는 것도 신기했다.

대통령의 탄핵 시위로 혼란스러웠던 광화문 광장은 바람만이 스산하게 불어댈 뿐 사람들은 무척 한산했다.
'아는 자는 말이 없고 말하는 자는 알지 못한다.'

사무엘이 서판(書板)에 썼던 문구가 떠올랐다. 깊은 침묵이 도시 광장에서 진보의 물결과 보수의 물결 두 갈래를 하나로 합쳐 광화문 광장을 가득 메우고 있었다.

프랑스 대혁명으로 19세기 프랑스에 피바람을 일으켰다. 군주제 시대였던 그 당시 군주였던 루이 16세를 단두대에서 처형했고 수많은 계몽 철학자들과 공포정치를 펼쳤던 로베스피에르까지 형장의 이슬로 사라졌다. 그러나 혁명은 나폴레옹 보나파르트가 황제 대관식을 성대하게 거행함으로써 실패로 돌아갔다.

역사는 흘러 현재는 대부분의 국가에서 민주주의 정치체제를 시행하고 있다. 그러나 민주주의 정치체제는 고정된 틀 안에서 선거제를 통해서만 국민의 참정권을 보장하고 있다.

프랑스에서 시작된 혁명은 어쩌면 지구 반대편에서 일어났던 촛불 시위의 거대한 행진을 통해 한반도에 자리 잡은 대한민국에서 이루어진 건 아닐까.

국민이 대통령을 탄핵했지만, 국가의 수장도, 촛불 시위에 참여했던 수천만에 이르렀던 국민들 중 단 한 사람도 피의 희생이 없었다.
프랑스에서 시작된 혁명은 우리 땅 우리 국민들의 힘으로 완성이 된 것이다.

정동은 광화문 광장에 서서 생각에 잠겨 있었다.
그때 누군가 정동의 등을 툭 쳤다.
"정 도령!"

그녀가 알지 못하는 건 언제나 내 마음이었다.

잠이 오지 않는 밤.

길을 걷는다. 삶의 초라함은 감미로운 그녀의 숨결과 지치지 않는 나에게 향하는 넋두리 때문이다. 일기예보와는 다른 비가 발걸음을 무겁게 했고 이미 추억처럼 떠오르는 그녀와의 일상, 그리고 늦은 저녁 술자리 한밤중에 울리는 전화벨. 모르는 산이 내게 다가와 그림자를 드리우고 바람이 차다. 낙엽은 지고 그 낙엽이 내 모습처럼 비에 젖어 무겁게 땅바닥에 누워 세찬 바람을 기다린다.

산은 전철이 오지 못하는 때를 기다리며 잠든다. 깨어 있는 건 나뿐인가. 아니다. 이미 오래전 세상 속에 슬픔과 나락의 밤을 시처럼 살던 시인들과 소설처럼 살던 작가들이 밤을 그리고 떠오르지 않는 태양에 감사하며 인간의 절망과 그 비의(非意)에 찬 외침을 작품으로 남기지 않았던가. 감사해야 한다. 내 절망과 비탄과 그리고 눈물이 묻어나는 슬픔을. 잠들지 못하는 이유는 알지 못하나 내게 남겨진 건 언제나 발걸음과 함께하는 이상과 이름, 그리고, 그리고, 무엇일까. 기억조차 할 수 없는 나와 다른 이름들과 그들의 웃음, 갑작스러운 눈물일까. 걷는다. 사방이 멀기도 가깝기도 해서 발걸음이 방향을 잃어가고 마음은 바닥에 가라앉는다.

　내 어깨와 발걸음이 돌아선다. 어디로 향하는지 나도 내 마음을 모른다.